倪匡奇情作品集
木蘭花傳奇
18
局中局
（含：美人魚、大殺手）
倪匡
著

目錄

美人魚

大殺手

【總序】

木蘭花VS.衛斯理——倪匡奇幻系列的兩大巔峰

秦懷玉

對所有的倪匡小說迷來說，《衛斯理傳奇》無疑是他最成功、也最膾炙人口的作品了，然而，卻鮮有讀者知道，早在《衛斯理傳奇》之前，倪匡就已經創造了一個以女性為主角的系列奇情故事，甫出版即造成大轟動，《木蘭花傳奇》遂成為倪匡眾多著作中最具特色與最受讀者喜愛的兩大系列之一；只因衛斯理的魅力太過強大，使得《木蘭花傳奇》的光芒被掩蓋，長此以往被讀者忽視的情形下，漸漸成了遺珠。

有鑑於此，時值倪匡仙逝週年之際，本社特別重新揭刊此一系列，希望藉由新的編排與介紹，使喜愛倪匡的讀者也能好好認識她。

《木蘭花傳奇》是倪匡以筆名「魏力」所寫的動作小說系列。原載於香港新報及《武俠世界》雜誌，內容主要是以黑女俠木蘭花、堂妹穆秀珍及花花公子高翔三人所組成的「東方三俠」為主體，專門對抗惡人及神秘組織，他們先後打敗了號稱「世界上最危險的犯罪集團」的黑龍黨、超人集團、紅衫俱樂部、赤魔團、暗殺黨、黑手黨、血影掌，及暹羅鬥魚貝泰主持的犯罪組織等等，更曾和各國特務周旋、鬥法。

如果說衛斯理是世界上遇過最多奇事的人，那麼打擊犯罪集團次數最高的，即非東方三俠莫屬了。書中主角木蘭花是個兼具美貌與頭腦的現代奇女子，在柔道和空手道上有著極高的造詣，正義感十足，她的生活多采多姿，充滿了各類型的挑戰；她的最佳搭檔：堂妹穆秀珍，則是潛泳高手，亦好打抱不平，兩人一搭一唱，配合無間，一同冒險犯難；再加上英俊瀟灑，堪稱是神隊友的高翔，三人出生入死，破獲無數連各國警界都頭痛不已的大案。

若是以衛斯理打敗黑手黨及胡克黨就得到國際刑警的特殊證明文件的標準來看，木蘭花在國際刑警的地位，其實應該更高。

相較於《衛斯理傳奇》，《木蘭花傳奇》是入世的，在滾滾紅塵中演出令人目眩神搖的傳奇事蹟。衛斯理的日常儼然是跟外星人打交道，遊走於地球和外太空之間，事蹟總是跟外星人脫不了干係；木蘭花則是繞著全世界的黑幫罪犯跑，哪裡有犯罪者，哪裡就有她的身影！可說是地球上所有犯罪者的剋星！

而《木蘭花傳奇》中所啟用的各種道具，例如死光錶、隱形人等等，一如倪匡慣有的風格，皆是最先進的高科技產物，令讀者看得目不暇給，更不得不佩服倪匡驚人的想像力。

尤其，木蘭花等人的足跡遍及天下，包括南美利馬高原、喜馬拉雅山冰川、北極、海底古城、獵頭族居住的原始森林、神秘的達華拉宮及偏遠隱密的蠻荒地區等，讀者彷彿也隨著木蘭花去各處探險一般，緊張又刺激。

《衛斯理傳奇》與《木蘭花傳奇》兩系列由於歷年來深受讀者喜愛，書中主要角色逐漸由個人發展為「家族」型態，分枝關係的人物圖越顯豐富，好比《衛斯理傳奇》中的白素、溫寶裕、白老大、胡說等人，或是《木蘭花傳奇》中的「天使俠女」安妮和雲四風、雲五風等。倪匡曾經說過他塑造的十個最喜歡的小說人物，有三個在木蘭花系列中。白素和木蘭花更成為倪匡筆下最經典傳奇的兩位女主角。

在當年放眼皆是以男性為主流的奇情冒險故事中，倪匡的《木蘭花傳奇》可謂是開創了另一番令人耳目一新的寫作風貌，打破過去女性只能擔任花瓶角色的傳統窠臼，以及美女永遠是「波大無腦」的刻板印象，完美塑造了一個女版〇〇七的形象。猶如時下好萊塢電影「神力女超人」、「黑寡婦」等漫威女英雄般，女性不再是荏弱無助的男人附庸，反而更能以其細膩的觀察力及敏銳的第六感，來解決各種棘手的難題，也再一次印證了倪匡與眾不同的眼光與新潮先進的思想，實非常人所能及。

《女黑俠木蘭花傳奇》共有六十個精彩的冒險故事，也是倪匡作品中數量第二多的系列。每本內容皆是獨立的單元，但又前後互有呼應，為了讓讀者能更方便快速地欣賞，新策畫的《木蘭花傳奇》每本皆包含兩個故事，共三十本刊完。讀者必定能從書中感受到東方三俠的聰明機智與出神入化的神奇經歷，從而膾炙人口，成為讀者心目中華人世界無人能敵的女俠英雌。

美人魚

1 金髮女郎

木蘭花、穆秀珍和安妮三人的生活，很多時候是驚險百出，生死一線的，但是也有很多時候是十分寧靜的。

這時，她們就在享受著一個十分寧靜的黃昏，穆秀珍將安妮從學校中接了回來，她們三人一齊在陽臺上喝著咖啡，安妮講著在學校中發生的趣事。

由於木蘭花堅持要安妮受到正常的教育，是以安妮現在已是一家著名的女子中學的學生了。

當暮色又濃些時，晚飯來了，穆秀珍將報紙拿了上來，她們三人一人分一頁看著，半天金色的晚霞，和被夕陽映得金光閃閃的海水在遠處閃耀，更顯得那是一個寧謐之極的黃昏。

當她們讀著晚報的時候，安妮忽然嘆了一口氣。

穆秀珍抬起頭來，向她望去，安妮指著報紙，神色憤然道：「蘭花姐，秀珍姐，你們看，現在人犯罪的目標，已到了可悲的地步了！」

11 局中局

穆秀珍連忙湊過頭去，道：「什麼事？」

安妮恨恨地道：「丹麥首都哥本哈根的港口上，有一個美人魚的青銅塑像，那是安徒生童話中的人物，你看，它的頭被人盜走了！」

穆秀珍一伸手，將報紙搶了過來，的確，報上登著這樣的一段消息，那美人魚青銅雕塑，是舉世聞名的藝術品，它的頭部，被人用利鋸鋸了下來，丹麥警方正在全力展開調查，而且，懷疑那是國際性犯罪組織的傑作，是以也請求國際警方合作云云。

新聞並且還說，那美人魚雕塑的頭部，可能給犯罪分子鋸下來之後售賣給自私的藝術收藏者了。

穆秀珍用手指著報紙，道：「蘭花姐，你看這段新聞，那些人實在太無聊了，好好的藝術品，他們也要去破壞，當真是罪無可恕！」

木蘭花淡然一笑，道：「犯罪者的心理，和普通人的心理是不同的，普通人以為藝術品放在公開的地方，讓人人都可以欣賞，是一件好事，但是犯罪者卻不那樣想，他們一定要將之換上金錢，而同樣不可恕的是一些所謂收藏家，他們可以說是造成藝術品犯罪的淵源！」

木蘭花是十分喜愛藝術作品的人，是以她在看了那則新聞之後，心中也大有感慨，發了一些議論之後，慢慢地喝了一口咖啡。

忽然，她抬起頭來，道：「咦，秀珍，雲四風不是到北歐去訂購機器去了麼？你們約定每天七點通一次長途電話的，昨晚他在什麼地方？」

「昨晚在赫爾辛基——」穆秀珍頓了一頓，「今晚他會在什麼地方，那就不知道了，要他的電話來了才能知道，有可能正是在哥本哈根。」

「就算在哥本哈根又怎樣？」安妮是從北歐來的，她對於那具美人魚的雕塑，更具有十分深厚的感情。「他難道可以查出是誰做的事麼？」

「我倒不是這個意思，」木蘭花徐徐地道：「我想，如果雲四風到了哥本哈根的話，叫他順便調查一下這件事，我們都希望那美人魚得回它的頭，是麼？」

「好的，如果他的電話來了，我就告訴他。」穆秀珍點點頭，「反正哥本哈根是他一定要到的地方，也礙不著他的公事！」

她們三人關於這件事的談話到此為止。

暮色更濃，夜已降臨，仍然是一個平靜的夜晚，剛才那一番談話，只不過是在平靜的湖水上，偶然起了一個漣漪而已，並不影響她們享受一個平靜的晚上。

每天七點和穆秀珍通電話，雲四風是絕不會忘記的。

13 局中局

但今天，只怕做不到了！

因為飛機預定在早上八時零五分降落在哥本哈根機場的，那樣，雲四風在下了飛機之後，可以從容到了酒店之後，再接通長途電話，恰好使穆秀珍在晚上七時聽到他的聲音。

然而現在已經八點正了，飛機還在哥本哈根的機場上面盤旋。並不是天氣不佳，天氣好得不能再好，萬里無雲，一片碧藍。

在飛機上看下去，可以看到哥本哈根整齊的街道，白得耀目的建築。飛機也一點故障沒有，只不過機場上有一輛車子出了事，恰好在跑道上，是以臨時將跑道封閉了，飛機接到的指示，至多耽擱二十分鐘，就可以降落了。

機長在向搭客宣布這個消息時，開玩笑地說，這是各位搭客在空中瀏覽哥本哈根的大好機會。雲四風四面看了一下，機上的搭客大都十分高興，看來心中焦急，只盼快一些降落的，只有他一個人！

可是事實既然如此，焦急也是沒有用的！

雲四風不住地看著手錶，終於，飛機在八時半降落了，雲四風急急地走出飛機，他是第一個下機的人，自然也第一個接受海關的檢查。

雲四風自然知道他已無法到酒店去打電話了，他只希望海關的手續快些辦完，就在機場大廈的電話間和穆秀珍通電話，雖然總是遲了，但還不致於遲得太久。

或許是由於雲四風的神色焦急，更引起了海關人員的疑心，是以檢查得十分之詳細。

等到雲四風終於進入機場大廈之時，已經是八時五十分了，他提著手提箱，急急忙忙地向前走著，來到了電話間之前。

那一連九間電話間，只有左首第一間是沒有人在打電話的，雲四風走進了那一間，撥了一個號碼，要接線生替他接通長途電話。

然後，他拿著電話等著，無聊地從玻璃中望著外面。

外面是機場大廈的大堂，來來往往的人十分多，丹麥雖然不是北歐國家中最北的國家，但是丹麥人卻十分喜歡陽光，所以哥本哈根的機場，其建築也和北歐通常的建築一樣，有著盡量吸收陽光的特色，機場中可算得十分明亮。

雲四風等了約莫一分鐘，等接線生去查是不是有線，等到接線生告訴他有線可通時，他又說出了木蘭花家中的電話號碼來。

就在這時候，雲四風看到一個金頭髮，身形十分高大的丹麥女郎，提著一只手提箱，匆匆向前走來，她經過十分誇張化妝的雙眼，在早上看來，是很不適合的，但是卻仍然無法影響她的美麗。

她筆直向前走來，來到了電話間前，停下來。

這時，一定是每一間電話間都有人在使用著，是以那金髮女郎十分焦急地來回踱著，看來她一定有十分緊要的事，等著使用電話。

雲四風是十分有紳士風度的人，這時候，他如果不是已經吩咐接線生在搭線，他一定會讓出電話間來，給那位金髮女郎使用的。

但現在長途電話已經在開始搭線了，他自然不能放棄，是以當那金髮女郎焦切的目光望向他的時候，他只好發出了抱歉的一笑。

卻不料他向那金髮女郎笑了一下，那金髮女郎卻像是在突然之間得到了什麼啟示一樣，向著雲四風直走了過來，到了電話間之前，用手指叩著玻璃門。

雲四風連忙打開了門，道：「小姐——」

他才講了兩個字，那金髮女郎突然用力一拉，拉開了門，閃身走進了電話間。

當她在外面的時候，雲四風已然肯定她一定有著什麼十分緊急的事了，這時，她走了進來，雲四風更可以肯定這一點，因為她正在喘著氣。

那金髮女郎十分美麗，她才一進來，整個電話間之中，便充滿了濃郁的名貴香水氣味。

電話間中十分窄小，金髮女郎突然擠了進來，而且還將門關上，這令得雲四風十分狼狽。

雲四風忙說道：「小姐，非常對不起，我在打一個長途電話，但是我一定盡快結束我的談話，好讓你快一些使用電話。」

那美麗的金髮女郎像是未曾聽到雲四風的話一樣，她只是慌張地向外望著。雲四風也覺得那女郎的神情十分異樣了。

可是，他還未及問那金髮女郎究竟是為了什麼事如此惶急，他便已聽到了電話中接線生的聲音，道：「先生，請準備講話！」

六時五十分，穆秀珍便已等在電話旁了。

雲四風離開本市已有七天了，但不論他在什麼地方，他答應過，晚上七時，穆秀珍一定可以收到他的長途電話，一天也沒有間斷過。

今天，因為穆秀珍有事要吩咐雲四風，她是個性急的人，所以她提早了十分鐘在電話旁邊等著。那十分鐘的時間，卻過得慢得要命。

好不容易，時鐘敲出了七點正，但是電話卻一點聲音也沒有。穆秀珍站起又坐下，坐下又站起，足足一百幾十次，才又過了五分鐘。

可是電話卻仍然沒有聲響。

17 局中局

坐在一旁的安妮也感到奇怪起來，道：「秀珍姐，別是電話壞了吧！」

穆秀珍連忙拿起電話來聽了一聽，聽筒中傳來「胡胡」的聲音，電話並沒有壞，她又怕這時雲四風的電話恰好打來，是以忙又放下聽筒。

又過去了十分鐘，已然是七時十五分了。

這時，連木蘭花也覺得奇怪起來，她抬頭看了看鐘，道：「奇怪，四風一向最守時的，何以今天竟遲了十五分鐘之多？」

穆秀珍早已等得發了急，這時咬牙切齒地道：「哼，他有本事，就最好不要打電話來，要不然，看我怎樣罵他吧！」

安妮抿著嘴笑了起來，道：「秀珍姐，你別老是罵人，罵得多了，可就不靈啦！」

穆秀珍啐道：「呸，小鬼頭，你知道什麼？」

安妮伸了伸舌頭，不敢再講下去。穆秀珍開始在屋中團團亂轉起來，終於，到了七時三十二分，電話鈴突然響了起來。

穆秀珍一個箭步，竄到了電話旁，拿起了電話來，她立時聽到了雲四風的聲音，雲四風道：「秀珍，是你麼？我怕我不能和你多說什麼——」

穆秀珍本來已等得一肚子火，再一聽得雲四風什麼也不說，先講了那樣一句，更是令得她惱怒，只聽得她大聲叫道：「好，你什麼也別說，你以後再也不要打電話來！」

「秀珍，你聽我說！」雲四風的聲音雖然在幾萬里之外傳來，但聽來十分清楚，「現在，有一個金髮丹麥女郎，在我的懷中，她——」

穆秀珍大聲道：「你說什麼？」

雲四風道：「有一個金髮丹麥女郎在我的懷中，她……」

這一次，雲四風仍是沒有將話講完，而穆秀珍聽得雲四風那樣講法，陡地發出一聲怪叫，重重地把電話放了下來。

她放下了電話之後，雙手緊緊地握著拳頭，瞪著眼，不斷地怪叫著，身子團團亂轉，像是想找一個對象來結結實實地打上一頓！

安妮從來也未曾見過穆秀珍生那麼大的氣過，她吃驚地將輪椅退後了幾步，咬著指甲，望著穆秀珍，一聲也不敢出。

木蘭花也為之愕然，忙道：「秀珍，你幹什麼？四風在電話中對你說了些什麼？」

「他……他……」穆秀珍緩了一口氣，「他竟敢對我說，有一個金髮的丹麥女郎正在他的懷中，所以他不能對我多說什麼！」

木蘭花呆了一呆，穆秀珍又叫道：「別對我說是我聽錯了，他一連對我說了兩遍，噢，他竟敢這樣侮辱我，我一定不放過他！」

19 局中局

木蘭花站了起來，她的面色十分嚴肅，她道：「秀珍，你怎麼將電話放下了？」

穆秀珍嚷道：「他竟敢對我說那樣的話，我為什麼不放下電話？難道我還要繼續聽他再胡謅下去麼？」

木蘭花吸了一口氣，道：「秀珍，你認識雲四風也已有相當時候了，他可是那樣的人？他對你那樣講，一定有著極其重大的原因，而你竟然不聽完他的電話，便放下聽筒？」

穆秀珍瞪大了眼，出不了聲。剛才，她還以為雲四風千混帳，萬混帳，道理全在她自己這一邊，可是現在給木蘭花一提起，她也覺得事情不是那樣簡單了！

她伸手搔著頭，木蘭花道：「還不快去聽！」

穆秀珍連忙拿起了電話，可是，那邊卻只傳來一陣嘈雜的聲音，穆秀珍一連喂了幾下，仍然沒有人來答她。

她無可奈何地將聽筒遞給了木蘭花，木蘭花聽了片刻，道：「那地方十分吵，看來不是飛機場就是在火車站中，喂，接線生，接線生！」

她叫了幾下，又按著電話，不一會，就聽到了接線生的聲音，木蘭花忙問道：「剛才電話是從什麼地方打來的，為什麼突然中斷了？」

「是在哥本哈根機場打來的，不知道為什麼中斷了，待我去查詢，請你先放下電話，查詢有了結果，我再來通知你。」

木蘭花放下了電話，緊蹙著雙眉，道：「電話是從哥本哈根的機場打來的，雲四風為什麼著急得要在機場上打長途電話呢？」

穆秀珍和安妮自然難以回答木蘭花的話，是以她們都不出聲。

木蘭花又問道：「在機場的電話間，又怎會有金髮女郎在他的懷中呢？」

穆秀珍嘟起了嘴，道：「他是那樣說的嘛！」

木蘭花道：「他那樣說，你就應該把他的話聽完！」

穆秀珍的嘴噘得更高，她重重地坐在沙發上，一聲不出，這時，她一方面仍在對那句話生氣，一方面又在生自己的氣，不該話未曾聽完就放下了電話。另一方面，她又在擔心，不知道雲四風究竟遇到了什麼事情。

木蘭花來回踱著步，一時之間，她們三個人誰也不出聲。

又過了十分鐘，電話鈴又響了起來，木蘭花拿起了電話來。

她希望聽到雲四風的聲音，但是她卻失望了。

那是接線生的聲音，道：「查詢的結果，那面的通話人突然離去，小姐，長途電話費要你們負責繳付。」

木蘭花道：「好的，請寄賬單來。」

她放下了電話，道：「秀珍，四風突然離去，一定是發生了一些事故。他已到了哥本哈根，至於他發生了什麼意外，我們只知道一點——」

穆秀珍忙道：「我們知道什麼？」

「我們只知道，有一個金髮的丹麥女郎在他的懷中，在那以後，又發生了一些什麼事，我們就無法料得到了！」木蘭花回答著。

穆秀珍嘆了一口氣，無話可說。

那以後發生的事，不但木蘭花料不出，就是雲四風，也是萬萬料不到的，當接線生告訴他已可通話之際，他立時不再去理會那金髮女郎了。

可是，也就在那時候，那金髮女郎卻突然向他的懷中倒了下來，而恰在那時候，雲四風也聽到了穆秀珍的聲音。

他覺得十分狼狽，一面伸手想推開那金髮女郎，他自然也向那金髮女郎打量去，可是一看之下，他陡地吸了一口涼氣！

那金髮女郎的臉上，呈現一種可怕的青紫色，她的雙眼圓睜著，瞳孔散亂，一看就知道她已經死於中毒了！

如果穆秀珍不是那麼心急，兩次打斷了雲四風話頭的話，那麼她一定可以聽到雲四風在兩次說有一個金髮女郎在他的懷中之後，下面還有一句「她死了」！

但是雲四風根本沒有機會說出來，穆秀珍卻已放下了電話，在那樣的情形之下，雲四風實在無從向穆秀珍作任何的解釋！

而且，就算穆秀珍不曾放下電話的話，也是不容許雲四風作任何解釋的。試想，雲四風是在機場的電話間中，電話間的門是玻璃的，任何人只要向電話間張望一眼，就可以看到他的懷中有著一個已經中毒死去的金髮女郎！

在那樣的情形之下，他第一要務，自然是先處理了那金髮女郎再說，他將那金髮女郎的身子轉了過來，使她的臉向著牆。

那樣，即使有人從外面張望，也看不出那金髮女郎是死了的。

而就在他將那金髮女郎的身子轉過去之際，他聽到「啪」地一聲響，一直提在那金髮女郎手中的一只正方形的手提箱跌了下來。

雲四風順手將手提箱提開些，卻發現那手提箱十分沉重。

他只將那手提箱提了一下，便將之放了下來，然後，他拉開了門，他看到兩個男子向他走了過來，他忙壓低了聲音，道：「快，請叫警察來！」

那兩個男子離他只不過七八呎遠近了，應該是可以聽到雲四風的話的，可是他們卻全然不理，仍然向著他疾走了過來。

雲四風已然覺出事情不妙了，他立時想將門關上。

可是，他卻慢了一步，當他想將門關上的時候，那兩個男子中的一個，已突然伸出一條腿來，將電話間的門卡住。

而且，他另一隻手也已伸了進來，搭在雲四風的肩頭之上，雲四風倏地一揚手，將他的手打脫，緊接著一拳，便待擊向那男子的下頷！

雲四風的這一拳，如果擊中了那男子的下頷的話，那麼至少可以令得那男子向後翻幾個筋斗。但是他那一拳攻到一半，便收住了勢子。

那是因為，另一個男子也跨前一步，來到了他的身邊，雲四風立時覺得一件硬物向自己的腰際頂了頂，那男子的手中拿著一捲報紙，就在雲四風低頭看去之際，那男子展了展報紙，露出了遮在報紙中的一柄手槍來。

同時，那男子沉聲道：「中國人，別亂動，出來！」

雲四風吸了一口氣，因為他看到那柄手槍是配有極新型的滅聲器的，雲四風知道，那柄槍不會發出比拍一下手更大的聲音，就可以殺人！而如果他再亂動的話，那麼，電話間中就可能有兩個死人，而不是一個了，他自然不想變為死人，是以他便向外走了出來。

他向外走出來，那用槍對著他的男子便向後退去，而另一個男子，則走進電話亭去，他一進去，便立時又退了出來。

在他的手中，已提著那金髮女郎的手提箱，他一出來之後，向另一人一揚首，道：「安黛死了，東西還在，我們走！」

那用槍指住了雲四風的那人道：「這中國人怎麼辦？」

那人冷冷地望了雲四風一眼，吩咐道：「將他趕進電話亭去，讓他去和安黛作伴好了！」

那人揚了揚手中的槍，道：「進去！」

雲四風的心陡地向下一沉，他知道自己已然到了生死關頭了。對於那兩個男子，和那名字叫著「安黛」的金髮女郎，他們究竟幹的是什麼勾當，雲四風可以說一無所知！但這時，他知道，那人一定是想殺自己來滅口了！

雲四風開始向後退去，他才退出了一步，突然整個人向上橫飛了起來，雙腳踹向那人的下頷，這一下飛腳，當真是快疾無比，那人猝不及防，猛地向下倒去，手向上一揚，手槍也脫了手，他已跌出了兩三碼開外！

本來，在電話間前發生的事，並沒有什麼人注意，但是那人突然被雲四風的一下雙飛腳踢倒，立時有幾個女人尖叫了起來。

雲四風飛身踢人，他自己自然也跌倒在地，但是他立時一躍而起。當他躍起之際，那人也已爬起了身來。

這時，提了那女子手提箱的那人，已拔腳向另一個方向奔了出去，雲四風叫道：「快叫警察，攔住那人，小心，他有槍！」

他一面叫，一面身子又疾撲而出，那人剛站了起來，雲四風便已撲到，又將他撲跌在地上，但是那人的身手也十分矯捷，雲四風一把未曾抓住他，他在地上迅速地向前爬出了幾步，又站起身，向前飛奔而出，雲四風連忙追了上去。

他們兩人的追逐，已令得機場大廈裡面起了極大的混亂，警笛聲也傳了過來，他們都奔跑得十分快，轉眼之間，已奔出了大廈。

才一出大廈，一輛敞篷車以極高的速度向前駛來，那人縱身一躍，便跳進了車廂，雲四風也在這時趕到，他也不顧一切地跳進了車子。

那輛車子幾乎未曾停過，接著，便以極高的速度駛走了，在車子駛走之後的兩分鐘，警察才趕到，但那時，那輛車子已蹤影不見了。

在一旁目擊當時情形的人，紛紛向警察講述當時的經過，有兩個記憶力強的人，還向警察講出了那輛汽車的車牌號碼和形狀。

不久，電話間中，金髮女郎的屍體也被人發現了，更多的警員和警官來到了機場大廈之中，追蹤那輛汽車的警車，也早已派出去了……

2 意外收穫

當晚，一直等到午夜十二時，仍然未曾再接到雲四風的電話，穆秀珍急得唉聲嘆氣，木蘭花也一聲不出。

最後，木蘭花道：「秀珍，雲四風究竟有了什麼意外，他在那麼遠的地方，你著急也是沒有用的，還是快睡吧！」

穆秀珍卻固執地搖著頭，道：「不，我要等他的電話，他……他如果不是不能自由行動的話，一定會打電話給我的。」

木蘭花嘆了一聲，她知道穆秀珍所說的是事實。如果雲四風可以自由行動的話，他怎會不再打電話來？那是絕對不可能的事。但是，他究竟遇到了什麼意外，才令得他不能自由行動呢？

木蘭花雖然有著極精密的分析能力，但是在一點線索也沒有的情形之下，她自然也不能對發生了什麼事，作出任何的估測。

她知道，不但穆秀珍睡不著，她和安妮兩人也是同樣睡不著的，因為雲四風是

27 局中局

她們如此密切的朋友。

穆秀珍又開始不安地踱著，木蘭花撐著頭在沉思。就在這時，突然在花園的門口傳來了幾下汽車喇叭聲。

安妮第一個抬起頭來道：「高翔哥哥來了！」

木蘭花看了看鐘，已經十二時半了，高翔在那樣的深夜，為什麼前來？但是一聽到那喇叭聲，她們三人都知道，那確是高翔來了！

穆秀珍連忙衝了出去，打開鐵門，和高翔一起走了進來。

高翔看到客廳中的情形，也不禁一呆，道：「咦，你們還全沒有睡的意思？」

「沒有，你又有什麼特別的事？」木蘭花問。

「很奇怪的一件事，國際警方來了一個十分緊急的電話，要調查一個人在哥本哈根機場上打來本市的一個長途電話，而那個電話，竟是打到這裡來的！」高翔回答。

穆秀珍直跳了起來，道：「是啊，那個電話為什麼要調查？四風究竟怎麼了？他發生了什麼意外，國際警方說些什麼？」

穆珍秀的話像機關槍一樣地掃了過來，如果換了別人，一定莫名其妙了，但高翔終究是思路十分靈敏的人，他「啊」地一聲，道：「那中國人是雲四風？」

穆秀珍捉住了高翔的手臂，搖動著道：「不錯，是他，他究竟怎麼了，高翔，你快告訴我，快告訴我！」

高翔的兩道濃眉緊蹙著，道：「奇怪，怎麼會是雲四風呢？國際警方是應丹麥警方所請，要我們調查這個電話的，他們說，在機場的電話間中，發現了一個金髮女郎的屍體，而又有人看到一個中國人和兩個男子打架，後來追出了機場，又一起跳上一輛敞篷車子走了。」

「後來呢？後來呢？」穆秀珍連聲問。

「一小時之後，警方在街上發現那輛車子，但是車上沒有人，整件事一點線索也沒有，只是接線生提供消息，說那中國人在出事前，曾打過一個長途電話，是打到本市來的，警方記錄了號碼，要求我們對這個號碼的主人作調查。」

木蘭花道：「沒有進一步的消息了？」

「沒有了。」

「那死去的金髮女郎呢？是什麼身分。」

「他們沒有說明，奇怪，四風怎會牽涉進那樣一件事中的？那分明是一件十分嚴重的罪案，四風到北歐去是做生意去的啊！」

木蘭花道：「那當然是一件偶發的事情，高翔，你立時答覆國際警方，最好直接找我們的朋友納爾遜，告訴他，我們願意幫助這件事。」

高翔點著頭，走了過去，拿起了電話。

木蘭花來回踱著，在高翔和納爾遜通話之際，她又安慰著穆秀珍道：「秀珍，你放心，我們到哥本哈根去，去把事情弄清楚。」

穆秀珍雙眼含著淚，默不作聲。

她在愛情上已受過 次極嚴重的打擊，她所愛的人在飛機失事中喪生，現在，她心靈上的創傷剛被時問沖淡，她再堅強，也經不起另一次打擊的！

木蘭花自然知道這一點，是以她知道，現在不單是雲四風遇了險，穆秀珍更是在極度的危險之中，如果雲四風有什麼不測，穆秀珍是一定會崩潰的！

所以，當高翔放下電話之後，木蘭花便急急問道：「怎麼樣？納爾遜說什麼？」

「納爾遜請我們立時出發，他說，哥本哈根警方的負責人，將會在機場上迎接我們，他又說，那死去的金髮女郎的身分已然查明，是一個模特兒，一向被懷疑和製造假畫的集團有關，蘭花，我們立時就出發，如何？」

木蘭花搖了搖頭道：「高翔，你和安妮留下來，我和秀珍去就行了，我想，為了趕時間，我們當然要向軍方借噴射機，也只能允許兩個人去。」

高翔向安妮望了一眼，安妮低著頭不出聲。

安妮當然不喜歡留在家中，雖然有高翔陪著她，但是高翔的公務非常忙，那等於說，木蘭花和穆秀珍走了之後，只剩下她一個人了！

然而，安妮卻也沒有說什麼，她只是咬著指甲，她也知道，木蘭花和穆秀珍必須儘快地趕到哥本哈根去，早到一分鐘都是好的，而她行動不便，如果硬要跟去，那只是累贅！

高翔只向安妮望了一眼，便已完全在她臉上的神情上，看到了她的心思，但是高翔卻也不能給她絲毫幫助，他只是在她的肩頭上輕輕地拍了一下，道：「好，安妮，那麼今晚你就搬到我那裡去，和我一起住，好麼？」

安妮仍然不說什麼，勉強點了點頭。

穆秀珍本來一定是會上去安慰安妮的，可是這時，雲四風出了事，她自己的心中也亂得可以，是以她只是道：「高翔，那麼你快和軍方去聯絡！」

高翔答應著，又拿起了電話。

十分鐘後，木蘭花和穆秀珍已帶備了一切應用的東西，帶著安妮，一齊上了高翔的車子，向機場疾駛而去。

半小時後，在燈火通明的跑道之上，一架小型的噴射機發出震耳欲聾的聲響，在跑道上只滑行了極短的距離，便衝天而起。

那架噴射機一開始就以極高的速度飛行，是以，當它機頭向上一昂，一飛上天空之後，便立時看不見了。

駕機的是木蘭花，穆秀珍坐在她的旁邊。

那架噴射機已是她們可以得到的最快的交通工具了，可是穆秀珍還是緊握著拳，嫌它太慢，她最好一下子便可以到哥本哈根！

雲四風突然跳進了那輛敞篷汽車，由於汽車幾乎沒有停過，是以他才一跳進車子，身子便突然向後一仰。

而那時候，比他早跳進來的那人，卻已轉過身來，立時雙手用力叉住了雲四風的咽喉，雲四風給他叉得幾乎連氣也喘不過來。他連忙雙腿一曲，頂住了那人的腹部，然後，雙腳猛地用力，向外疾彈了出去，將那人的身子蹬了起來。

雲四風的那一蹬，蹬得十分有力，那人的身子向上直翻了起來，翻過了前排座位的椅背，壓在司機的身上。

司機在猝然之間被一個人壓了下來，車子便猛地向旁一側，幾乎已要撞在一根電燈柱之上了，但是那司機的駕駛術卻十分高超，他立時用左肘頂開了那人，又將車子轉了過來，車子一直在急駛著，是以在轉動之際，輪胎和路面發出了可怕的磨擦聲來。

雲四風自然不肯就此放過那人，他連忙一俯身，伸手想去勾那人的頸部，可是，也就在他一欠身之際，他的後腦之上，便受了重重的一擊！

雲四風在受了那一擊之後，只來得及用力向後揮了一拳，但是那一拳是不是擊中對方，連他自己也不知道，因為他已昏過去了。

車子中，本來只有司機、雲四風和被雲四風從機場大廈中追出來的那人，是以雲四風全然未曾提防還會有第四個人出來。而那第四個人，卻是從汽車後排座椅之下突然鑽出來的，那是一個身形矮小，但是一臉精悍之色的漢子。

他用來擊向雲四風後腦的，是一柄手槍的槍柄，雲四風一昏了過去，他就將雲四風的身子放了下來，沉聲道：「快通知接應的車輛前來。」

那司機答應了一聲，將一具小型的無線電通訊儀，遞給了他身邊的那人，那人接過了通訊儀，道：「接應車第二號快照預訂計劃駛來！計劃提前執行，現在立時開始行動！」

敞篷車繼續向前疾駛著，轉過了兩個彎後，一輛棗色的大房車迎面駛來，當兩輛車子交錯的時候，車子一齊停了下來。

那矮小的漢子首先跳下敞篷車，接著，便由另外兩人將雲四風塞進了大房車的行李箱，他們兩人並沒有登上大房車，只是若無其事地向外走去，而那矮小的漢子則進了大房車的後廂，穿制服的司機立時發動了車子。

這一切經過，還不到半分鐘，那條街道十分靜僻，根本沒有人看到，等到哥本哈根警方人員趕到之際，已只剩那輛空無一人的敞篷車了！

那矮小的漢子端坐在大房車的後廂，看來，他像是一個成功的企業家，或者是去參加內部會議的部長一樣。

他在車子轉了一個彎之後，便在前座椅背上按了一按，拉開了一塊板來。在豪華的大房車之中，那地方通常是一個小型的酒櫃。

那漢子拉下了那塊板，看來，也像是打開了一個小酒櫃，因為裡面放著幾瓶酒，和幾只名貴的水晶玻璃酒杯。

他拿起了其中的一瓶酒，可是他卻並不是準備斟酒，他在瓶塞上按了一下，酒瓶的底部便彈了開來，原來那是偽裝得十分巧妙的無線電通訊儀！

他先輕輕地咳嗽了一聲，然後又用十分低沉的聲音道：「東西找回來了麼？」從通訊儀中立時傳出一個聽來十分惶急的聲音，道：「波士，我是和三號一齊去的，我們在機場大廈分頭逃走，安黛的手提箱，是三號帶走的——」

那聲音講到這裡，略頓了一頓。

「講下去！」那矮小的漢子用命令的口吻說著。

他大約五十歲，衣著精美，他的頭部和他的身形相比較，顯得太大了些，但是他炯炯有神的雙目，卻令得他看來十分威嚴，有著一股懾服人的力量，他又道：「三號怎樣了？」

「三號和我分途逃走，」那聲音急促地道：「他走得很安全，並沒有人追他，那中國人只是追我，他應該……應該回到總部來了。」

那漢子「哼」地一聲，道：「然而，他沒有回來！」

「是的，他還沒有到，波士，我已經調查過了，他出機場大廈時，還有人看到他，他拒絕搭我們自己的接應車，卻說為了安全的理由，而改搭了一輛計程車，我們也找到了計程車的司機，他說，將三號載到了麗茲酒店門口，三號就下了車！」

那矮小的漢子顯然十分之暴怒，因為他兩邊額上的青筋都可怕地暴現了出來，在他的喉間，也發出了一陣似咆哮非咆哮的聲音來，只聽得他道：「聽著，這是我的命令，到麗茲酒店附近，一切港口、公路、機場處去尋找三號，還有，要將他活著帶回來見我！」

「是！是！」那聲音立時答應著。

那漢子將酒瓶底的蓋子關上，將酒瓶放進了原來的位置，他的臉色，鐵也似青得十分難看，隱著一重殺機，令人不寒而慄。

車子繼續向前直駛著，雲四風在行李箱中也慢慢地醒了過來。當他才開始有知覺的時候，他只覺得後腦陣陣劇痛。

在那一剎間，他幾乎什麼事也記不起來，只是本能地伸手向後腦摸去和挺了挺身子。那時，他才發覺自己的身子是在一個十分小的小空間之中。

接著，他又覺出了輕微的震盪，他知道自己不是在船上，就是在車子上，而他立即肯定自己是在車中，因為他聽到了道路上的許多聲音。

而且，當他神智漸漸恢復清醒之際，他也可以猜到，自己是在汽車的行李箱之中，到了那時，一切事情的經過，他已全想起來了！

他吸了一口氣，呼吸暫時還沒有困難，眼前一片漆黑，雲四風勉強翻了一個身，自他上衣袋中取出了打火機來，「察」地一聲按著了打火機，憑著打火機上的火光，他更可以肯定那是汽車的行李箱了。

他立時熄了火，在他的鞋跟之中，抽出了一片很薄的鋼片來。

雲四風這次來到北歐，雖然是來做生意的，但是他生性最好設計新奇精巧的東西，而且這些東西帶在身上，絕不會妨礙他正常的行動，是以他身邊仍然有不少工具可供利用。

剛才他已藉著火光看清那行李箱的鎖，只消一片小鋼片，就可以弄得開的了。

他又吸了一口氣，先伸手在後腦腫起的地方，用力按了一按，使得疼痛不那麼劇烈，然後，他用手摸到了行李箱的鎖縫，將那片小鋼片慢慢地塞了進去。

等到小鋼片塞了進去之後，他用手指頂著，用力將小鋼片向上抬去，不到一分鐘，他就聽到了「啪」地一聲響，行李箱的鎖已被他弄開了。

雲四風將行李箱蓋頂開了吋許，向外看去。

他看到的是急速地在後退的路面。同時，他也看出，自己並不是在那輛敞蓬車上，而是在一輛十分華貴的大型房車之中。而車子分明是在高速公路上行駛，因為雲四風將行李箱蓋再頂開一些之際，他可以看到有很多車子都跟在後面，而且車速都十分高。

雲四風既然已弄開了行李箱，他要脫困，自然不是什麼困難的事，但是車子在高速行駛之中，跳車是十分不安全的。而且，公路上車輛不絕，雲四風縱使能安全跳出行李箱去，後面的車子也必然來不及停車，而會在他的身上輾過去的。

是以雲四風並不妄動，他只是等著機會。

他取過了一柄工具，頂住行李箱的車蓋，使車蓋有一道三吋的隙縫，令得他觀察起外面的情形來，可以更加省力些。

車子一直向前駛著，雲四風在行李箱的隙縫中，可以看得出漸漸離開了市區，他側頭看去，看到公路兩旁有不少大規模的農莊。

他等了三十分鐘左右，車子急速地轉了一個彎，轉進了一條兩旁都是高大樹木的小路之中，而且並沒有別的車子跟著駛來。

雲四風知自己跳車的機會來了，同時他也知道，那輛車子在折入了小路之後，很可能就快到目的地，自己不能再拖延了！

他將行李箱蓋托高了呎許，雙腿首先伸了出來。這時，車子行駛的速度仍然十分高，他雙腳碰到了地，立時因為急速的磨擦，而令得雙腳一齊彈了起來。

他連試了三四下，才突然身子向下一滑，滑出了行李箱，當他身子向前滑下之際，他已經立時縮成了一團！

當他身子才一和路面接觸之際，他接連打了幾個滾，上衣立時被撕裂，他在可以自己控制之際，滾到了路邊，才站了起來。

他向前看去，那輛大房車這時正駛進了約在一百碼開外的兩扇大鐵門。在大鐵門之內，是一個極大極大的花園，那花園整理得十分之好，綠草如茵，許多冬青樹全被修剪得像圓球一樣，而且花園中豎著不少塑像，隱約還可以看到在花園中心，是一個很大的噴泉。

自然，還有一所極其宏偉的北歐式古代建築物，聳立在花園的一端，在石階之上，還有著四根潔白的大石柱。

雲四風看到那輛大房車駛進了鐵門，鐵門便又自動關上，而鐵門旁根本沒有人，顯然那兩扇鐵門是由電流控制的。

雲四風忙向旁奔出幾步，來到了一株大樹之後站定。

除了後腦還在隱隱作痛之外，他沒有受什麼傷，他的上衣已被撕破，他索性將之脫了下來，順手塞在樹洞中。

這時，雲四風的心中十分亂，因為一切全是在如此偶然的情形之下突然發生的，他根本不知道自己究竟遇到了什麼事，他迅速地將在機場大廈中發生的事又重新想了一遍。

但是，他仍然得不出任何結論來。

然而有一點，他卻是可以肯定的，那便是：一定有一件極大的罪惡事件正在進行著，而他恰好在那件罪惡的進行之中，無意間撞見了！

那個金髮女郎死了，她似乎就是為了她那只手提箱而死的，因為她才死，就立即有人來搶走了她的手提箱。

那金髮女郎的手提箱中有什麼呢？雲四風不知道，因為他根本沒有機會打開來看，他只不過伸手提了一提，那手提箱十分沉重，他所知僅此而已。

而他自然也知道，如果他不是很快地從昏迷中醒了過來，弄開了行李箱，跳了出來的話，那麼他一定被帶進那所巨宅之中了。

那所建築物看來如此之宏偉，是不是這件犯罪事件的指揮中心呢？如果是的話，那麼，這個犯罪事件一定是一個極大規模的組織所進行的了。

雲四風想了約五分鐘，最後他才想到，他是應該立時設法去通知丹麥警方呢？還是先自行潛進那巨宅中去看個究竟。

雲四風考慮了只不過極短的時間，他便已有了決定。

他決定了這件事，不論是什麼性質的犯罪事件，和他都是無關的，所以，他也不應該擅自進行偵查，他必須將自己所知的一切告知丹麥警方，這樣對整件事只有幫助，可能這所巨宅便是丹麥警方一直要破獲的匪巢啦！

雲四風一有了決定，便立時向外走去。

可是就在這時，雲四風便聽到了一陣急速的犬吠聲自那所巨宅之中傳了出來。

雲四風吃了一驚，連忙回頭看去，只見花園的鐵門大開，四頭狼狗一齊衝了出來，而在狼狗之後，又跟著三四個彪形大漢！

狼狗一出了鐵門，便向前直奔了過來，雲四風心頭的吃驚實是難以形容，他知道，那些狼狗是為了對付自己而來的！

他曾在那汽車的行李箱待了那麼久，優良的狼狗是可以輕而易舉地找到他的，雲四風在那剎間，急忙向前奔出了幾步。

他在奔出了幾步之後，狼狗的狂吠聲更近了！

雲四風回頭看了一看，他那件破碎的上衣仍然在樹洞之中，他的心中突然一動，那群狼狗不找到他則已，只要一找到他，一定先找到這件上衣！

雲四風連忙又奔到了樹邊，將那件上衣取了出來，自上衣袋中取出了一只煙盒來，打開之後，在一個鈕掣上迅速地旋了幾旋，然後將煙盒放還入上衣袋中，將上衣棄在樹下，轉身又奔，他一面向前奔，一面回頭看著，最近的狼狗離開路邊，只有二三十碼了！

雲四風在一株樹旁停了下來，他迅速地向樹上爬去。

當他爬到了離地約有十來呎高下的一根橫枝之上時，只見那四頭狼狗已經衝進了林子，到了他那件上衣的旁邊，圍住了在狂吠。

這時，狼狗的吠叫聲更是驚心動魄，雲四風居高臨下，更可以將那四頭狼狗看得十分清楚，他是個十分愛狗的人，一看就看出，那四頭狼狗全是北歐的好種，放在任何狗展會上，都是可以得獎的！

他的心中不免有一些可惜的感覺。但是在如今這樣的情形下，他卻是絕沒有辦法作另一個選擇的！

那時，不但四頭狼狗已圍住了雲四風的上衣在吠叫，那四名大漢也已快趕到了，四頭狼狗一看到主人趕到，吠得更急，但是也就在此際，突然「轟」地一聲巨響，一下震耳欲聾的爆炸聲，夾著幾團火球，四下迸射，狗叫聲立時便停了下來。

只見那四頭狼狗的身子向外滾去，有兩頭已立時不動，一頭還掙扎著走了一步，但也立時倒了下來。有一頭離那件上衣最近，立時被炸得支離破碎！

那四個大漢行動十分快捷，當爆炸突如其來發生之際，他們立時在地上伏了下來，爆炸一過，他們又衝向前來。

他們一衝到了近前，便立時各自散了開來，藏在樹後。

雲四風在樹上向下望去，只見那株樹也被爆炸的力道，將樹身削去了一大片，地上出現了一個小小的土坑，他對自己設計的那只「煙盒」，表示十分滿意，四頭狼狗已被炸死，他們無法知道自己正確的隱藏地點了！

即使他們再派狼狗出來的話，也沒有用了，因為爆炸之後的火藥味如此之濃，一定會將所有別的氣味都　齊蓋過去的。

但是，雲四風也不是完全安全了，他雖然用那只有著精巧的爆炸裝置的煙盒炸死了那四隻狼狗，但是那也只不過是暫時逃過了難關而已。敵人方面也一定可以知道他就在這附近，他如果想要脫身，去通知警方的話，還需要經過極大的努力！

他躲在樹上，一聲也不出，他身上沒有什麼遠距離攻擊武器可供使用，是以他只好等著。

他聽得那四個大漢之中，有一個人正在講話，但是卻又聽不清他是在講些什麼。從那人的聲音聽來，他好像是在利用無線電對講機在和人通話。

約莫過了三五分鐘，才聽得有人高聲叫道：「中國人，你是沒有逃走的機會的，快現身出來，我們的波士要見你，立即就會有很多人包圍這裡，你絕不會有機會的！」

雲四風仍然不出聲，但是他知道，那人倒並不是對自己虛言恫嚇，因為他可以看到，又有十來名大漢從那扇鐵門中走了出來！

雲四風苦笑著，自己只有一個人，對方的人手如此之多，而且，事情又發生在對方的巢穴附近。

雲四風剛才還在想，那一下爆炸聲可能會引得別人前來，但現在看來，那也是沒有可能的了，因為這裡離公路十分遠，而附近又絕沒有別的房子！

那人繼續在叫著，道：「中國人，從樹上下來吧，我們知道你一定躲在樹上，我們的人已帶著催淚氣體來了，你是躲不過去的。」

雲四風仍然不出聲，那十來個人也迅即來到了林子中，他們之中的三個人，手中全執著樣子十分奇特的槍枝，他們趕到了之後，其中的一個，立時向一株樹上放了一槍，只聽得「砰」地一聲響，濃煙立時從樹葉中冒了出來！

那是催淚煙！

而林子中的樹木並不是十分多，他們就算向逐株樹上放射催淚煙彈的話，雲四風也最多只能再躲藏半小時，而絕不能再躲下去的了！

而那在高叫著的人，又叫了起來，道：「中國人，你看到了沒有？你是躲不過去的，而波士並沒有命令我們殺害你，他要和你談談，你不妄動，不會有生命危險的！」

雲四風在考慮著，但是就在那幾句話間，那幾個執著催淚槍的人又已放了十來槍，其中有一槍，是射向雲四風身邊不遠處的一株樹上的。

雲四風知道自己躲不過去了，他無法抗禦催淚煙，就必然會被人家趕下來，與其被趕下來的話，那還不如自己走下來。

雲四風吸了一口氣，大聲道：「行了，我下來了！」

他一出聲，下面林子中十幾個人漢便立時散了開來。雲四風身形向下一沉，雙手抓住了橫枝，這時，他雙足離地，仍有七八呎高。

但是，他卻毫不考慮，雙手一鬆，身子便向下落來，他身子在落地之際是蹲著的，但立時向上一彈，便已站直，他拍了拍身上的灰塵，道：「我在這裡了！」

那十來個大漢一齊向他圍了上來，神色都十分緊張，反倒是雲四風，十分輕鬆，道：「你們何必那麼緊張？我一個人可以打得過你們那麼多人麼？你們的波士在什麼地方？我想他既然想見我，一定很心急地在等我了！」

那十來個大漢之中，走出一個人來，那人先揮了揮手，其餘的人便都讓開了些，那人才道：「是的，波士正等著你，請跟我來。」

那人轉身便向林外走去，雲四風跟在他的後面，其餘的人又跟在雲四風的後面。雲四風回頭看了一眼，只見那些人排成了一個扇形，跟在他後面，當然是為了防範他逃走了。雲四風心中一面覺得好笑，一方面卻也十分憂慮。

他覺得好笑的是，這時候，他是根本沒有逃走的機會的，但是對方卻仍然那樣小心翼翼，未免有點過分。然而，這一點也正是他所憂慮的，因為對方在那樣的情形下，仍然戒備得如此之嚴，可知自己要脫身，實在不是一件容易的事！

而且，從那些人的行動來看，都十分熟練，指揮他們的人甚至一句話也不必說，只要揮揮手就可以了，如果不是久經訓練，是不可能有那樣情形出現的！

雲四風跟在那人的身後，一步步向那兩扇大鐵門走去，他心中深深感到，越向那兩扇大鐵門接近一步，便等於是向一個極大的危機接近一步！

然而，當危機降臨到他身上之前，他卻全然無法知道，那會是一個什麼樣的危機！

不到十分鐘，雲四風已走進了那兩扇鐵門。

那兩扇鐵門是敞開著的，但在他們這群人通過之後，便自動關上，雲四風也不回頭去看，只是打量著眼前的花園。

那花園是經過精心照料的，草地上一點雜草也沒有，在圓球形的冬青樹下，種植著一簇一簇的玫瑰花。等到雲四風來到了石階上時，他看到了一排極其寬闊的落地長窗，並且可以看到大廳上鋪著的鑲金線的名貴土耳其地氈。

雲四風終於踏上了那種地氈，他也立時看到，在一張天鵝絨的安樂椅上，一個瘦矮的中年人，正用炯炯的目光打量著他。

雲四風同樣地打量著那漢子，從那漢子的氣派看來，雲四風便已經可以知道，那一定就是那群大漢口中的「波士」（老闆）了。

他吸了一口氣，裝出一副滿不在乎的神氣來。

那漢子打量了他好一會，才道：「請坐。」

雲四風在他對面坐了下來，而且，不等那漢子出聲，他便打開了几上那只煙盒，取了一支煙，點燃之後，深深地吸了一口。

那漢子有神的雙目，仍然注定在雲四風的身上，等雲四風將那支煙吸了將近一半時，他才開口道：「你是中國人？」

「是的。」雲四風立時回答。

那漢子問道：「你，就是木蘭花？」

雲四風一聽得對方那樣問法，不禁陡地一呆，但是接著，他卻忍不住哈哈大笑了起來。木蘭花的名頭實在太響亮了，連得那傢伙也有所聞，但是那傢伙竟然不知道木蘭花是一個女孩子，這不是太好笑了麼？

他笑了片刻，道：「我當然不是木蘭花，我是女孩子麼？」

那漢子的神情一直十分嚴肅，他道：「我也聽說木蘭花是一個女孩子，但是我卻不相信，因為我聽到過不少有關她的事，似乎不是一個女孩子能做得出來的！你認識她麼？」

「當然認識，」雲四風回答得很響亮。「她是我的好朋友。她的妹妹穆秀珍更是我的好朋友！」

那漢子聳了聳肩，道：「那麼，如果你有了危險，木蘭花會來救你麼？」

雲四風呆了一呆，他本來想說「當然會的」，可是這一句話還未出口，他的心中便陡地一動，覺得對方那樣說法，內中大有文章！

他遲疑了一下，才反問道：「你這樣說是什麼意思？」

那漢子放肆地哈哈大笑了起來，道：「我不相信你不明白，哈哈，我想你一定明白我的話是什麼意思的！」

雲四風只感到一股寒意，他已知對方絕對不懷著什麼好意了。可是，他仍然一點也不知對方是什麼身分，幹的是什麼勾當！

那漢子繼續笑著，伸手直指著雲四風的鼻子，道：「你可以說是我們的意外收穫，你對我們是十分有利的，有你，木蘭花就會來和我見面了！」

雲四風的頭向後微微仰著，不讓他的指尖碰到自己的鼻子，他不等那漢子將話說完，陡地伸出手來，向那漢子的手腕抓去！

但是那漢子的動作卻十分靈活，雲四風才一伸出手去，他便立時縮回手來，雲四風一抓抓了個空，在他身後，立時傳來一聲冷冰冰的呼喝，道：「別亂動！」

同時，雲四風也感到一根金屬管子在他的後腦上撞了一下，不消說，那自然是一柄手槍的槍口了！

那漢子又笑了起來，道：「是的，先生，別亂動，照我的吩咐去做，你是木蘭花的好朋友，你可有想和她通一個長途電話麼？」

雲四風哼了一聲，並不回答。

那漢子拍了拍手掌，道：「拿電話來！」

他一吩咐，立時便有人答應，推著一只小几，來到了近前，小几上是一具電話，那漢子向電話指了一指，道：「和木蘭花通電話，照我的話講。」

雲四風考慮了並沒有多久，便拿起了電話來。

他耐心地等著接線生接通越洋長途電話，可是，木蘭花家中的電話鈴響了很久，也沒有人來接聽，因為，木蘭花、穆秀珍和安妮都已不在家中了！

木蘭花和穆秀珍已經到丹麥來了！

3 非同凡響

木蘭花駕駛的小型噴射機降落在哥本哈根的機場時，是黃昏時分。她們的飛機才一停下，一輛車子已然來到了近前。

木蘭花按鈕令得機艙的艙蓋升起，她和穆秀珍一齊下了飛機，只見一個體格十分強壯的紅髮男子，自那輛車子中走了出來，直趨她們面前，道：「兩位就是穆小姐麼？我是這裡的警官，魯達司，兩位準備在什麼地方居住？」

木蘭花皺了皺雙眉，道：「魯達司先生，我們並沒有考慮到這一個問題，我們一個最好的朋友出了事，我們希望立即展開工作！」

木蘭花的話，似乎使魯達司感到意外，他呆了一呆，才道：「可是我們對這件事，卻還只掌握到極小的線索。」

「我們可以就從那一點線索著手的。」木蘭花回答。

魯達司點頭道：「看來，有關你的很多傳說，都並不是誇大的，木蘭花小姐！」

魯達司那樣講法，自然是對木蘭花立時展開工作，根本不考慮到休息一事，表示十二分的欽佩。

但是木蘭花卻謙虛地笑道：「警官先生，凡是傳說，總是誇大的！」

魯達司爽朗地笑了起來，道：「請登上我的車子。」

木蘭花和穆秀珍兩人，一齊登上了車子。

達魯司坐在一個穿警員制服的司機旁邊，而木蘭花和穆秀珍則坐在後面，車子駛出機場之後不久，天色便迅速黑了下來。

哥本哈根是歐洲幾個最美麗的城市之一，它的夜景格外美麗，穆秀珍本來是最喜歡旅行和發問的，可是這時，她對美麗的城市夜色卻視若無睹，只是緊張地搓著手。

木蘭花則一動也不動地望著外面，魯達司也不說什麼，顯然他是準備到了警局之後，才向她們詳細解釋他所獲得的那一點線索。

車子在半小時之後，駛進了一所相當宏偉，但看來有點古老的建築物的大門，進了大門之後，是一幅很大的空地，停著很多車子。

當魯達司的車子停下，他們一齊從車中走出來時，來往的警員和警官都對木蘭花和穆秀珍兩人投以奇異的眼光，因為他們是很少有機會看到那樣美麗的東方女子的。

魯達司帶著她們，直來到他的辦公室，他請木蘭花和穆秀珍兩人在他對面坐了下來，然後才道：「事情發生的經過，你們已經知道了。」

「是。」木蘭花立時回答。

「我們至今為止所獲得的唯一線索，便是那個死者，這裡便是她的資料！」魯達司將一個文件夾遞到了木蘭花的面前。

木蘭花打開了文件夾，看到了好幾張相片，相片中是一個十分美麗的金髮女郎，那金髮女郎就是突然死在雲四風懷中的安黛。

木蘭花抬起頭來，道：「她的住所，你們去搜尋過？」

「是的，她一個人，住在一幢十分高級的公寓大廈之中，我們去搜尋過，發現了兩幅偽造的倫勃朗油畫，她是一個職業模特兒，但是我們早就懷疑她和一些偽造的藝術品有關，她經常去美國，我們懷疑她就是去推銷偽製藝術品的。」

木蘭花緩慢地問道：「那麼，你們是不是認為她和某一個集團有關呢？」

「我們的確這樣想過，但是卻沒有證據，有一個時期，我們對安黛也進行過跟蹤，可是也沒有什麼發現。」

木蘭花「嗯」地一聲，想了片刻，才道：「我們還要到安黛的住所去觀察一下，對了，那輛車子怎麼樣？有什麼值得注意之處麼？」

魯達司呆了一呆，道：「你是指——」

「我是說，我們的朋友雲先生，追一個人離開機場，有人目擊他登上了一輛車子，那輛車子，後來是在街邊被發現的。」

「是，那輛車子，是屬於一個農莊的主人所有的。」

「可有對那農莊的主人進行調查？」

「有，但那是不必要的，那農莊主人早在一星期之前便將那輛車子報失了，那些人顯然是用偷來的車子行事的。」

不法分子用偷竊來的車子從事不法勾當，這本來是十分普通的事。但是木蘭花聽了之後，卻皺起了雙眉。

穆秀珍知道，木蘭花一定是有了什麼發現，才會有那樣神情的，她一直沒有出聲，直到此際，她才問道：「蘭花姐，你想到了什麼？」

木蘭花緩緩地搖著頭，道：「很難說，我只是想到了——」她講到這裡，又問道：「我可以得到那農莊的地址，和農莊主人的名字麼？」

魯達司似乎對木蘭花的這個要求，有點覺得多此一舉，但是他還是有禮貌地回答，道：「可以，我可以叫我的秘書抄給你。」

他按下了對講機的掣，將木蘭花的要求轉達了下去，木蘭花又道：「我還有一點請求，你們別再對那農莊採取任何行動。」

53 局中局

「我們早就不對他採取行動了——小姐，那農莊真的值得可疑麼？」

木蘭花並不回答，只是道：「我只不過那樣想而已，對了，安黛是因為什麼原因死的，可有驗屍報告麼？」

「有的，她中了氰化物毒，毒品是早已含在她口中的，她在突然之際，咬破了毒品的外殼，所以她立時毒發身死了。」

木蘭花幾乎一直緊蹙著的雙眉，這時突然舒展了一下。

穆秀珍知道，木蘭花一定又想到什麼了，但是她卻沒有問，因為她明知自己就算問的話，木蘭花也絕不會回答自己的。

木蘭花似乎沒有什麼別的問題了，辦公室中靜了下來，幾分鐘後，一位女警官拿著一張紙進來，交給了魯達司，魯達司又立時轉交給了木蘭花。

木蘭花看了一眼，放入了衣袋之中，她站起身來，道：「我希望向你借兩樣東西：一輛車子，和一張詳細的道路地圖。」

魯達司忙說道：「小姐，你不是希望單獨行動吧？」

木蘭花卻毫不考慮地道：「是的，我認為我們的朋友在極度的危險之中，大規模的行動不但不足以救他，反倒容易使他的處境更危險。」

魯達司的神情十分尷尬。

木蘭花又道：「我們的要求或許使你難堪，但如果這件事的背後隱藏有什麼重大的犯罪行為的話，我們先去進行單獨的偵察，對整件事情也是有利的。」

魯達司忙道：「我倒並不是這個意思，我的意思是，兩位小姐來到我們的國家，對兩位的安全，我有責任保護的。」

木蘭花笑了起來，道：「警官先生，照你那樣說法，我們不像是救人，倒像是求保護來的了，千萬別那樣想，那會使我們難堪的。」

魯達司攤了攤手，無可奈何地道：「既然你們堅持，我自然不反對，我會給你們一輛性能十分好，而且有多種附屬作用的車子給你們，一份詳細的全國交通道路圖，也可以借給你使用，你還有什麼特別的要求麼？」

「沒有了，謝謝你，我只不過還有一件事要請問你。」

「請說。」

「哥本哈根市港口的藝術雕塑美人魚像的頭部，被人鋸了下來，那是貴國的損失，請問，已找回來了麼？」木蘭花突然問及了和雲四風失蹤看來是全然風馬牛不相及的事情。

魯達司嘆了一聲，道：「這件事，也正是由我負責的，到如今為止，我們甚至連最細微的線索也得不到，我們已準備放棄尋找了！」

穆秀珍忍不住道：「那怎麼行？港口上的那美人魚難道便一直沒有頭麼？那會破壞整個城市的美麗的。」

「多謝你對我們藝術的關心，穆小姐，但我國的藝術家已決定照原來的樣子，一模一樣仿製一個接上去，可以接得十分巧妙，看不出痕跡來。」

穆秀珍沒有再說什麼，魯達司又望向木蘭花，木蘭花也不再問問題，道：「我們準備立時就出發，車子在什麼地方？」

「請跟我來！」魯達司向辦公室外走去。

木蘭花和穆秀珍跟著他來到了一個車房之中，那車房中有不少技工正在工作著，也停著不少輛車子。

魯達司指著其中一輛看來十分殘舊，式樣也已古老得可以的車子道：「你們可以使用這一輛車子，這是我們這裡最好的車子。」

木蘭花只是用心地聽著，但是穆秀珍卻現出懷疑的神色來，魯達司向一個技工招了招手，道：「你過來，向這兩位小姐解釋這輛車子的好處。」

那技工滿身油污走了過來，將手按在那車子的車頂上，道：「這可以說是世上最好的車子之一了，它的加速系統是無可比擬的，在四秒鐘之內，便可以由靜止到六十哩，而從六十哩到兩百哩的速度，只需要七秒的時間。」

「你有沒有弄錯？」穆秀珍叫了起來，「這輛老爺車，可以達到兩百哩的高速？」

「小姐，」那技工有禮貌地回答，「應該是兩百六十哩，我們將最殘舊的車身配上最具威力的機器，不過那車子內部倒是很舒服的，在駕駛位之旁，有一小部分是可以揭起來的，那裡有四個鈕掣，有著不同的用途。」

那技工講到這裡，抬起頭來向魯達司看了一看，像是在請問他，是不是應該將那四個鈕掣的用途講給木蘭花她們聽。

魯達司點了點頭，道：「這輛車子，將由這兩位小姐使用，你自然要將那四個鈕掣的用途告訴她們的。」

那技工打開了車門，將那一塊坐墊掀了起來，果然現出了四個按鈕，他指著第一個道：「按下這個按鈕，在車頭燈和車尾燈之旁，共有四管機槍會自動發射，四挺機槍一共有四千發子彈，配上高超的駕駛術，可以在任何情形下衝出來的。」

木蘭花回頭望了魯達司一眼。魯達司是一個地位十分高，經驗也極之豐富的警官，他自然立時在木蘭花的眼光之中，看到了她心中的感激。

「第二個按鈕的作用十分怪，按下它之後，車頂會揭開，前排座位上的人會從座位上彈起來，那是為了逃生而設計的；第三顆鈕掣，可以令得車子駛進水中，當作一艘快艇，至於第四個按鈕，那最好不要用到它。」

「為什麼？」穆秀珍問。

「因為在按下它之後，二十分鐘，整輛車子就會爆炸，而這輛車子，是我們全體人員許多心血造成的。」

木蘭花伸出手來，和那技工握了一握，道：「多謝你們，多謝你們全體，我會好好使用這輛車子的，並且盡量不讓它毀壞！」

木蘭花一面說，一面已和穆秀珍一齊跨進了車子，她將車駛了出來。

雖然只是將車從車房中駛出來，但木蘭花不單是一個高超的駕駛者，而且是一個對各類機械都有著深刻認識的人，是以她毫無疑問地便可以肯定，那位技工在介紹這輛車子的時候，並沒有任何誇張。

她才駛出了車房，一位警官已將一份地圖交給了她。木蘭花向魯達司揮了揮手，道：「事情一有進展，我就和你聯絡。」

魯達司也揮著手，他喃喃地說了一句話。

但是木蘭花和穆秀珍卻都未曾聽到這句話。而如果她們聽到的話，她們一定會忍不住笑起來的，魯達司在自言自語地道：「她們兩人甚至不必吃東西麼？」

木蘭花和穆秀珍當然不是不要吃東西的，而是她們的心中知道雲四風的遭遇十分離奇，不容許多耽擱時間，所以她們根本未及考慮到吃東西。

她們駛出了警局，穆秀珍便問：「我們到哪裡去？」

「到那農莊去，」木蘭花立時回答，「你快在地圖上找出那農莊的所在來，我們要盡快趕到那地方去。」

「那農莊？」穆秀珍懷疑地問著，「蘭花姐，那農莊只不過是它的主人失竊了一輛車子，有什麼值得去追查的地方？我們不到那金髮模特兒的住所去？」

穆秀珍雖然不同意木蘭花的意見，但是她還是打開了地圖，道：「要到那農莊去，我們需由市南面離開市區，才能到達。」

木蘭花道：「你指點道路。」

穆秀珍仍道：「可是我不明白——」

木蘭花道：「第一，這件事，一定是一個組織極其嚴密的犯罪集團幹的，我現在還不知道他們在從事的是什麼勾當，但是有一點，卻是可以肯定的，那便是那個金髮模特兒，是這個組織中的一分子——這從她的死法上可以看出來，組織嚴密的犯罪集團，和國家控制的情報機構相同，要求其成員在必要的時候自殺，他們所採取的辦法，大多數是嚼破口中的毒藥囊！」

「可是，那金髮女郎在機場大廈中，為什麼要自殺呢？你既然肯定了她是犯罪集團的一員，你就更應該到她的住所中去才是！」

木蘭花道：「我不到那金髮女郎家中去的原因，第一，警方已去過了，我相信你不會反對我說魯達司是一個十分精明的警官吧？第二，那金髮女郎是犯罪集團中的一員，她一出了事，在警方還未曾查明她的身分之前，犯罪集團必然已先一步到達，將一切對集團不利的東西全毀滅了，這便是魯達司一無發現的原因，我們再去的話，豈不是白浪費時間？」

穆秀珍呆了半晌，道：「可是那農莊——」

「那農莊的主人報失了一輛車子，後來這輛車子在街頭出現，證明被別人使用過，這件事，看來和那農莊主人是一點關係也沒有的，是不是？」

「是啊。」穆秀珍回答著。

「可是你可曾想到，我已肯定了那是一個組織極嚴密的犯罪集團做的事，一個這樣的犯罪集團會連一輛車子都要去偷麼？」

穆秀珍呆了一呆，她已經得到木蘭花的提示而恍然大悟了。木蘭花的推想能力十分強，當她一步一步地分析之後，事情的本質也暴露無遺了。

穆秀珍「啊」地一聲，道：「蘭花姐，你的意思是，農莊主人是故意報失，好使事後警方找不到這輛車子的線索？」

木蘭花迅速地將車子轉了一個彎，點了點頭。

穆秀珍又道：「那樣說來，那農莊主人，是這個犯罪集團中的一分子了？」

「這一點倒不能肯定，但是至少是有聯繫。」

穆秀珍不再說什麼，她聚精會神地看著街道上的路牌，然後參照地圖，指揮著木蘭花行車，不一會，她們已出了市區，車子在公路上疾駛了。

夜晚的公路上，車輛十分少，木蘭花將車速提高到一百五十哩，車子仍然十分之平穩，公路的兩旁並沒有路燈，在轉入了一條支路之後，連路面中心的閃亮提示燈也沒有了，眼前一片漆黑，穆秀珍道：「蘭花姐，照地圖上看來，那農莊就在前面一哩半處。」

木蘭花熄了車頭燈，道：「戴上紅外線眼鏡。」

穆秀珍將紅外線眼鏡戴上，木蘭花自己也一樣地戴上了紅外線眼鏡，駕著車子，向前慢慢地駛去，幾乎一點聲音也沒有。

紅外線眼鏡令得她們在黑暗之中可以看清東西，雖然所有的一切全是籠罩在一種暗沉沉的紅色光芒之下，和白天大不相同，但是她們卻可以藉此在黑暗之中行車。

車子在支路中駛出了哩許，她們已看到前面有燈光射出來。

射出燈光的地方，是五六間木板屋。那五六間板屋的四周，全是空地，空地之外，圍著木柵，那是一個典型的丹麥農莊。

這時，在夜晚看來，那農莊在粗大的古樹環繞之下憩睡，是如此之沉靜，寧謐，看來實在和任何犯罪行為都一點也扯不上關係。

木蘭花在可以看到燈光之後，便停了車，打開車門，和穆秀珍一齊走了下來，在路的兩旁，全是高人的樹木，她們並不在路上前進，而是在路邊的草地上向前迅速地走去，不消十分鐘，她們已來到了農莊的木柵旁邊了。

當她們在農莊木柵邊站定的時候，她們聽到在板屋之前，傳來了幾下犬吠聲，但是犬吠聲卻也立時靜止了下來。

她們兩人等了沒有多久，就翻過了木柵，開始向板屋走去，她們走過了一長列雞舍，犬隻又大聲吠叫了起來。

木蘭花向穆秀珍做了一個手勢，示意穆秀珍去制止犬隻的吠叫，穆秀珍向前奔出了幾步，來到了板屋的側邊，一隻狼狗吠叫著，向她撲了過來。

穆秀珍早已備了麻醉槍在手，她向著撲來的狗射了一槍，那條狼狗在半空之中便向下跌了下來，再也沒有聲息了。

穆秀珍連忙轉過身，向前招了招手。她本來是想告訴木蘭花，那大聲吠叫的狼狗已然受了麻醉，木蘭花和她可以放心前進了。

可是，當她轉過身去想去招手時，卻不禁一呆。

木蘭花本來在不遠處的一簇矮樹之前的，但這時，木蘭花卻已不見了，穆秀珍呆了一呆，不知道是叫好，還是不叫好。

就在這時候，她聽得背後有一陣急促的腳步聲傳了過來，那一陣腳步聲雖然細碎，但是實在太急促了，是以令得穆秀珍立即知道，有不尋常的事發生了！

她立即轉過身來，她的反應可以說是極為快疾的，但是還是慢了一步，她剛一轉過身來，兩支雙筒獵槍已然指住了她的胸口，同時，只聽得她身前的人喝道：「將手放在頭上，拋去你手中的槍！」

如果穆秀珍是平舉著她手中的麻醉槍的，她或者還可以拚上一拚，但是現在這樣的情形之下，她卻是一點機會也沒有！

她呆了一呆，只得拋去了麻醉槍，將雙手放在頭上。

那兩人一齊笑了起來，其中一個道：「木蘭花小姐，你果然來了，我們的老闆已經早在等著你了！」

穆秀珍本來想要大聲否認，說自己不是木蘭花的。但是一轉念間，她卻忍住了未曾說出來，因為她想到，木蘭花突然不見，不可能是和自己一樣，落入了敵人的手中。

木蘭花如果落入了敵人的手中，那麼她一定會聽到聲響的。而今木蘭花突然不見，自然是她發現有什麼不對頭之處，而又來不及警告自己，是以她便先躲了起來，以免兩個人一齊落入敵人的手中。如果自己所料不差，那麼這時就讓對方以為自己是木蘭花，會對自己這方面十分有利的。

所以穆秀珍並沒有否認，只是「哼」地一聲，道：「你們的老闆是什麼人？」

那兩人卻並不回答，只是道：「轉過身去，向前走！」

穆秀珍不出聲，她依著那兩人的吩咐，轉過身，向前走去，她才走出了幾步，便聽得灌木叢中，傳出了幾下鳥鳴聲來。

那幾下鳥鳴，聽來像是原來棲息在灌木叢中的鳥兒受了驚恐，才發出鳴叫聲來的，絕不會引起別人的注意。但是，那幾下聲音聽在穆秀珍的耳中，卻完全不同了，她一聽就聽出，那並不是鳥鳴聲，而是木蘭花發出來的聲音。

她也在聲音中知道，木蘭花很安全，而且，木蘭花要她繼續那樣做，不要反抗，也不必害怕。穆秀珍仍在向前走著，輕輕地哼了幾句歌。

轉眼之間，她已轉過了板屋，來到了後面一列豬舍之前，在穆秀珍背後的一個人，踏前幾步，用槍柄在豬舍的紅磚牆上，輕輕地敲了幾下。

那一豬舍的矮磚牆，原來竟是一個秘密通道的入口處，向旁移了開來。穆秀珍

「哈哈」一笑，道：「原來你們的老闆，竟是與豬為伍的麼？」

那兩人忍受著穆秀珍的嘲笑，只是道：「請你由這裡走下去，小姐！」

穆秀珍向下看去，只見豬舍的磚牆移開之後，一道鋼梯通向下面。

穆秀珍沿著梯子走下去，在她前面的一道門立時移開，穆秀珍感到愕然，因為在她眼前的，是一間十分華麗的休息室，厚厚的地氈，古典式的陳設，優美的音樂，在一張安樂椅中，一個瘦小的漢子，手中正在搖晃著一只酒杯。

那漢子一看到了穆秀珍，便立即道：「歡迎，歡迎！」

穆秀珍聽得「刷」地一聲，身後的門已然關上，在這間地下室中，已只有她和那瘦小漢子兩個人了。

那漢子仍然笑著，道：「木蘭花小姐，你當真是名不虛傳，當我決定在這裡等候你大駕光臨之際，我心中在自己問自己：木蘭花會不會也像平常人一樣，忽略了這條十分明顯的線索呢？但我決定還是在這裡等你，因為你若是想不到這一點，那就證明傳說誇張，我也不必和你相見了，但現在證明你確然非同凡響！」

那漢子的聲音，十分有力，他侃侃而談，顯得興致十分之高。

穆秀珍聽了他的話，心中不禁暗自叫了一聲慚愧！因為當木蘭花提出這個早在好幾天前就報失車輛的農莊可能和事情有關之際，穆秀珍還曾和她爭論過！由此可知，木蘭花的分析能力，是遠在她之上了！

穆秀珍心中那樣想，但是她表面上卻裝出一副滿不在乎的神氣來，道：「那算什麼？你就是所謂老闆麼？機場大廈中的事，是你主持的？」

「對的，那事和我有關。」

穆秀珍究竟是心急的人，一聽得對方直認不諱，立時走前幾步，道：「那麼，我們的朋友呢？他在何處？他怎麼樣了？」

那漢子卻好整以暇，慢慢地喝了一口酒，才道：「當然，他很好，他正受著我帝王一般的招待，他很好！」

穆秀珍又踏前了兩步，道：「他在哪裡？」

那漢子搖著頭，道：「那我卻不能告訴你，我們剛見面，剛見面的人，是不宜談及太多問題的，是不是？等我們之間——」

他話還未曾講完，穆秀珍已忍不住了，那漢子就算站起來，只怕也要比穆秀珍矮上半個頭，這時坐在安樂椅中，更顯得他矮小，是以穆秀珍根本沒有將他放在心上，不等他講完，怒喝了一聲，伸手便向他的頭頂抓了下去！

可是，穆秀珍才一揚手，手剛向下一沉間，那漢子所坐的椅子，立時向後滑了開去，滑開去的勢子是如此之快，以致穆秀珍一抓抓了個空，幾乎跌了一下！

穆秀珍忙站直了身子，那漢子已厲聲道：「小姐，如果你以為在這裡動粗，而可以佔到便宜的話，那麼，你便大錯而特錯了！」

穆秀珍四面看了一下，地下室中仍然只有她和那漢子兩個人，她根本不理會那漢子的警告，又待向前衝過去。

可是那漢子也在那片刻間，突然站了起來。

他剛一站起，只聽得「刷」地一聲響，一幅牆整個向下沉去，四個躲在牆後的槍手立時現身出來，他們手中的槍，全集中在穆秀珍的身上！

那漢子又冷笑一聲，道：「你看到了沒有，小姐？我以為你早該注意到牆上的幾幅畫上有異樣之處的！」

他一面說，一面揮了揮手，那牆又「刷」地升了上來。

穆秀珍這時向牆上看去，才看到牆上的四幅畫上，各有兩個掩飾得十分巧妙的小圓孔，那四個槍手分明是透過這幾個小圓孔，早就在監視她了！

她的心中又暗叫了一聲慚愧，她想，如果是木蘭花的話，一定早已看出來，也不會妄動了，自己也必須和她一樣鎮定才行。

是以，她若無其事地笑了一笑，道：「好了，你現在不肯說，那也不要緊，看看我們之間可有什麼可以談的事。」

「對了，」那漢子擺著手，「請坐。」

穆秀珍坐了下來，她這時的外表看來十分鎮定，那倒也不全然是假扮出來的，因為她已知道，雲四風雖然在敵人的手中，但並沒有發生什麼不幸的事。而且，聽對方的語氣，似乎還想利用雲四風來要脅自己，提出什麼條件來，那自然更可以證明雲四風安然無恙了。既然雲四風沒有事，她自然也不會緊張了。

那漢子忽然笑了起來，道：「小姐，這可以說是一件偶然之極的事，才會令你來到這裡和我見面。我的一個手下，忽然起了歹念，想獨吞一件東西，幸好我早另派了兩個手下去監視，起歹意的臨時避進了雲先生正在使用的電話間中，事情就是那樣偶然！」

穆秀珍道：「那金髮模特兒？」

「是的，她看到我另外兩個手下逼近，自知走不脫，而且她也知道被我的人捉回來之後，將受到什麼樣的慘刑，所以她自殺了，多謝那位雲先生，如果不是他多事，我們也見不了面，我現在的難題，也不能委託小姐來解決了，是不是？」

穆秀珍「哼」地一聲，道：「你的難題，是你的事！」

那漢子卻「哈哈」笑了起來。

那漢子的笑聲十分假，十分做作，他笑了一會，道：「對的，小姐，我的難題是我的事，但是雲先生卻是你的朋友。」

穆秀珍怒道：「你是在威脅我？」

那漢子卻洋洋得意，道：「正是！」

穆秀珍未曾料到對方竟那樣直截了當地承認是在威脅自己，是以一時之間，她倒不知說什麼才好了，她只是冷笑著，過了半分鐘，才道：「你的難題是什麼？」

那漢子想是以為他正處在極度的上風，是以態度十分倨傲，剛才是他自己提出，想要穆秀珍（他以為是木蘭花）來幫他解決難題的，但現在穆秀珍問他的難題是什麼，他卻賣著關子，只是笑著，不肯痛快講出來。

穆秀珍是何等心急的人，這時正恨不得不顧一切衝上前去，打他兩巴掌再說。她在心中告誡了自己幾百次，才算是勉強捺下了怒火。

她心中只在想：木蘭花現在在做什麼呢？木蘭花是應該看到自己進入地下室的，她也該聽到那兩個人要自己去見「老闆」，她為什麼還不行動呢？

穆秀珍一方面希望木蘭花快些有所行動，但是另一方面，又替木蘭花擔心，因為隱藏在牆後的槍手已有四人之多，上面不知還有多少人？

木蘭花是不是能順利得手呢？

4 美人魚頭

木蘭花是不是能順利得手，這是連木蘭花自己也沒有把握的事，但是木蘭花有一個好處，那就是在十分危急的情形下，她仍然能保持鎮定，而鎮定就有助於她尋覓更好的時機，來使她自己取得勝利。

很多人本來是在優勢地位的，但因為把握不到時機，是以反倒失敗了。

木蘭花是在突然看到有兩個人影在板屋的另一邊移來之際，躲進灌木叢中去的。正如穆秀珍所料，那時，她根本沒有機會通知穆秀珍。

木蘭花看到的，自然不是全部人影，只不過是兩個人的頭部投在地上的黑影而已，天色十分黑暗，那兩個人影幾乎是辨認不出的，但是細心的木蘭花卻發覺了，而且她立即想到，那是有兩個人站在屋角後面所形成的！

一想到這一點，木蘭花立時覺出，自己可能是走進了對方布置的陷阱之中，這時候要退出去，自然是太遲了，唯一的辦法，便是先躲起來再說。

她才剛向灌木叢中躲去的時候，是不是真能躲過對方的耳目，是連她自己也沒有把握的事。但是當她聽到突然從屋角後面轉出來的兩個人稱呼穆秀珍為「木蘭花」時，她就知道自己所料不錯，自己確然是走進了對方的陷阱之中！

而幸虧自己發覺得早，是以事情還可以挽回，看來對方並不知道自己躲在樹叢之中，她在學了幾下維妙維肖的鳥鳴聲之後，便一直留意著那兩人和穆秀珍的行動，她看到那豬舍的磚牆移開，看到穆秀珍和那兩人走了下去，又看到那兩人立時回了上來。

她也看到那兩人在她身前經過，當那兩人在她身前經過之際，距離她只有四五呎，她可以輕而易舉地制服他們兩人的！

但是木蘭花卻隱忍著沒有動，因為她考慮到對方不止兩個人，制服這兩個人容易，但如果在制服的過程中再有人來，那就麻煩了。

是以，她又看著那兩人走進了板屋之中。

那兩個人一面走，一面還在交談，一個道：「這次波士怎麼了？三號的反叛影響了他麼？他將木蘭花說得那麼厲害，可是不到一分鐘，我們已成功了！」

另一個道：「是啊，白緊張了一天。」

木蘭花心中暗笑了幾聲，心想那個「波士」，倒是一個行事十分小心的人，那麼，自己行事更要小心萬分才好，只是不知道「三號叛變」是什麼意思？

那兩人走進了板屋之後不久，又有人走出來。

木蘭花是一直戴著紅外線眼鏡的，是以她可以看清，又走出來的兩個人，並不是剛才的兩個，也就是說，在板屋之中，至少有四個人。

那兩個人走了出來，將那條狼狗抬了進去，外面已靜了下來。木蘭花又等了幾分鐘，不見有什麼動靜，她才悄悄出了灌木叢，迅疾地來到了板屋的窗前。

她在窗下伏著，耳朵貼在木板上，聽到一個人粗聲粗氣地在埋怨著，埋怨他的手氣不好。木蘭花心中暗自好笑，慢慢地抬起頭來。

等到她雙眼已然可以看到屋內的情形時，她便停了下來，她看到屋中的陳設十分簡單，在一張方桌之旁，四個人坐著，正在玩紙牌遊戲，在他們的面前，有著不少鈔票，看來他們賭得相當大，這不但從桌上的鈔票可以看出來，而且從他們臉上的神情中也可以看出來。

木蘭花看了極短的時間，已然決定了行動的步驟，她先握了麻醉槍在手，然後，再輕輕地去推窗子，將窗子推開一道縫。

那一道縫只不過半吋許，剛好夠槍口伸進去。

麻醉槍是木蘭花自己設計的，它發射的並不是子彈，而是針，針尾有一個小囊，囊中儲有能令水牛在幾秒鐘內昏迷的強烈麻醉劑。

這種麻醉槍，在發射之際，是一點聲響也沒有的，木蘭花將槍伸進了窗口之後，先左後右，迅速地扳動了兩下，她根本不看那兩下射擊的結果，因為她知道，那是必然射中的，她立時跳起身來，向板屋的門口奔去。

她聽到屋內兩個人驚叫道：「喂，你們怎麼了？」同時，她也聽到了兩個人倒地的聲音。這一切，全是在木蘭花的意料之中的。

甚至當她來到了門前，一伸手打開門來時，那兩個未曾中麻醉針的人，正一人一個扶住了他們中了麻醉針，已然昏迷不醒的同伴，是以當木蘭花突然出現的時候，他們根本連去取武器的機會都沒有，只是目瞪口呆地望定了木蘭花。

木蘭花的臉上帶著微笑，她手中仍執著槍，腳步輕盈地向前走去，將倚在桌邊的四支獵槍一起取了起來，退出了槍膛中的子彈。

然後，木蘭花拉過了椅子，坐了下來。

那兩個人，仍然一人一個，扶住了他們的同伴，呆若木雞地望定了木蘭花坐了下來之後，其中一個才結結巴巴道：「你……你是誰？」

「我是木蘭花，你們波士等著要見的人！」

那兩人異口同聲，道：「那麼剛才……」

「剛才？」木蘭花雙眉揚了揚，「我想你們認錯人了！」

那兩人中的一個，突然用力一推，推開了被他扶住的同伴，順手便抄起一張椅子來。看來，他抄起椅子，是想向木蘭花砸來的。

但是，他剛揚起了椅子，木蘭花便已扳動了槍機。那人雙手一鬆，椅子掉了下來，正跌在他的頭上，他的身子發軟，倒在地上，壓在他同伴的身上，一動也不動了。

那人當然不是被他自己揚起的椅子壓昏過去，而是中了木蘭花的麻醉針，所以才昏了過去的。木蘭花立時將槍口對準了最後一人。

她始終帶著微笑，道：「你想怎樣？只剩下你一個人了，你想和他們作伴麼？他們昏了過去，永遠不會醒來了，半小時之後，毒性發作，他們就會死去，這樣死法，倒是毫無痛苦的，或許，你正願意那樣去死，是不是？」

其實中了麻醉針之後，體質好的人，在四小時之後就會醒來，醒來之後，自然會覺得十分不舒服，但是卻不致於死的。

可是那人卻不知道木蘭花在騙他，木蘭花一出現，聲勢便如此奪人，令得那人早已心生懼恐，此際，他不由自主發起抖來，道：「不，不！」

木蘭花冷冷地望了他一會，才道：「如果你不想死，那麼，你就得照我的吩咐，做我要你做的事情——」

那人苦笑著道：「你……要我做什麼？」

木蘭花將手中的麻醉槍，用十分巧妙的手勢旋轉了一下，道：「你們的波士是什麼人？你們是幹什麼的？」

「我……我不知道，」那人驚惶無比地道：「我什麼也不知道，我只知道他是波士，這農場是我的，他不知從哪裡打聽到我……我在年輕的時候，曾劫過一輛貨車，威脅我要去告密，要我替他做事，他也不叫我做什麼，就是在後面，造了一間地下室。」

木蘭花冷笑著，道：「看來，你是不想說實話的了？」

「不，不，我是在說實話。」那人頭上的汗珠，流了下來，「他今天來，帶了四個槍手，說要在這裡等一個人……等你。」

「他只帶了四個槍手？」

「是的，這三個人……是我農莊的工人。」

「那輛汽車，是你報失的？」

「那也是他要我這樣做的，我發誓我只見過他幾次，他給我很多錢，我自然……」那人揚起衣袖來，抹了抹汗。

木蘭花道：「你是說，他和四個槍手都在地下室？」

「是的，不過——」那人突然住了口。

但木蘭花已立即道：「不過什麼？」

那人苦笑著道：「如果我講了出來，波士，他，他會殺死我的，他一定會殺死我的，我……不能說。」

木蘭花冷笑著，道：「你不妨那樣想，但是如果你不說出來，那麼，你現在就立時要死了，我看，桌上的鈔票足夠你逃生的了，是不是？」

那人伸出了舌頭來，舐著嘴唇，道：「好，我說，地下室一共有兩間，一間是由豬舍的紅磚牆處進入，另一間則可以從……一個豬食槽中進去，兩間是相連的，中間的牆可以沉下去，那四個槍手，是在另外一間之中。」

「要進去的暗號是什麼？」

「秘密入口處之前，有隱蔽的電視攝像管，人一走近，他們就可以看到，自然會打開電控制的入口處了。」

木蘭花不出聲，在沉思著。

那人哭喪著臉，道：「我……什麼都說了，我……可以走了麼？」

木蘭花搖頭道：「不行，你還得和我一齊進去。」

「那怎麼行？」那人急叫了起來，「我一進去，就走不脫了，他們有四個槍手，是老闆的保鏢，全是百發百中，殺人不眨眼的人！」

木蘭花厲聲道：「你所犯的錯誤是，你不記得我是什麼人了麼？」

那人嘆著氣，木蘭花退後了兩步，在其中一個昏倒的人身上，脫下了一條工人褲來穿上，並且戴上了一頂破帽子，然後，她揚了揚手中的槍，道：「走，我們去拜訪一下那四位百發百中的神槍手，看看他們的神通如何。」

那人還遲疑著，不肯答應，木蘭花陡地躍向前，狠狠地一腳，踢在那人的小腿骨上，踢得那人痛得連淚水也直流了出來。

木蘭花本來絕不是行動如此粗魯的人，但這時，她卻必須那人開道，而且，她也知道自己如果不用高壓手段，那人還會壞事的！

果然，那人蹺起了被踢中的右腿，道：「行了，我去了，我去了。」

木蘭花揚了揚槍，道：「你走在前面。」

那人一拐一拐地走了出去，到了門口，停了一停，拉開了門，又向外走去，木蘭花緊跟在他的後面，將那支沒有了子彈的獵槍，塞到了他的手中，道：「為你自己著想，最好裝得自然些，要不然，首先遭殃的是你！」

那人道：「我知道了，你得勝的機會是多少？」

木蘭花冷冷地道：「百分之百！」

他們出了板屋，木蘭花緊跟在那人的後面，他們是貼著板屋向前走去的，不一會，便來到了一列豬食槽之前，停了下來。

那人的身子在微微發抖，他用槍柄在其中一個豬食槽中撞了幾下。

木蘭花這時也抓著一支獵槍，而且，她舉起了獵槍來，作瞄準向遠處射擊狀。那樣，獵槍便遮住了她的臉，而她又戴著帽子，穿著農莊主人的工作服，就算通過有紅外線裝置的電視攝像管，也不容易看出她是偽裝的。

但這時候，已然是決定關頭了，她的心中，也不免十分緊張，那不到半分鐘的時間，令得她的手心也在隱隱冒汗！

終於，那個豬槽向外移了開來，地上出現了一個四呎長、兩呎寬的洞來，那人回頭向木蘭花望了一眼，木蘭花連忙用槍柄向他的背後一點，示意他先走下去，那人又遲疑了一下，才向下走ㄙ，木蘭花連忙跟在後面。

他們走下了一道不到十呎高的鋼梯，便到了一扇門前，那門自動打了開來，木蘭花立時看到，有三個人站在牆前，背對著門。

那三個人的手中各握著一柄槍，槍嘴自牆上的一個圓孔中伸出去，而他們的眼睛，則自另一個圓孔向外面張望著。

只有一個人，轉過身，向他們走來，用不耐煩的口氣道：「寇倫，你不在上面守衛，下來做什麼？快上去！」

木蘭花本來一直是跟在那人後面的，這時，她突然踏前一步，推開了那人，那槍手呆了一呆，但是他只有呆一呆的機會。

因木蘭花立時扳動了槍機，一支麻醉針正射在他頸旁的大動脈之上，他幾乎是立即昏了過去的，木蘭花踏前兩步，在他身子還未倒地之前，將之扶住，另外三個槍手仍然背對著她，那情形對木蘭花實在是太有利了！

木蘭花接連射出了三支麻醉針，那三個全神貫注在監視著穆秀珍的槍手，也次第倒了下來，他們的臉上，都有著驚訝無匹的神情！

木蘭花轉過身來，那農莊主人也是一臉不相信的神色。木蘭花對他笑了一下，又射出了一支麻醉針，那人身子搖了一搖，向下倒去，恰好倒在一張沙發上。

木蘭花走到牆前，從牆上的圓孔中向外望去，她首先看到了坐在沙發上的穆秀珍，穆秀珍正一臉怒容，在大聲問道：「你有什麼難題，為什麼不說？」

在穆秀珍對面的，是一個瘦小精悍的中年人，雙目炯炯有神，他的神態十分悠閒，看來一派佔盡了上風的神氣，道：「別心急，小姐，喝酒麼？」

木蘭花用手指勾住了一個圓孔，向下拉了拉，那牆沒有動，她兩面看了一下，看到了一個按鈕，她輕輕在那按鈕上按了一下。

那幅牆立時「刷」地一聲，向下沉去，穆秀珍和那瘦漢子一齊轉過頭來，木蘭花一步跨了出去，道：「這位先生的難題，就是分不清你和我兩個人，秀珍！」

「蘭花姐！」穆秀珍高興得直跳了起來。

那漢子也陡地站了起來，但是他立時看清了那四個槍手東倒西歪的情形，他重又坐了下來，酒全灑了出來。

木蘭花向穆秀珍使了一個眼色，穆秀珍立時明白了木蘭花的意思，一轉身，來到了那漢子的背後，木蘭花一揚手，將一柄槍向穆秀珍拋去。穆秀珍一伸手，便將那柄槍接住，並且立時用槍指住了那漢子的後腦。

木蘭花則已然笑著，道：「我們該走了！」

那漢子面色慘白，道：「到……哪裡去？」

「警局，先生，警方一定很樂意知道你在做的是一些什麼事，而且也樂於知道安黛是為什麼死的，以及你們是什麼組織！」

那漢子吞下了一口口水，以致他的喉間發出了「咯」地一聲，他道：「你……你並不是警方人員，是不是？我們或者可以商量——」

不等那漢子講完，木蘭花已然冷冷地道：「你錯了，先生，我可以算是警方人員，我是受國際警方和丹麥警方的委託前來的。」

那漢子的神色，已比才一看到木蘭花走進來的時候鎮定了許多，他道：「那我們仍然可以商量的，是不是？現在你已佔了極大的上風，可是，雲先生在什麼地方呢，小姐，你難道對你們的朋友，一點也不關心麼？」

「在你到了警局之後，你就會說了。」木蘭花冷冷回答。

那漢子沉聲道：「那不見得，我的口中有著毒藥，只要我一咬破外殼，在幾秒鐘內，我就會死了，那你們仍得不到什麼。」

木蘭花忍不住笑了起來，道：「第一，你不會捨得死，你將盡一切可能使你自己活下去。第二，就算你死了，你的四名保鏢只是昏了過去，並不是死了，當他們醒來之後，他們一定很樂意於說出一切事實來的！」

若是別人，在那樣的情形下，一定是面如死灰，一句話也說不出來的了，可是那漢子卻仍然道：「小姐，一筆數字十分巨大的款項，可以作為我們——」

這一次，並不是木蘭花打斷了他的話頭，而是站在他身後的穆秀珍實在忍不住了，她揚起槍柄來，在那人的頭上「啪啪啪」連敲了三下，厲聲道：「快起來，帶我們去找人，不然，我再敲下來時，就不會那麼輕了！」

那漢子站了起來，在他的臉上出現了一個苦笑，只聽得他道：「我的錯誤是將你當作了木蘭花，但是你們也犯了一個錯誤！」

木蘭花一聽得那漢子那樣講法，便怔了一怔，但是穆秀珍卻全然未曾在意，只是撇了撇嘴，道：「少廢話！」

那漢子搖著頭，道：「我現在所說的，絕不是廢話，你們的錯誤是將我當作了老闆，其實，『波士』只不過是我的綽號，所以，木蘭花小姐，你失敗了，因為你判斷錯誤，你——」

他才講到這裡，木蘭花突然叫道：「捏住他的喉嚨！」

穆秀珍突然一呆，還不知道木蘭花那樣說是什麼意思，那漢子已突然向旁搶出了幾步，他的面色變得十分難看，聲音也變得異樣之極，道：「你說我不會死，但是現在，我卻非死不可，而他們，他們也根本不知道什麼，你……白費心機了！」

他講到這裡，突然揚起手來！

穆秀珍喝道：「你做什麼？」

可是那漢子卻沒有再回答，他的身子搖晃著向下倒去，在他倒下去的時候，撞在一盞落地燈上，他右手緊緊地抓住了那盞落地燈，穆秀珍叫道：「蘭花姐，他——」

木蘭花吸了一口氣，道：「他已經咬破了毒藥的外殼，他死了。」

穆秀珍還是不能相信木蘭花的話，她連忙向前衝了過去，俯身去看，只見那漢子的口部，冒出一股濃烈的杏仁油氣味來。

那是氰化物獨有的氣味，而且，從那漢子的膚色上，也可以看出他的確是死了。穆秀珍站起身子來，有點不知所措。

木蘭花緊鎖著雙眉，當她按鈕，令那堵牆沉下，她突然現身之際，她認為所有的事情全都已了結了！但現在，已證明事情並不是那樣！

那漢子臨死前的話，就算不是全部對，也必有一部分是對的，那就是她判斷錯誤，她以為那漢子是不會死的，然而他卻死了。

而且，那漢子絕不是這個犯罪組織的真正「老闆」，整件事，似乎比自己想像的，更要複雜得多。不論事情多麼複雜，木蘭花都可以不理會，但是雲四風在這個犯罪集團的手中，那卻是毫無疑問的事，木蘭花必須將雲四風救出來！

是的，當穆秀珍不知所措地向她望來之際，她已然有了決定。那漢子突然死去，對木蘭花來說，是一種挫折，但那絕不是失敗。

因為木蘭花還有八個俘虜，尤其是那四名槍手，木蘭花不信在他們的身上會問不出雲四風的下落來。木蘭花立時道：「秀珍，快去打電話，通知魯達司派人到這裡來，我相信上面農莊的房子中一定有電話。」

穆秀珍答應了一聲，便快步向上走了上去。

木蘭花來到了那漢子的前面，抓住了他的西裝上衣的衣領，用力向上提了一提。那漢子的身子翻了一個身，變成臉向下，那件上衣也到了木蘭花的手中，木蘭花將上衣口袋中的東西，一起取了出來。

在袋中有一個相當大的黑鱷魚皮包，木蘭花打開了皮包，首先看到一疊名片，印的名字是「賀斯・保茲」。

賀斯大約就是那漢子的名字了，木蘭花將那皮包抖了幾下，幾張大面額的鈔票落了下來，木蘭花又在一個夾層中，取出了幾張相片。

當木蘭花看到那幾張相片之時，她不禁呆了一呆。

相片一共有六張，每一張相片，拍攝的都是哥本哈根港口上的那美人魚雕塑像的頭部，而且是以六個不同角度拍攝的！

當拍攝那些照片時，那美人魚還是完整的，美人魚的頭部還和頸際連在一起，並沒有被人鋸了下來。

木蘭花的心中，在剎那間思潮起伏，實在是抓不到一點中心。但是她究竟是有著極其縝密思考能力的人，不到半分鐘，她已明白了！

她明白，世界上所有的人，對那美人魚頭部被竊一事的看法，全都錯了——自然，那也包括她本人主內。

所有的人都以為，那座美人魚雕塑的頭部之所以會被人鋸了下來，全是因為有某一位自私的收藏家（多半是美國人），要將這件藝術品據為己有之故，是以才委託盜賊集團進行的。或者，是有什麼犯罪集團，看中了如果將美人魚的頭鋸下來之後，運往國外，可以賣好價錢，是以才如此做的。

幾乎所有的人，都持以上兩種看法。但是在看到了那六張美人魚頭部的照片之後，木蘭花卻知道，這兩種看法是錯誤的，那美人魚的頭部給人鋸了下來，事情絕不那麼簡單！

因為，木蘭花在一看到了那六張相片之後，她已然可以肯定，那美人魚頭部的失去，和雲四風所遇到的事，是有極大關連的。甚至於可以進一步道：盜走美人魚頭部，就是賀斯這個集團所做的事。

而賀斯的集團，幾乎每一個人在口中都有毒藥，準備隨時自殺，可知那是一個組織嚴密之極的犯罪集團，能夠想像那樣龐大的集團，只為了那美人魚頭可以賣相當的價錢而去做這件事麼？

而且，到現在為止，已經死了兩個人，而因為雲四風在無意之中遇到了金髮女郎安黛，他也被拘禁了起來，一個盜賣藝術品的集團，是絕不會做那樣的事的，盜賣藝術品的罪名並不重，但現在他們進行的勾當，卻可以造成極大的罪名。

木蘭花雖然想到了這一點，可是她仍然不明白，究竟是為了什麼，這個集團要將那美人魚的頭鋸下來呢？

木蘭花的雙眉蹙得十分之緊，她在殫智竭慮地思索著，可是由於她所掌握的資料實在太少，是以她實在想不出一個頭緒來！

就在這時，穆秀珍已然奔了下來，道：「蘭花姐，電話打通了，魯達司說他立時派人來——咦，蘭花姐，你在看什麼照片？」

木蘭花道：「你來看，秀珍，這是什麼？」

穆秀珍走了過來，「啊」地一聲，道：「這就是那被竊的美人魚頭，噢，拍這照片的時候，美人魚頭還未曾被盜走，這傢伙——」

她講到這裡，陡地停了一停，然後，她不由自主大聲叫了起來，道：「蘭花姐，美人魚頭就是這傢伙盜走的，兩件事，原來是他們幹出來的！」

木蘭花點了點頭，她對穆秀珍能夠如此快就想到了這一點，感到十分高興，她道：「是的，我現在想，他們為什麼要鋸了那美人魚的頭部來？事情絕不止是自私的藝術愛好，和將美人魚頭部出售那樣簡單！」

穆秀珍又焦急了起來道：「那麼四風他——」

木蘭花緩緩地道：「你別急，四風現在並沒有危險，這是我們可以肯定的事，而且，他們似乎還以四風為要脅，要我們做一件事，對不對？」

「是的，那傢伙是那樣說過，可是，他卻又未曾說明，究竟要我們做的是什麼。」穆秀珍來回地踱著。

「在魯達司到了之後，我們希望在那四個槍手的口中得到些口供，就算什麼口供也得不到的話，也不要緊，因為他們有難題要我們代為解決，而雲四風在他們手中！他們有著要脅我們的本錢，一定仍會來找我們的。」

木蘭花一提到「雲四風在他們手中」，穆秀珍的心便向下一沉，不由又長長地嘆息了一聲。

木蘭花將那六張相片疊了起來，放入衣袋之中，道：「秀珍，魯達司來了之後，你別提起這六張相片的事情，記得了？」

穆秀珍呆了一呆，道：「為什麼？」

木蘭花苦笑了一下，道：「究竟是為什麼，我現在也說不上來。我只是覺得這件事十分神秘，牽涉得也十分廣，我們還需進一步偵察，如果現在給魯達司知道了，他將之公布出去，只怕對進一步的偵察就有了妨礙。」

穆秀珍道：「我明白了。」

木蘭花側耳聽了一聽，道：「我聽到有直升機的聲音，只怕是魯達司來了，我們快出來，他或者會找不到這個地方的。」

5 餓貓擒鼠

木蘭花和穆秀珍兩人一齊走了上去，當她們走上地下室之際，已看到一架直升機，在機底的強光照射之下，開始降落了。

直升機的聲音，令得雞棚中的雞咯咯怪叫了起來，豬舍中的豬，也在不安地來回擠動著。直升機一降落，魯達司和兩個警官便跳了出來。

魯達司一下直升機，便向前直奔了過來，道：「兩位小姐，你們真了不起，他們全在地下室之中麼？我們的人已快到了！」

「有三個不在地下室中，但我們不必急，」木蘭花回答，「他們全昏迷不醒，只有其中一個，是自己服毒死的，和安黛一樣。」

「那人是誰？」

「你對賀斯・保茲這個名字有印象麼？」木蘭花問。

「賀斯・保茲？」魯達司重複著這一個名字，接著便現出了極其疑惑的神色來，「他是不應該在這裡的啊，根據最近的情報，他應該在阿根廷。」

「我看，他在下面的地下室中，」木蘭花立時說：「而且死了，是他自己咬破毒囊死的，他是什麼人，是一個十分重要的人物嗎？」

「可以說是，但是在第二次世界大戰之後，他卻早已沒落了，德國人曾佔領過我們的國家，那時，他是和德國人合作的一個財團的首腦，納粹失敗後，他為了逃避審判，遠走南美，我們的特工人員一直想捉他回來受審，但是他十分狡猾，以致我們未曾得手。」

木蘭花早就料到這個賀斯不是簡單的人物，但是卻也想不到其中還有那樣的一重曲折！

她心中急速地轉著念，賀斯雖然死了，但是他在這次行動中，一定擔任著一個十分重要的角色，像他那樣身分的人，如果不是有極其巨大的利益，他是絕不敢再回到曾被他出賣的祖國來的！看來，他回到丹麥，只是為了那美人魚的頭部，為什麼那美人魚雕塑的頭部，竟對他有著那麼大的吸引力？

木蘭花在那片刻間，也是一片迷茫，想不出所以然來。

而魯達司已然道：「我們下去看看，我也曾參加過緝拿賀斯的專案小組的工作，我看過他各種各樣的圖片，對他的印象很深刻，如果他死在這裡的話，那倒的確是一件不尋常的事，他為什麼要回來呢？是什麼吸引他回來的？」

木蘭花已幾乎想告訴魯達司，賀斯之所以回來，是為那美人魚雕塑的頭部，而且，雲四風的失蹤，機場上發生的事，全和那美人魚的頭部有關！但是木蘭花並沒有講出來。

她自己也很難解釋自己為什麼不對魯達司提起那六張自不同角度拍攝的美人魚頭部相片來。她當時想到的，或者只是想進行單獨的偵查。

魯達司已向那一列豬食槽走去，他握了槍在手，木蘭花跟在他的後面，穆秀珍看到魯達司的神情十分緊張，道：「你放心，下面的人，不是死了，就是昏迷不醒，至少還要過幾小時，他們才能再有活動的能力！」

而魯達司卻還是握著手槍，道：「誰知道呢？或者會有意外也說不定的，小心一點總是不會有錯的，是不是？」

穆秀珍大有不以為然的神色，但是木蘭花卻立時使眼色止住了她，不讓她和魯達司爭執。

他們一齊走到了地下室，首先見到了地上四個槍手和那農莊主人，魯達司來到了那幾個昏迷不醒的人面前，小心地去看視他們。

木蘭花道：「賀斯在裡面，他——」

木蘭花只講到這裡，便突然停止了。

同時，在木蘭花的臉上，現出了驚詫莫名的神色來。

不但木蘭花，穆秀珍也是一樣，只聽得穆秀珍「颼」地吸進了一口涼氣，面上神色為之大變，出不了聲。

魯達司則繼續向前走去，跨過了那道可以升縮的牆，到了另一間地下室中，四面一看，道：「賀斯呢？在什麼地方？」

穆秀珍實在忍不住了，她怪聲叫了起來，道：「他不見了！他……他剛才還在這裡的，他……他的屍體……」

穆秀珍講到這裡望著木蘭花，再也講不下去。

魯達司也是一怔，道：「這是怎麼一回事？這裡沒有人啊，小姐，你們肯定他的確是已經死了麼？還是——」

這時，那間地下室中是空無一人的，並沒有賀斯・保茲的屍體。非但沒有了屍體，連那件木蘭花曾搜查過的西裝上衣也不見了！

當木蘭花突然發現這一意外之際，她自然是極其吃驚的，但是，她卻也迅速地從驚愕之中，鎮定了下來。

她緩緩地道：「我想我們被他騙過去了，他並沒有死，但是我們卻將他當作已死了，而他則在我們離開的時候逃走了！」

「那怎麼可能？」穆秀珍立時道：「我們看到他面色變得如此難看，而且那種氰化毒物的氣味，他……的確已然死了的。」

「秀珍，」木蘭花十分嚴肅地道：「當我們以為他已死亡時，可曾檢查他的心臟跳動，可曾檢查他的脈搏，來證明他確實已死亡了？」

「沒有，可是——」穆秀珍仍然辯駁著。

但是木蘭花卻已揮了揮手，道：「那就證明是我們的疏忽，他可能是服下了一種藥物，那種藥物，能令人處在一種看來如同死亡的狀態之中，但實際上卻只不過是昏迷，而在幾分鐘之內就會醒來，而我們卻被他騙過去了！」

魯達司奇道：「小姐，你為什麼會那樣想，而不以為是另外有人來，將他的屍首移走了呢。」

木蘭花沉聲道：「當然我也那樣想過，但是那是不可能的事，因為我們是聽到直升機的聲音後才走出來的，至少要有兩個人才能帶走一個屍體，如果有兩個人進地下室，而且帶著一個屍體出來，我們是不可能一點也不覺察到的。」

木蘭花講到這裡，略頓了一頓，才又道：「而如果他在『死去』之後幾分鐘醒了過來，看到他有逃走的機會，他一個人要溜出來，那就容易得多了。」

穆秀珍忙道：「那麼，他一定逃不遠的！」

木蘭花向魯達司望去，魯達司一揮手，姆指和中指相叩，發出了「得」地一聲，道：「自然，我們還等什麼？我們快在附近搜尋！」

木蘭花點頭道：「是的，如果他還未曾走遠，那我們是有可能將他捉住的，請你命令你的下屬進行搜索，要小心，賀斯是一個極狡猾的人！」

魯達司不等木蘭花講完，已衝了出去。

木蘭花和穆秀珍仍然在地下室中，但是她們也可以聽得魯達司的吆喝聲和警車開動的聲音，顯然搜索已然開始了。

木蘭花來回踱了幾步，又在沙發上坐了下來，她手托住了頭，眉頭打結，穆秀珍在她面前走來走去，木蘭花突然道：「秀珍，你坐下來好下好？」

穆秀珍呆了一呆，木蘭花已嘆了一聲，道：「秀珍，你別怪我，這件事的頭緒實在太多了，而我至今為止，還理不出一個頭緒來，我抓不住這件事的中心，是以也無法進一步明白這件事的本質，賀斯令我受了一次挫折——」

「那不是什麼大不了的事，」穆秀珍道：「我們還有八個俘虜，當他們醒了之後，在他們的口中，多少可以問出一些口供來的。」

木蘭花點頭道：「這是我們唯一的——」

她才講到這裡，又住了口。因為她看到魯達司神色有異地和兩個警官走了進來，才一進來，魯達司便道：「小姐，你說外面的幾個人只是昏了過去？」

就在這一句問話之中，木蘭花已然覺出又有意外發生了，她忙道：「不錯，他們現在——」

「他們全死了。」魯達司回答。

木蘭花又深深地吸進了一口氣。

她再一次受到了挫折！

如果她的推測不錯的話，那麼那四個槍手和農莊主人之所以會死去，一定是賀斯下的手了，這令得他們得不到任何口供！

木蘭花在一呆之後，立時又問道：「五個在地下室的全死了，那麼，還有三個在板屋中的呢，他們——」

魯達司搖著頭，道：「也死了。」

木蘭花又是一呆，剎那之間，只見她張大了口，但是卻又沒有說出什麼話來，顯然她本來是想說什麼的，但臨時卻改變了主意。

她又問道：「他們致死的原因是什麼？」

「小姐，」魯達司語氣中多少有點不滿，「你用來攻擊他們的武器——」

「那只是麻醉針，只能令人昏迷，而絕不會奪走他們生命的。魯達司警官，你以為我是一個嗜殺成狂的人，一下子會殺害那麼多人麼？」木蘭花反問。

魯達司道：「我沒有那樣的意思，我……想，如果他們不是死於你的武器之下，那麼，他們的死因要經過屍體剖驗之後才能知道了。」

木蘭花只覺得事情越來越複雜了，她知道其中一定有一個十分重大的關鍵，是她未曾弄明白的，不弄清這個重大的關鍵，那麼，整件事就在一團迷霧之中！

現在，她可以推測到地下室中五人死亡的原因，是賀斯走的時候下的毒手。

但是，在板屋中的三人，何以也會死的？

自己的麻醉針，絕不會令人致死，而就算賀斯離去，他至多也只能害死地下室中的五個人，而絕不可能連板屋中的三個人也害死的。因為他如果要去害死那三個人的話，必須在許多警察和自己的眼前走過，他除非會隱身法，否則，那是絕不可能的事。

那麼，板屋中的三個人，是怎樣死的呢？

木蘭花沒有再說什麼，但是在魯達司神情上看來，卻明顯地看出他對木蘭花已有了相當的不滿，轉過身道：「我要繼續去進行搜索，再見。」

他將「再見」兩字說得十分大聲，很有從此以後不想再和木蘭花相見的意思在。木蘭花苦笑了一下，並沒有出聲。

魯達司離去之後，穆秀珍大惑不解地問道：「蘭花姐，在板屋中的那三個人怎麼會死的？」

木蘭花並沒有回答，她呆立著約莫有半分鐘之久，才道：「秀珍，你不是曾用麻醉針射中了一條狼狗的麼？」

「是啊，我才射中了那條狗，背後就有人出現了。」

「我們快去看看那條狗！」木蘭花向外走去。

這時，地下室中的五個人，正被放在擔架上抬了出去，木蘭花連看也不向他們多看一眼，她快步來到上面，奔進了板屋。

那條狼狗被放在一張方桌下面，木蘭花立時推開了方桌。

她不必俯身去看，就可以知道那條狼狗並沒有死，只是昏了過去，因為那條狼狗雖然躺著不動，但是牠的胸腹之際卻在起伏著，那證明牠並沒有死，那也證明了，所有的人全是後來被人殺死的，理由是為了滅口！

那三個人也被抬出去了，當木蘭花退出板屋之際，黑箱車也已開走，木蘭花也看到那警車正在向農場集中，她低聲道：「搜索沒有結果，魯達司準備收隊了！」

穆秀珍急道：「那麼我們怎麼辦？」

「我們？我們要在茫無頭緒的情形下獨立行動了！」木蘭花沉緩地回答著穆秀

珍的問題。

「那麼，我們暫時救不出四風了？」

木蘭花又嘆了一聲，道：「暫時不能，因為我們是處在下風，秀珍，可以說是極度的下風，我們剛有了一些發現，但是所有的線索卻全斷了！」

穆秀珍急得眼圈也紅了，她雖然沒有說什麼，但是她臉上那種焦急的神情，已足以代表一切了！

木蘭花又想了片刻，才道：「我們也該離去了。」

她首先走出了板屋，迎面就遇到了魯達司。

魯達司兩道濃眉也打著結，道：「小姐，我真希望你能告訴我，關於這八個人的死亡，我該如何寫報告給我的上司！」

魯達司的話中，似是一聽就可以聽出有著相當程度的不滿，這種態度，和他一開始接待木蘭花的時候，已大不相同了。

但是木蘭花卻十分平靜地回答道：「你自然應該在報告中說明，他們是被一個或一個以上的凶手殺害的，殺害的目的，是為了滅口，不想他們落在警方的手中而有口供供出來。魯達司警官，這是一個極其嚴密的犯罪組織才能做出來的事。」

魯達司立時道：「小姐，你的提議，只不過是一種推測，而沒有任何事實根據，如果我的報告上全是這樣的推測，那麼，上司會對我作什麼感想呢？」

木蘭花仍然保持著禮貌的微笑，但是穆秀珍卻已然沉不住氣了，她搶白道：「警官，怎樣寫報告，那是你的事情，對麼？」

「是的，可是別忘記，這裡的麻煩，卻是由你們而產生的！」魯達司毫不客氣，針鋒相對地回答著。

木蘭花道：「對不起，魯達司警官，如果你認為這是麻煩的話。」

木蘭花一面說，一面拉了穆秀珍就走，魯達司忙道：「兩位，我可以知道你們下一步的行動是什麼嗎？」

「我也希望我能知道！」木蘭花冷冷地回答。

她們大踏步地走出了農場，穆秀珍「哼」地一聲，道：「蘭花姐，我看這個魯達司就很可疑，說不定他不是什麼好人！」

「別胡說，秀珍！」

「為什麼不能？」穆秀珍還不服氣。

「我也那樣想過，」木蘭花道：「因為他可以有足夠的機會來殺害那八個人的，但是你如果進一步想一想，便知道那是沒有可能的了，因為我們兩個人一齊來，魯達司是知道的，如果魯達司是他們的同黨，他們又何至於誤將你認作是我？」

穆秀珍想了一想，木蘭花的分析十分有理，是以她也不說什麼了，她們兩人在離開農場十分鐘之後，便到了她們的車子之旁。

她們的車子停在路邊，當她們來到車旁的時候，她們看到幾輛警車已在路上疾馳而過，而魯達司的直升機也已然起飛了。

穆秀珍拉開了車門，木蘭花也已握住了車門的柄，但是她卻立時道：「秀珍，為什麼我未曾想到那地下室可能另有通道？」

穆秀珍呆了一呆道：「由板屋中通到地下室？」

「是的，而且可能不止一條，不但可以由地下室通向板屋，而且也可以由板屋通到別處去，我們何以未想到這一點？」

「那是因為我們兩次進出地下室，都是被人帶引前去的，是以便造成了錯覺，以為豬舍和豬食槽才是唯一的秘密通道！」穆秀珍立時回答。

「你說得對，我們快回農莊去，設法通知魯達司也回來，他可以不必擔心他的報告如何寫法了！」木蘭花急急向外走去。

但是，她才走了兩步，突然，在漆黑的灌木叢中傳出了一下冷笑聲來，接著，便聽得一個陰沉的聲音道：「有四桿槍對著你們，你們別動！」

木蘭花和穆秀珍轉過身來，她們的紅外線眼鏡已除了下來，這時也來不及戴上了，是以，當她們轉過身來之後，只看到漆黑的一團，根本辨不出那聲音確切傳來的地方。

木蘭花立時示意穆秀珍不要妄動，她沉聲道：「賀斯，你只有一桿槍而已。」

賀斯笑了起來：「或許是你願意冒險麼？」

木蘭花道：「我可以冒險，你只有一支槍，而我們有兩個人——」

木蘭花還未曾講完，賀斯已然哈哈大笑了起來，道：「小姐，別引我發笑了，你們全在我的射程之內，我要射中你們，是毫無問題的！」

穆秀珍道：「可是你不能同時射我們兩人！」

「不錯，」賀斯怪笑著，「但你們願意犧牲一個麼？告訴我，你們誰願意死，那麼，你們就可以不必聽我的命令！」

木蘭花和穆秀珍兩人互望了一眼，都難以再說什麼。

賀斯繼續冷笑著道：「木蘭花，穆秀珍，你們的確都很不平凡，但是我，賀斯•保茲，卻也不是易與的人物，如果我是飯桶，你們想想，丹麥的特務，會盡了二十年力也找不到我麼？他們一直以為我在南美，其實我根本未曾離開丹麥！你們兩人，將手放在頭上！」

穆秀珍向木蘭花望了一眼，木蘭花點了點頭，兩人一齊將手放在頭上，木蘭花道：「可是這次，你卻露出馬腳來了。」

「或許，」賀斯回答，「但是我現在準備離開丹麥了，你們兩位將會幫助我離開，你們必須不斷地為我做事，等到我安全了，你們才能知道你們朋友的下落！」

穆秀珍憤怒地揚起眉來，然而，木蘭花卻反而笑道：「看來這要一段很長的時間了，是不是？」

「如果你們工作努力的話，是可以將時間縮短的！」賀斯說著，他已從灌木叢中走了出來，他的手中握著一柄雙筒的獵槍。

這種獵槍，自然是屬於農場的，但是它卻也是效能極高的殺人武器，賀斯用槍對準了穆秀珍，道：「木蘭花，你先上車去！由你駕車。」

木蘭花略停了一停，來到了車旁，打開車門，坐進了駕駛位中。

賀斯又道：「然後是你，穆小姐，我絕不會吝嗇子彈的。」

穆秀珍也走過去，坐在木蘭花的身邊。

賀斯也以十分快捷的動作，坐到了後面的座位上，槍管仍對準了穆秀珍的後頸，穆秀珍向木蘭花望了一眼，又望了望她旁邊的座位。

木蘭花自然是明白她的意思，就在她們的座位旁，有四個掣，如果她們按動其中一個的話，那麼，她們兩人便會立即從車中彈出去！

賀斯自然無法在她們彈出去的一剎那間射中她們，穆秀珍的意思，就是要木蘭花去按那個掣鈕。但是，木蘭花卻另有打算。

是以，木蘭花搖了搖頭。

穆秀珍一時還並不明白木蘭花為什麼不利用那個可以使她們脫離賀斯控制的掣鈕，但是和以往一樣，木蘭花的決定，她總是聽從的。

而此際，令得她難過的是，她不能大聲和木蘭花爭辯，是以她長嘆了一聲。

坐在後面座位上的賀斯，雖然為人極其精明，但是卻也不知道她們兩人在剎那之間已經交換了意見。他沉聲道：「木蘭花，你要聽從我的指揮，我要你駛到何處，就駛到何處，不然，穆小姐的後頸，就會多兩個血孔了！」

他將槍管在穆秀珍的後頸上碰了碰，冰涼的槍管令得穆秀珍全身不安。

木蘭花立時道：「這輛車子是向警方借來的，你不怕警方在車上裝有無線電示蹤儀麼？」

「哈哈，」賀斯笑了起來，「當然不會，如果車上有無線電示蹤儀，魯達司早就知道你們在何處，也不必勞你們打電話告訴他了！」

木蘭花深深地吸了一口氣，這個身形矮小的賀斯，是個精明絕頂的傢伙，是絕不能小覷他的，自己一直處在下風，什麼時候才能佔上風呢？

木蘭花越是知道對手強，她的信心也越是堅強。她剛才不同意穆秀珍的逃生辦法，就是她不想離開賀斯，她不但要救出雲四風，而且要知道賀斯究竟在從事什麼勾當，他究竟在那美人魚頭雕塑的頭部，想要得到什麼！

是以這時，她表現的十分鎮定，賀斯的心中，也不禁十分佩服。

木蘭花微笑著，道：「那好，請問，現在你要我駛向何處呢？」

賀斯道：「從這條支路駛出去，到了大路之後，向左轉，等到再需要轉彎的時候，我會通知你的！」

木蘭花踏下了油門，車子向前疾駛而出，這時，警車早已駛遠了，農場方面有一點燈光傳來，可能是還有幾個留守的警員。別說木蘭花無法和他們聯絡，就算可以的話，木蘭花也是不會和他們聯絡的。因為現在，她雖然處在下風，但是她卻和賀斯在一起，那是她唯一可以明白事情真相的線索，她不肯那麼輕易放棄的。

她一面駕著車，一面還十分輕鬆地在說著話，道：「賀斯先生，你剛才在地下室中服下的是什麼藥，它真能使你看來如同死亡一樣！」

賀斯十分得意，道：「是的，這種藥物，甚至能使心臟的跳動，微弱到用手摸不出來，但是它的作用卻十分短暫，只不過五分鐘而已，憑著它，居然將鼎鼎大名的木蘭花瞞了過去，當真不容易之極，小姐，你說是不是？」

「當然是！」木蘭花的聲音中，甚至充滿了愉快！

車子已駛上了公路，木蘭花也照著賀斯的吩咐轉向左，在公路上，車子的速度提得更高，木蘭花留意著公路上的岔路。

在駛過了六個岔路口之後，賀斯才道，「前面兩哩，有一條岔路，你將車子轉進去，在一條兩旁全是大樹的路上直駛進去，就到我們的目的地了。」

木蘭花道：「那是你多年來藏匿的地方？」

賀斯得意地笑著道：「你何必問那麼多？」

木蘭花不再出聲，車子很快就到了那岔路口，迅速地轉了進去，幾分鐘後，車子已然在兩扇大鐵門前停了下來。

賀斯道：「響車號，二長三短，然後三長兩短。」

木蘭花依言響了十下車號，鐵門打了開來，木蘭花又駛動車子，進了鐵門，不久，便看到了一幢宏偉之極的建築。

木蘭花喝了一聲采，道：「好宏偉的建築，是十七世紀的傑作，是不是？我猜想如果不錯，這應該是著名的海軍大將，倫治伯爵的產業？」

賀斯呆了一呆，道：「小姐，我不能不對你的博學表示佩服，你說得一點也不錯——現在，請你下車。」

這時，已有六七個人從屋子中走出來，他們的手中都持著槍，將車子圍住。

木蘭花和穆秀珍兩人下了車，賀斯也接著下了車。

賀斯才一下車，便有一個人大聲道：「波士，三號已被我們在海邊截回來了，他——」

賀斯急忙問道：「東西在麼？」

「在！和他人一齊在大廳中。」

賀斯笑道：「兩位小姐，我要你們做的事情已少了一件了，我的一個部下對我叛變，帶了一件重要的東西逃走，我本來想要你們兩位先找他回來的，現在，可以不必煩勞了。」

木蘭花笑了笑，道：「那一個銅鑄的美人魚頭，當真那麼重要，非找到不可麼？」

他們是一面講，一面在向屋子走去的，從大廳中射出來的光芒，已可以照到他們各人的臉面。

木蘭花看得十分清楚，當她的話一講出口，賀斯的面色陡地變了，他也突然站住身子，望定了木蘭花，而木蘭花的臉上，卻仍帶著十分從容的微笑。

賀斯呆住了足有半分鐘之久，才道：「你是怎麼知道的，你究竟知道了多少？」

木蘭花優閒的態度，恰好和賀斯緊張的神態相反。她笑著道：「如果你要我們幫助的話，那麼，總是要讓我們知道事情真相的，是不？」

賀斯的目光變得十分凶惡，他狠狠地道：「你如果知道得太多，對你是絕沒有好處的，你究竟知道了多少？」

木蘭花笑道：「賀斯先生，你何必緊張？我只不過在那幾張相片上，看到——」

她講到這裡，將手伸進了衣袋之中。

卻不料她手才伸進了衣袋中，便聽到了四五下呼喝之聲響了起來，同時，還夾有拉槍機的聲音。

木蘭花也不禁嚇了一跳，因為她也未曾想到，賀斯的手下竟然有著那麼高的警惕性。

賀斯笑道：「你行動最好注意些，我的部下是十分敏感的，幸而你的手伸進袋中，還沒有取出來，要不然，悲劇已然發生了！」

木蘭花倒可以知道賀斯絕不是虛言恫嚇，她伸進衣袋去的手，並沒有立時伸出來，她笑了一下，道：「不錯，你的部下全是訓練有素，反應靈敏的人，但是我伸手入衣袋，只不過是要取出那六張相片來而已。現在，我可以拿出我的手麼？」

「可以。」賀斯回答。

木蘭花緩緩地將手從衣袋中縮回來，那時，她注意著那幾個槍手的神情，只見他們每一個人都是全神貫注的，他們顯然全受過最嚴格的訓練。

看到了那樣的情形，木蘭花不得不認為自己在那農莊中，能夠一下子便制服了那四名槍手，實在是一種僥倖。而現在，自己是不是能從劣勢之下反敗為勝，木蘭花也實在沒有把握。

只不過不論形勢如何惡劣，木蘭花總維持著她的鎮定，當她的手從袋中縮出來時，她的手中拿著那六張相片。

她鎮定地道：「我是在你的皮包中看到了那六張相片之後，才將兩件事聯繫在一起的，對不起，我在取照片的時候，未曾得到你的同意！」

她將那疊相片，向賀斯遞過去。

賀斯的神情十分激動，他向前大踏步地走過來，滿面怒容，突然一伸手，便來搶木蘭花手中的那一疊相片。

當他的手指一接觸到那疊相片之際，木蘭花便突然鬆了手，手背向前一伸，五指已經牢牢地扣住了賀斯的手腕！

木蘭花不但在柔道、空手道這兩門日本武術上有極高的造詣，而且，她從小就受過十分嚴格的中國武術的訓練，這時，她在電光石火之間倏地出手，抓住了賀斯右手的手腕，那便是中國武術小擒拿手中的一式「餓貓擒鼠」。

在同類的武術中，世界上還沒有什麼武術，可以和中國武術中的大小擒拿法相比擬的！

木蘭花在一抓住了賀斯的手腕，那一疊照片立時散跌了下來，木蘭花立時發出了一下呼叫，穆秀珍的身子突然滾了開去！

這時，他們已然是在巨廈的石級之前了，穆秀珍的身子一滾，就滾進了大廈旁邊的灌木叢中，而木蘭花手背一縮，已將賀斯的身子拉到了自己的身前，她又立即將賀斯的手臂扭轉，令得賀斯背對著她，那一切，可以說都只是一秒鐘之內的事。

等到那些槍手知道發生了變故，一齊舉起槍來之際，他們已然無法發射了，因為賀斯的身子在木蘭花之前，木蘭花抓住了賀斯的手腕，並且利用賀斯作為盾牌，擋住了那幾個槍手射擊的目標。

槍手中有機靈的，立時想起應該去對付穆秀珍。

但當他們想到這一點的時候，穆秀珍也已竄進了灌木叢中去了。

木蘭花笑了一下，道：「賀斯先生，你覺得人生的變化不是太突然了麼？」

6 突生變故

賀斯的手腕被木蘭花緊緊地扣住，他不但覺得手臂發麻，而且，整個右半邊身子似乎也在漸漸麻痺。

他有點不明白，何以木蘭花那樣一個年輕的女子，會有那麼大的氣力！

他自然不明白中國武術的精奧之處，是在於如何尋找人體的弱點，以及巧妙地運用力量，用最少的力量來達到最大的克服敵人的效果！

當木蘭花那樣問賀斯之際，賀斯發出了一下乾澀的苦笑聲來，道：「你真了不起，小姐，但是你還是得不到什麼的。」

「命令你的手下都伏在地上，拋下槍！」木蘭花冷冷地說著。

她雖然看不到賀斯的臉，但是從賀斯身子的劇烈顫動之中，她也可以知道賀斯的心中是如何地憤怒了！

她在剎那之間佔了上風，那是在半分鐘之前，連她自己也想不到的事，當她將那一疊相片向賀斯遞出去之際，她還未曾想到。

但是賀斯一看到了那疊照片，卻十分激動地衝了過來，就在那一剎間，木蘭花陡地想到，賀斯一心只想奪回相片，自己如果突然出手，他是一定不及預防的。

她一想到這一點，立時動手，賀斯根本未及想到木蘭花會突然出手，是以他才落入了木蘭花的手中，這時，他半邊身子發麻，一點反抗的餘地都沒有了。

他急速地喘著氣，木蘭花冷冷地道：「你不肯那樣吩咐麼？好的，那麼，我先要讓你吃點苦頭，讓你在你的部下面前出出醜。」

木蘭花這一句話，擊中了賀斯心中的要害，他吸了一口氣，擺了擺左手，道：「你們將槍拋開，全伏在地上別動！」

那幾個槍手相互望著，遲疑著不肯照賀斯的話去做。

木蘭花冷笑一聲，在賀斯的耳際低聲道：「看來你的部下不聽你的命令，你老闆的地位，已然靠不住了！」

木蘭花的話再度起了作用，賀斯突然怪叫了一聲，厲聲道：「你們聽到了我的話沒有？拋下槍，伏下，你們這些蠢豬！」

別看賀斯身形矮小，他的叫喊聲卻十分響亮，那幾個槍手幾乎不等他叫完，便將槍拋開，身子也伏了下來。

木蘭花高叫道：「秀珍！」

「我來了！」穆秀珍早自灌木叢中一躍而出，奔前了幾步，她已拾了三柄槍在手，又遠遠地拋了一柄給木蘭花，木蘭花一伸左手，將槍接住。

木蘭花將槍在手中轉了一轉，道：「好，我們該去參觀一下賀斯先生的巨廈了，秀珍，你要留心，這所巨廈是建築史上有名的典範，一柱一窗全是經過精心設計的，賀斯先生，我說的話，對不對？」

賀斯驚怒交加，啼笑皆非！

木蘭花也不等他回答，推著他便向前走去，穆秀珍和木蘭花背靠背，是以她是倒退著在走的，那是為了防範伏在地上的那些槍手有異動。

轉眼之間，他們便進了大廳。

大廳中另有四個槍手在，他們的手中也都握著槍，可是槍口卻是向下的，顯然，剛才在外面發生的一切，他們全是看到的。另有一個人，則面如死灰地坐在沙發上。

是以，在他們的臉上，全有著驚恐和憤怒的混合神情。

木蘭花向他們四人一笑道：「四位，我想，不必我吩咐你們什麼了，你們現在唯一要做的事，就是將雲先生去請出來！」

賀斯發出了一下近乎呻吟聲的聲響來，道：「你，你怎麼知道雲先生在這裡？」

木蘭花微笑著，道：「那絕不是一個難猜的啞謎，對不對？這所巨廈，我想，在表面上，一定有一個在社會上十分有地位的主人，是以多少年來，警方連想也不去想一想你會在這裡，對不？你既然用非法的手段擄劫了雲先生，怎會不將他安置在這樣安全的所在？」

賀斯全然像是一頭鬥敗了的公雞一樣，軟軟地揮著左手，有氣無力地道：「去，去帶雲先生出來，和兩位小姐相見。」

木蘭花笑了一下，推著賀斯，又在柔軟的地氈上向前走出了兩步，然後，才鬆開了手，向一張沙發指了指，道：「賀斯先生，請坐！」

賀斯將左手慢慢地伸回到了身前，苦笑著，在沙發上坐了下來。木蘭花站在他的身後，手中的槍自然對準了他。

那四名槍手已從一扇門中走了出去，只有那面無人色的人，仍然坐著不動，在那人的身邊，放著一只手提包。

穆秀珍來到了那人的身前，道：「你一定就是叛變的三號了，是不是？蘭花姐，你以為那手提包中，是不是那美人魚頭呢？」

「當然是。」木蘭花立時回答。

穆秀珍提起了那手提包來，只覺出那手提包十分沉重，她將之放在一張瑪瑙石的咖啡几上，準備拉開拉鍊。

也就在那片刻間，只見雲四風大踏步地走了進來。

雲四風一跨進大廳，就看到了木蘭花和穆秀珍兩人，他不禁陡地呆住了，那四個槍手並未曾說明要帶他去見什麼人，雲四風只覺得他們的態度忽然變得十分客氣而已，而這時，他看到了客廳中的情形，自然知道槍手的態度為什麼轉變了！

他陡地呆了一呆，大聲叫道：「秀珍！」

穆秀珍才將拉鍊拉開了半吋，一看到了雲四風，她連忙放了手，向前飛奔了過去，幾乎是雲四風一跨進了門，穆秀珍便已然奔到了他的身前，兩人也不由自主地抱在一起，雲四風甚至將穆秀珍整個人抱了起來，大聲叫道：「秀珍！秀珍！」

可是，他才叫了兩聲，突然之間，一下驚天動地的爆炸聲，突然在大廳之中響了起來！

那一下爆炸聲，實在是任何人意料不到的。

在大廳之中的那些人，除了久經訓練的槍手之外，便是木蘭花、穆秀珍、雲四風和賀斯。他們四個人，更是久經冒險生活的。

但是，那一下爆炸來得實在太突然了，以致沒有一個人能夠在剎那之間弄明白爆炸是因何產生，以及在大廳的什麼地方產生的。

他們是一齊聽到了一聲巨響，接著，當他們一齊向巨響聲傳出之處看去時，除了濃煙之外，他們已經看不清什麼了。

而且，爆炸所造成的氣浪，也令得他們根本無法保持身子的平衡，穆秀珍和雲四風兩人，一齊滾跌在地，他們立時滾到了大柱之後。

木蘭花是站在賀斯身後的，賀斯則是坐在沙發上的，在那電光石火的一剎間，賀斯整個人連同沙發，一齊向後翻了過來。

木蘭花只來得及及時向後躍開，避開了向後倒來的沙發的撞擊，但是她仍是站立不穩，一蓬濃煙挾著一股極大的力道，向她迎面撞了過來，令得她的身子跌滾出去兩三碼，她同時看到賀斯的身子也跌出了沙發，在地上滾著。

木蘭花是所有人之中，最早從地上跳起來的一個，一直留在大廈外面的六七個槍手，也在木蘭花躍起的同時奔了進來。

木蘭花一看到那六七個人一齊奔了進來，陡地跳出了一步，到了賀斯的身邊，她屈膝跪了下去，用膝蓋壓住了賀斯的身子，大聲喝道：「站住，不准進來！」

有幾個槍手已然奔了進來，木蘭花一面喝叫，一面向他們「砰砰」放了兩槍，子彈在他們的頰邊呼嘯而過，嚇得那兩人忙向後退了出去。

木蘭花一挺身，站了起來，順手抓住了賀斯的手臂，將賀斯抓了起來。

這時候，大廳中的濃煙已經散了，木蘭花一眼便看到雲四風和穆秀珍兩人，一齊站了起來，是以她只是冷冷地道：「賀斯，你玩的好把戲啊！」

賀斯卻尖聲叫了起來，道：「我不知道，我完全不知道爆炸是怎樣發生的，天……我差一點被炸死了！」

就在這時，只聽得穆秀珍也發出了一聲尖叫，道：「蘭花姐，你看，」她一面叫，一面伸手向前指著。

木蘭花循著她所指看去，也不禁倒抽了一口涼氣！

穆秀珍所指之處，就是剛才她放手提包的那張咖啡几，那張咖啡几已只剩下了一個支架，其餘的全被炸碎了。

而發生爆炸的，顯然就是那只手提包，因為手提包已根本不存在了。而坐在咖啡几旁那沙發上待罪的三號，全身浴血，頭部碎爛，根本不必走近去，也可以知道他因為首當其衝，是以已經被炸死了！

那變化實在是太突然了，突然到了直到此際，仍然令得每一個人都覺得愕然。

穆秀珍吸了一口氣，又叫道：「蘭花姐，爆炸的是那手提包，我拉開了拉鍊……」她又望向雲四風，道：「如果不是你立時來到，我向你奔了過來，那我……那我……」

她沒有再講下去，但是她根本不必講下去，人人都可以知道，如果她不走開的話，會有什麼樣的結果的。她如果不走開，那麼手提包將就在她身前爆炸，那爆炸的力量雖不能算是太強，但是穆秀珍一定會比三號被炸得更可怕！

穆秀珍簡直不敢想，她立時住了口。

而雲四風也感到了一股寒意，他又緊緊地擁住了穆秀珍。

連得木蘭花這樣鎮定的人，想起剛才那千鈞一髮的危險情形，而在事先卻又了無所覺，她也不禁微微發抖。

大廳之中，靜了足有　分鐘之久，才聽得賀斯先開口，道：「是誰找回三號來的？」

兩個槍手連忙應聲道：「是我們，我們在他快要登上一艘小艇的時候，將他找到，帶他回來見老闆的，他提著安黛的手提包，就是……突然炸開的那個。」

木蘭花嘆了一聲，道：「秀珍，我幾乎害了你，那手提包中並不是那美人魚頭，而是一顆設計得十分精巧的炸彈，賀斯先生，那美人魚頭在什麼地方？」

「你應該去問安黛！」賀斯尖叫著，「我是將那美人魚頭交給她，要她帶出國外去的，可是她……她卻……」

賀斯一直是在高聲叫著的，可是當他叫到這裡時，他突然停了下來，雙手握著拳，揮舞著，罵出了一連串難聽之極的話來！

木蘭花冷笑著，道：「賀斯先生，你的手下似乎很不可靠，先是安黛，接著又是那個三號，你認為是誰換走了美人魚頭，換上一顆炸彈的呢。」

賀斯並不回答木蘭花的問題，只是頹然在一張沙發上坐了下來，雙手捧著頭，喃喃地道：「我完了，我完了，安黛這小妖精害死了我！」

穆秀珍和雲四風那時已完全定過神來了，他們一齊來到了木蘭花的身邊。

賀斯突然抬起頭來，他面色蒼白得可怕，道：「你們，我求求你們。我完了，我承認我已經失敗了，你們別將我交給警方，好不好？」

木蘭花冷冷地道：「只怕我做不到。」

「我告訴你們美人魚頭的秘密，我告訴你們，什麼都告訴你們，用來和你們交換我的自由。好麼？好麼？」

賀斯攤著雙手，他的雙手在簌簌地發著抖，看他的樣子，就差沒有跪下來了，那時，所有的槍手都圍了攏來，一個道：「波士，我們呢？」

賀斯神經質地叫道：「我完了，你們自然也完了，你們自己都明白你們自己做過什麼，我們能落在警方的手中麼，能麼？」

槍手中有兩個，突然不動聲色，向後疾退了開去。但是穆秀珍的動作更比他們快得多，穆秀珍甚至未曾轉過頭去，只是反手一揮，「砰砰」兩下槍響過處，那兩人應聲便倒。

他們的小腿，都中了一槍。

穆秀珍又立時將一柄槍塞進了雲四風的手中，道：「四風，你監視著他們，我去打電話，通知魯達司警官。」

穆秀珍一面說，一面已向大廳一角的電話几走去。

賀斯的叫聲更尖銳地叫道：「請你別打電話，美人魚頭部的秘密來交換我的自由，一定是值得的，那是極度的秘密，我可以毫無保留地說出來！」

穆秀珍停了一停，木蘭花冷冷地道：「你要說，你就說出來好了。」

賀斯的聲音中又有了一線希望，道：「我如果說了出來，你們可以……可以不通知警方，讓我離去麼？」

木蘭花這時對賀斯的問題覺得十分難以回答。賀斯是丹麥的賣國賊，他自然應該受丹麥國法的審判，木蘭花是沒有權力放走他的。但是，美人魚頭部的秘密是什麼呢？

美人魚頭部的秘密，一定是極其重要的，要不然，罪大惡極的賀斯，決不致於提出它來，作為交換自由的條件。

木蘭花考慮了一會，才道：「我想，如果美人魚頭部的秘密是重要的話，那麼，你可以在警方人員面前，提出這個條件來的。」

賀斯聽了木蘭花的話，先是一呆，但接著，便像是在黑暗之中見到了一線曙光，道：「對，你說得對，他們一定會接受的，因為——」

賀斯講到這裡，木蘭花已向穆秀珍使了一個眼色，示意她快去打電話，警方早一刻趕到就好一刻，穆秀珍也立時向電話走去。

可是，就在那一剎間，突如其來的變故又發生了！

大廳上所有的電燈，突然熄滅！

就在電燈熄滅的那一剎間，自旋轉樓梯的上面，傳來了「砰」地一下槍響！

木蘭花急叫道：「伏下！」

她自己首先向下伏下去，伏在一張沙發之後，眼前一片漆黑，什麼也看不見，她只聽得一陣凌亂的腳步聲，那自然是那些槍手在奪門而逃。

木蘭花立時取出了紅外線眼鏡戴上，她看到穆秀珍和雲四風伏在大柱之後，那兩個小腿受了傷的槍手正在地上打滾。其餘的槍手都已奔出了大廳。

木蘭花在那樣的情形下，除非將那些槍手一一擊傷，否則，是絕對沒有法子阻止他們的，而木蘭花卻還有更重要的事做。

她要做的，是找出在二樓放冷槍的是什麼人！

她抬頭向上望去，樓梯上和二樓的走廊上並沒有人，當然，那人可能匿伏著，也可能在打了一下冷槍之後，便離去了。

那麼，那一下槍聲的射擊目的是什麼呢？

木蘭花一想到這裡，心中便陡地一凜，她的視線連忙從二樓向下移，最後，定在坐在沙發上的賀斯身上

賀斯仍坐在沙發上，但是身子卻向斜側著。

在賀斯的兩眼之間，有著一個小小的圓洞，在那個圓孔中，濃濃的，在紅外線眼鏡中看來，呈現一種近乎黑色的血液，正在淌出來。

那一股血液，淌過賀斯的臉部，看來像是賀斯在瞌睡之中，給頑童在臉上打直畫了一道墨一樣，給人以十分滑稽的感覺。

但是木蘭花覺得事情並不可笑！賀斯是在將要說出美人魚頭的秘密之際被殺的（這一次，木蘭花可以肯定賀斯已然死了），而那個凶手自然是早已暗伏著的。

木蘭花又立時想起賀斯在農莊地下室假裝自殺之際所說的話來，賀斯曾說他不是真正的老闆，而真正的老闆另有其人！

現在看來，那顯然是真的了！

殺了賀斯的，自然是那個「真正的老闆」了。

而如今，存在於木蘭花心中，有三個大問題，那便是：

（一）那真正的老闆是誰？

（二）美人魚頭的秘密是什麼？

（三）美人魚頭在什麼地方？

這三個問題，木蘭花知道，她暫時還是找不到答案的。

木蘭花沉聲道：「秀珍，四風，你們沒事麼？」

穆秀珍和雲四風兩人同時回答了一聲。

穆秀珍自然也戴上了紅外線眼鏡，因此她立時問道：「蘭花姐，賀斯中了槍，他這次是真的死了，還是又是在裝死？」

木蘭花矮著身，向前奔出了幾步，到了賀斯的身邊，伸手在他的手腕上搭了一搭，道：「他死了，我們要小心，凶手可能還在屋子中。」

穆秀珍也迅速地移動著身子，到了雲四風的身邊。

木蘭花轉著念，正在想著如何才能衝上二樓去之際，四輛警車已停在鐵門之外，而大批警員也已經攀過鐵門，向內衝進來了。

當巨廈的大廳中重放光明之際，魯達司警官統率的警員，正在大廈的每一間房間中進行著徹底的搜索。

而魯達司本人，則站在雲四風、穆秀珍和木蘭花三人的面前，冷冷地道：「兩位，你們似乎和麻煩是分不開的！」

木蘭花笑著道：「你可以那樣說，但是，魯達司警官，你是怎麼會突然趕來的呢？我們還來不及向你報告找到了賀斯！」

「有人駕車經過公路，聽到了這裡發出爆炸聲，所以致電警方，我才趕來的，究竟是怎麼一回事，你要詳細向我敘述經過！」

木蘭花道：「事情很簡單，在我們離開農莊之際，賀斯突然在我們的車旁出現，我們被他押到這裡來，原來雲先生也在這裡，我們之間曾經有爭鬥，後來，忽然有冷槍射來，將賀斯射死，其後不久，你就趕到了。我想，更詳細的口供，你可以在那兩個受了傷，不及逃走的槍手處獲得的。」

魯達司攤著手，道：「好了，小姐，現在雲先生已經脫險了，你此來的任務也已完成了，如果你們沒有什麼別的事——」

木蘭花笑道：「警官，你是在趕我們離開丹麥麼？當然，我們立時會走，但是你不要忘記，雲先生到貴國來，是有重要的商業活動的，貴國的商務部一定不喜歡他那麼快就離去，而我們也想和他一起回去，你反對麼？」

「天，我只希望你別再惹麻煩！」

「不會再有什麼麻煩了，警官。」木蘭花一揮手，向外走去，到了門口，她才大聲道：「我可以繼續借用你的車子麼？」

魯達司有點啼笑皆非，道：「可以的！」

木蘭花、穆秀珍和雲四風三人，一齊離開了那座有歷史價值的建築物，上了車子。

一路上，木蘭花一句話也不說，不論穆秀珍如何問，她只是不出聲，雲四風駕著車，穆秀珍坐在雲四風的旁邊，木蘭花似乎已在後座睡著了。

7 一線之差

四十分鐘之後，他們三人已在一家豪華酒店的套房之中了。

雲四風向木蘭花和穆秀珍講述他在機場上的遭遇。

她們兩人直到這時候，才知道在機場發生的事究竟是怎樣的。

木蘭花仍然一聲不出地聽著，不表示什麼意見。

等到雲四風講完，穆秀珍望著木蘭花，忍不住道：「蘭花姐，我們真的沒有事了？等四風的商業合同一簽好，我們就回去？」

木蘭花呆了片刻，才搖了搖頭，道：「不！」

穆秀珍立時興奮了起來，說道：「那我們做什麼？」

木蘭花徐徐地道：「我們要找出三個問題的答案來，那便是：賀斯是接受誰的命令——那人也就是殺死了賀斯的凶手。」

木蘭花講到這裡，略頓了一頓，才又道：「第二個問題是，那美人魚頭的秘密究竟是什麼，我想那一定是十分重要的秘密，不然為什麼賀斯以為可以將這個秘密去交換他的自由呢？我想這秘密不只是金錢，而有著十分重要的價值。」

雲四風點了點頭，道：「是的，我想你的意見不錯。」

木蘭花站了起來，走到了窗前，向下望去，那時已經接近凌晨了，街道上靜得可以，木蘭花續道：「第三個問題是，那美人魚頭在什麼地方？而我們要知悉上兩個問題的答案，應該在第三個問題著手去研究，才能有結果。」

雲四風和穆秀珍兩人都點著頭，木蘭花又道：「這是一件很值得研究的事，而且我也想到了很多疑點——」

木蘭花講到這裡，突然抬起頭來，道：「秀珍，你對這一方面，可有什麼概念麼？」

穆秀珍想了一想，道：「那美人魚頭最初被鋸下來的時候，自然落在賀斯的手中，而賀斯又為了某種目的，要將之運出去——」

她講到這裡，向木蘭花望了一眼。

「說下去，」木蘭花鼓勵著她。

「於是，賀斯將這件任務交給了安黛，」穆秀珍續道：「大約安黛知道那美人魚頭的特殊價值，是以她想據為己有，但她卻又被三號和另一人發現，美人魚頭在機場大廈轉了手，到了三號的手中，直到三號被找到，手提包便放到了大廳中，一直到爆炸。」

「對，你說得很有條理。」木蘭花稱讚著她。

穆秀珍十分高興，又道：「賀斯交給安黛的，自然是美人魚頭，而將之換成炸彈的，只可能是兩個人，一個是安黛，一個是三號。」

「你認為哪一個人更可能些呢？」木蘭花問。

「我看是安黛，因為她是有計劃叛變的，而三號可能是在得到了那手提包之後，臨時起意的。」穆秀珍想了一想之後回答。

「秀珍，你的分析能力進步得多了！」

穆秀珍高興得漲紅了臉，笑著。

木蘭花又道：「那麼你可看出了什麼疑點？」

穆秀珍想了片刻，卻答不上來。

木蘭花道：「第一，據魯達司說，安黛是一個受警方注意的人物，為什麼賀斯要派她出馬？第二，美人魚頭失竊，舉世皆知，就將那美人魚頭放在手提包中帶出去，不是太兒戲了麼？安黛有什麼把握一定不被人發現，賀斯不應該不考慮這一點的。」

「或許她有特殊的方法可恃？」雲四風說。

「那我們就該找出她所恃的是什麼來。」木蘭花道：「第三，手提包中炸彈的設計，是拉開拉鍊就爆炸，安黛將美人魚頭藏了起來，她設計了那樣的炸彈，究竟是準備對付什麼人的？」

雲四風道：「這個問題倒比較容易解答，我們可以設想，安黛帶美人魚頭出去，是到某一地點，去和某一些人進行交易的，她可以將美人魚頭換很多錢，她那樣設計，可以在收到錢後，對方驗著美人魚頭之際，將對方炸死的。」

木蘭花點頭道：「這個解釋非常合理！從我們三個人的分析中看來，那美人魚頭並沒有被安黛帶走，而是被她藏了起來。」

穆秀珍立時問：「她將之藏在什麼地方呢？」

木蘭花笑道：「傻丫頭，要是知道，那就什麼問題也沒有了。秀珍，如果你是安黛，你會將美人魚頭藏在什麼地方？」

「藏在家中？不，那不行，事情發作後，家裡一定受到搜查，我將它藏在……如果是在飛機場中的話，我會將它放在飛機場的儲物室中，那是最妥當，而且最不令人起疑的地方了。」

木蘭花和雲四風兩人互望了一眼，雲四風立時站了起來，道：「我們立即就到機場去查一查，這個可能性十分之大。」

木蘭花道：「是的，我一個人去就可以了。」

「為什麼？」穆秀珍立時問。

木蘭花道：「我們不是警方人員，公然的查詢，會使人家反感的，我要化裝一下，現在就到機場去，你們在這裡等我。」

木蘭花取出了一只小小的化裝盒，作了一些簡單的化裝，又戴上了金色的假髮，和深藍色的隱形眼鏡，她的皮膚本來就十分白皙，這樣化裝之後，她看來已有九成像是一個歐洲女郎了。

她離開了酒店，在酒店門口叫了一輛計程車，向機場大廈駛去。

在木蘭花到達機場的時候，天際已有一線曙光了。

機場大廈雖然是二十四小時開放的，但是這時候，人卻十分稀少。

木蘭花一面裝成早到的旅客一樣，看來像是漫不經心地在機場大廈中走著，但是實際上，她心中不斷地在轉念著，她將種種事件一一歸納起來，然後，她自己告訴自己，整件事，只有兩個疑問了。

那兩個疑問是：

一，賀斯是接受什麼人指揮的？

二，美人魚頭之中，究竟包含著什麼秘密！

而木蘭花知道，如果他們所料不錯，安黛當日在匆忙之中，是將美人魚頭寄放在機場的儲物室中的話，那麼，整個疑問很快就可有答案了。

木蘭花逕自走到了儲物室的門前，透過儲物室的玻璃門，她可以看到，在儲物室中，有一個老頭子，顯得很寂寞地坐著。

那老頭子自然是儲物室的管理員了，其實，儲物室中的一切設備是自動化的，這個管理員實際上根本沒有什麼事可做，所以他的臉上現出十分寂寞的神色來。

那很合木蘭花的心意，因為這樣一個寂寞的老頭子是很喜歡有人來和他聊天的，而木蘭花正需要在他身上得到很多線索！

木蘭花推門走了進去，那老頭子抬起頭，向木蘭花看了一眼，懶洋洋地拉開了一個抽屜，取出了一柄鑰匙，放在桌面上。

木蘭花走到了桌前，笑著道：「我不是來存放行李的，老伯，我想向你查問一件事，如果你記性好的話，一定應該記得的！」

老頭子似乎有些生氣，他大聲道：「我的記性十分之好，連五十年前的事情，我都可以清楚記得的，你說好了！」

他挺起了胸，擺出了一副接受挑戰的姿態來。

木蘭花笑著，又特地道：「我怕你不記得了，前幾天，我的妹妹，她是一個美麗的金髮女郎，她曾匆匆忙忙地走進來儲放一件東西——」

木蘭花才講到這裡，那老者打斷了她的話頭，得意地道：「小姐，你料錯了，我不但記得你的妹妹，而且記得十分清楚，她說她來遲了，必須很快地去搭機，所以要我快一些給她一把鑰匙，好讓她將一些重要的東西寄存起來。她的確是一個很美麗的女郎！」

木蘭花笑了笑，那管理員的確很老了，老到了連那美麗的金髮女郎在儲放物件之後不多久便死在機場大廈中，他也不知道。

木蘭花又笑著道：「老伯，我敢打賭，你並不記得她取的是第幾號鑰匙了！」

那老頭笑了起來，他顯得十分高興，道：「小姐，妳又錯了，妳妹妹並沒有將鑰匙帶走，她將鑰匙放在我這裡，她很信任我！那是一七一號儲物箱！」

木蘭花立時四面看去，在一排一排的儲物箱中，她也立時看到了那一七一號儲物箱，她緩緩地吸了一口氣，道：「老伯，你可知道我妹妹死了。」

那老者突然吃了一驚，張大了口，不知怎樣說才好，木蘭花俯下身去，又道：「她是被人謀殺的，謀殺她的人，主要是想要得到她放在這裡的那東西。」

那老者道：「那……那是什麼？」

「不論那是什麼，老伯，這東西放在你這裡是很危險的，你快將鑰匙給我，讓我將這東西取走，那麼，你就可以安全了！」

那老者連忙拉開另一個抽屜，自一個信封中取出了一把鑰匙來。當他的手指撫著那把鑰匙之際，他臉上的神情，就像是撫著一條四腳蛇一樣。

他結結巴巴地說道：「它在這裡，小姐，它在這裡！」

木蘭花這時已經接近成功了，那老者甚至不問她是什麼人，也不想及儲物室的取物規則，一聽到了她的話之後，便立時將鑰匙取了出來！

木蘭花一面想，一面便伸手去接那柄鑰匙，她已可以清楚地看到，在那柄鑰匙之上刻著「一七一」的號碼。

但是，也就在此際，儲物室的門突然被推了開來，木蘭花可以聽到門被推開的聲音，但是，她卻並沒有轉過頭來觀看。

這裡是機場大廈的儲物室，是每一個人都可以進來的地方，木蘭花自然不必去注意每一個走進來的人！

可是，就在那一剎間，她卻突然呆了一呆！

她並沒有轉過頭去，自然看不到走進來的是什麼人，但是在那一剎間，她卻看到了那老者的臉上，現出十分恐怖的神情來！

也就在那一剎間，木蘭花知道事情已經不對頭了！

可是，當她知道這　點的時候卻已經遲了，她的身後已然響起了一個分明是假作出來的聲音，道：「小姐，站著別動！」

木蘭花陡地吸了一口氣，她想轉過頭去，看一看突然出現在她背後的是什麼人，但是，她頭才動了一動，她的後腦已經被槍口頂住了。

那聲音又道：「不准轉過頭來！」同時，木蘭花看到一隻戴著手套的手，在她的身邊伸過，將那枚鑰匙接了過去。

手槍就抵在木蘭花的腦後，木蘭花是絕沒有反抗的餘地的，她的身子一動也不動地僵立著，但是，手槍的威脅卻只能使她的身子不能動，並不能使她的思考能力也停止。

她迅速地在轉著念，而且，也立時想到了那不速之客的行動好幾點可疑之處！

第一，那在他身後的人，用顯然是假的聲言在說話；

第二，那人又不准她轉過頭去。這都是不正常的事！而這說明了什麼呢？

木蘭花只是略一轉念間，便已得出了結論，這說明了，那人一定是木蘭花的熟人，如果木蘭花轉過頭去，看到了他，或者是他用本來的聲音說話，那麼木蘭花一定可以認出他是什麼人來的，所以他才要那樣子做作！

而這個人，自然也極可能就是領導、指揮賀斯的人，也就是整件事情中，最重要的人物！

木蘭花一想到了這一點，心頭不禁亂跳，她無法轉過頭去，自然看不到那人是什麼人，她向前望著，希望前面有什麼反光物體，可以使她看清站在自己身後的是什麼人。但是，木蘭花卻找不到可以供她利用的反光物體。

她只看到，那管理員臉上的神色駭異莫名！在他手中的鑰匙被接了過去之後，他伸出的手仍然未曾縮回來，他雙眼睜得老大，望著木蘭花的身後。

在那一剎間，木蘭花的心中又陡地一亮！

她突然想到，在自己背後的那人，不但是自己的熟人，也一定是那個儲物室管理員的熟人！而且一定是他平時見慣的人，所以這時，當他看到那人突然用槍指住了自己，搶去了鑰匙之際，他才會顯出那樣驚異莫名的神色來！

木蘭花覺得事情在突然之間有了頭緒，她來到丹麥並不太久，在丹麥可以說沒有什麼熟人，而在她的熟人之中，有哪一個是她和那機場大廈儲物室的管理員都認識的呢？

似乎根本不可能有那樣的一個人！

但是木蘭花卻知道，一定是有那樣一個人的，這個人，就站在自己的背後，他是誰？他究竟是什麼人？

木蘭花感到自己已經快可以揭開事實的真相了，但是，卻還差一點，那真正是一線之差，可就是差了那一點，她就無法接觸事實的真相！

木蘭花想開口問那儲物室的管理員，站在自己身後的是什麼人，但是，她還未曾開口，後腦上便受了重重的一擊！

那一擊的力量是如此之沉重，令得木蘭花立時昏了過去，跌倒在地上！

等到木蘭花又漸漸有了知覺時，她首先聽到嘈雜的人聲，似乎有許多許多人在她的身邊講著話。

在那一剎間，她根本記不起自己是在什麼地方，和曾經發生過什麼事。

但是不消幾秒鐘，她的記憶便完全恢復了，後腦上針刺也似的疼痛使她記起了一切事情來。

而在這時候，周圍講話的聲音，她也可以聽清清楚了，她首先聽到了魯達司的聲音。

魯達司的聲音像是十分惶急，他在道：「醫生，不能令這位小姐快些醒來麼？她是十分重要的人物，而且有很多話要問她！」

木蘭花就在那時，睜開眼來。

她看到自己還在機場大廈的儲物室中，坐在一張椅上，儲物室中有很多警員，在忙碌地檢查著一切，魯達司在離她不遠處，在她的身邊，是一個醫生。

木蘭花立時轉過頭，向那一七一號儲物箱看去，只見儲物箱已被打開，當然，箱中也已經空空如也，什麼都沒有了。

木蘭花喘了一下，道：「管理員，那個管理員呢？」

她一出聲，魯達司突然轉過身來，道：「小姐，你醒來了，我要向你說，你真是好運氣！」

木蘭花站了起來，伸手摸向後腦，又問道：「那管理員呢？魯達司警官，這是一件十分重要的事，那被盜走的美人魚頭，剛才是在那一七一號儲物箱之中，是安黛放在那裡的，我已快得到手了，但突然有人闖了進來！」

「那是什麼人？」

「我沒有看到，我被威脅著不能轉過身來，但是那管理員坐在我的對面，他是看到我身後那人的，他在什麼地方？」木蘭花急急地問。

魯達司苦笑了一下，向儲物室的一角指了一指。

木蘭花循他所指看去，不禁陡地一呆！在那角落處，一個人筆直地躺著，有一件上衣蓋在他的頭部。當然，那人是已然死了，而他，就是那個儲物室的管理員！

魯達司道：「他死了，駐機場的警員聽到槍聲趕來，凶手已經離去，而管理員則被殺害，木蘭花小姐，我說你好運氣，凶徒只不過將你擊昏了過去。」

木蘭花坐了下來，她的腦中亂成了一片。

魯達司又道：「木蘭花小姐，我對你剛才所講的一切，只好記錄在案，因為你的話，沒有任何事實證據。而且，你在這裡受襲擊，已經使我的假期延遲了，我本來是準備搭飛機到法國去，和我的未婚妻會面，共度一個月的假期的。」

木蘭花這才注意到，魯達司穿著一套剪裁得十分合身的便服，她苦笑了一下，道：「對不起，你可以搭下一班飛機去巴黎的。」

魯達司還在埋怨著，道：「就是因為你不肯安分，不斷地生事，是以我的未婚妻就只好在巴黎的機場枯候三小時。」

木蘭花不想和他多爭辯，她只希望魯達司快快離去，魯達司在這時候去度假，倒是一件好事，因為魯達司這個人幾乎一點推理力和想像力也沒有，什麼事都要有事實的證據才敢相信，他顯然不是一個合作的好對手！

木蘭花心想，在魯達司走了之後，或許有更精明的丹麥警官可以和自己合作，魯達司在知道了他錯過立大功的機會之後，他一定要後悔莫及了。

木蘭花又站了起來，道：「警官先生，我只能說我表示抱歉，現在，我想回酒店去休息，我真的想去休息一會，我可以走麼？」

「當然可以，小姐，你早該走了。」魯達司毫不掩飾他對木蘭花的不滿。

木蘭花卻毫不在乎，她走出了儲物室，穿過圍在儲物室外看熱鬧的人，當她來到機場大廈的大門口時，恰好看到黑箱車駛到。

木蘭花上了一輛計程車，二十分鐘之後，她已回到了酒店之中，穆秀珍和雲四風顯然是一直在等著她，她才推開門，兩人便齊聲道：「怎樣了？」

木蘭花坐了下來，穆秀珍來到她的面前，道：「可是一無發現麼？我們一定料錯了，或者我們應該去搜查安黛的家——」

「不，我們料對了，安黛確然將那美人魚頭放在機場的儲物室中，她十分小心，將鑰匙也留在管理員處，而不帶在身上。」

「那你已得到那美人魚頭了！」穆秀珍高興得跳了起來，但是她立即停了下來，因為木蘭花是空手走進來的，她顯然是並沒有得到那美人魚頭。

木蘭花沉聲道：「我已幾乎可以得到了，但是在最緊要的關頭卻被人搶走了，我將經過的情形詳細向你們說說！」

木蘭花要將經過的情形告訴穆秀珍和雲四風兩人，是有理由的，因為在那一連串的變化之中，木蘭花感到有一點，她和事實真相已經十分接近了！

而她之所以未能得悉事實真相，只因為還有最後的一點疑問，她未曾有答案，那自然是整件事的關鍵，而這個關鍵，又可能是一件極普通，極不引人注意的事，而被她忽略了的。

她如果將事情的經過詳細講出來，穆秀珍和雲四風或者可以發現。

所以，木蘭花足足花了半小時的時間，將機場大廈儲物室中的情形，一點不漏地向雲四風和穆秀珍講述著，講完之後，她才道：「那個在我身後的人，一定是我也認識，而那個管理員也認識的人，他可能是誰？」

雲四風和穆秀珍都緊皺著眉，來回地踱著。

他們的心中，也一點概念都沒有，對他們而言，因為是一個陌生的地方，儲物室管理員又是個和他們毫不相干的人，他們怎可能有共同的熟人。

穆秀珍踱了好一會，才停下來，向木蘭花看了一眼。

看她的樣子，本來像是想對木蘭花講些什麼的，但是當她向木蘭花一看之後，她卻立時改變了主意，她向後走近了幾步，目不轉睛地望著木蘭花。

木蘭花奇道：「秀珍，你可在發什麼傻？」

穆秀珍搖了搖頭道：「我不是發傻，我只是奇怪。」

「你奇怪什麼？」木蘭花立時問。

「我在奇怪，你化裝得如此之好，連眼珠的顏色也因為戴著隱形眼鏡而改變了，如果不是我們事先知道你是經過了化裝的，也一定認不出你來，何以魯達司——」

穆秀珍才講到這裡，木蘭花已直跳了起來。

「魯達司，」木蘭花叫著，「秀珍，你說得對，我的身上，沒有任何身分證明，而我又經過了精巧的化裝，他是絕沒有理由知道我是什麼人的，但事實上，在我還未曾醒過來的時候，他便已肯定我是什麼人了，他——」

木蘭花講到這裡，略停了一停。

穆秀珍睜大了眼，問題是她發現的，但是進一步分析問題的能力，她卻遠不如木蘭花，是以她無法接上木蘭花的話。

木蘭花立時又道：「他一直在監視著我們，我從酒店出去，他就知道了，他知道我去了機場大廈，他自然也可以想到安黛是將東西放在儲物室中了，他先跟我去進行，然後在緊急關頭，他就現身搶奪！」

木蘭花講到這裡，又停了一停，接著，她現出了極其興奮的神色來，道：「秀珍，四風，最後的疑問也有答案了，魯達司是高級警官，他以前可能長期被派駐在機場大廈工作，所以，那儲物室的管理員才認得他，而當那管理員看到他平日敬仰的警官，忽然持槍脅迫我，自然也吃驚之極了！」

雲四風和穆秀珍兩人，一齊吸了一口涼氣！

雲四風失聲道：「好傢伙，原來是他！」

「是的。」木蘭花點頭，「他正是一切事情的主持人，我本來就懷疑，那美人魚頭是如此『熱門』的贓物，安黛怎可以堂而皇之地將之攜過海關，但如果有魯達司關照，那自然不同了，魯達司甚至可以給安黛警務人員的證明的！」

雲四風揚起了雙眉，說道：「那麼說，賀斯何以——」

他講到這裡，穆秀珍便突然一揮手，打斷了他的話頭，道：「那還用說麼，你可記得，魯達司曾說過，他曾在戰後參加過對賀斯的專門調查，他一定是早已查到賀斯的下落了，但是卻一方面隱瞞了他的上級，一方面又威脅賀斯，替他工作！」

穆秀珍說著，還望了望木蘭花。

木蘭花點頭道：「秀珍的猜度是不錯的。」

穆秀珍受了讚揚，大大得意道：「可是我還有一點不明白，蘭花姐，那美人魚頭究竟有著什麼重大的秘密？」

木蘭花搖了搖頭，道：「那我也不知道，但是我相信，魯達司先生一定會給我們一個滿意的答覆的。他仍在機場大廈等待下一班飛機去巴黎，我聽得他講過，他要等三小時才有下一班飛機，我們有足夠的時間去找他，而且，那美人魚頭，這一次一定是由他親自帶走了。」

穆秀珍一躍而起，便要去開門，但木蘭花忙道：「慢，秀珍，我想，我化了裝到機場大廈去，魯達司既然知道，可知他一定派人嚴密地監視著我們的。」

穆秀珍呆住在門口，道：「那我們怎麼辦？」

「你和四風兩人先走，現在天已亮了，你們要裝出一副精神煥發的樣子來，把臂共行，像是只想到街上去享受一下陽光，不要坐車，設法擺脫跟蹤者，然後到機場大廈去等我，在我未到之前，你們不妨找到魯達司，在暗中監視著他。」木蘭花小心地吩咐著。

穆秀珍連連答應，立時和雲四風兩人，手挽著手，向外走了出去。

木蘭花從窗口上向下望去，眼看著他們兩人走出了酒店的大門。她又看到有一個人，亦步亦趨地跟在雲四風和穆秀珍的後面，這證明她的料想一點不差。

木蘭花也知道，以穆秀珍和雲四風的機智而論，要擺脫那樣的一個跟蹤者，是輕而易舉的事情，是以她轉過身，坐了下來。

為了要證實下一班飛經巴黎的飛機的時間，木蘭花打了一個電話到機場去詢問，她得到的答覆，和魯達司的話是一致的。

如果魯連司真有一個未婚妻在巴黎機場等著他的話，那麼這位未婚妻的確要等三小時之久，因為在清晨六時的一班飛機之後，要到九時才有另一班飛機飛經巴黎，現在只不過七時零五分，木蘭花還可以有足夠的時間去對付魯達司。

木蘭花之所以如此有把握，是因為她想到了魯達司是整件事的幕後主持人，也全然是因為穆秀珍偶然一問所觸發的靈機。

她相信魯達司一定不知道他自己的身分已然暴露，一定還十分從容地在等著下一班飛機的起飛，他以為他是一定能帶著那美人魚頭順利離去的。

而木蘭花卻需要安靜一下，將所有的事加以整理，因為這件事，木蘭花始終是在一片黑暗中進行的，突然之問有了曙光，真相大白，但因為事情來得實在太突然了，所以木蘭花的思緒還是十分凌亂，需要好好地整理。

她坐了下來，扭開了收音機，選擇了一個正在播放柔和的輕音樂的電臺，將音量控制得十分低，優美的音樂，是有助思考的。

魯達司是整件事的幕後主持人，那應該是毫無疑問的了。他本身是一個高級特務人員，利用職權上的便利，控制了二次世界大戰時的叛國賊賀斯，正因為魯達司是幕後主使人，所以有些不可解釋的疑問也有了解釋，譬如農莊上所有的人都死於非命等等。

而在那宏偉的建築中，槍殺了賀斯的，自然也是魯達司了，他在殺了賀斯之後，隨即出現，木蘭花在當時認為是「湊巧」，但現在也知道，那是魯達司的安排！魯達司在掩飾他的身分方面所做的一切，全是巧妙的，他將自己裝成一個熱心，魯莽，急躁的人，也可以說是極之成功。

木蘭花甚至可以肯定，當她一要前來的消息傳來之後，魯達司便已訂定了一套利用她的計劃，而這一套計劃正在逐步的實行中！

木蘭花也不是沒有懷疑過魯達司，但是由於魯達司安排得很巧妙，洗刷了她的疑惑，直到最後，魯達司的真面目才暴露了出來。

現在，剩下來的問題，真的只有一個了！

那問題便是，那青銅雕塑的美人魚頭，究竟有什麼秘密？如果僅僅是它的藝術價值的話，魯達司決計不肯為它作出那麼大的犧牲的，它一定另有極度重大的秘密包含其中！

但是木蘭花卻並沒有在這方面多傷腦筋，因為那是不必去預測的，主要的關鍵是魯達司，在對付了魯達司之後，其他一切疑問，都可以迎刃而解了！

木蘭花站了起來，她看了看手錶，只不過七點半，她維持著原來的化裝，然後準備離去，但就在她走到門口，還未曾將門打開來之際，電話卻突然響了起來。

木蘭花猶豫了一下，她本來不想去接聽這個電話的，但是她經過考慮之後，還是向電話走去，因為電話如果是魯達司打來的話，那麼，可以讓魯達司知道她還在酒店中，可以更加放心，而不知道事實上，等候他投進來的網已經張開了。

木蘭花拿起了電話，她還未及出聲，便聽到了穆秀珍急促的聲音，道：「蘭花姐，你還在酒店中啊，我們已到了機場大廈了！」

從穆秀珍急促的語聲中，木蘭花立時又料到，事情又有什麼意料之外的變化了，但是她卻仍然保持著鎮定，道：「我就來了，什麼事？」

「蘭花姐，魯達司根本不在機場，我們找不到他，又問過機場的值日警官，值日警官說魯達司警官的確是開始休假了，但是根本不是到巴黎去，而是到荷蘭的阿姆斯特丹去的，飛機在六時三十分就起飛了，蘭花姐，我們怎麼辦？」

木蘭花整個人都呆住了，一時之間，她甚至無法再和穆秀珍通話，直到穆秀珍連聲催促，她才說道：「秀珍，你快和國際警方的納爾遜聯絡，要他為我們安排最快的交通工具。」

「我們追上去？」穆秀珍問。

「是的，追上去，魯達司太狡猾了，也太可惡了，我們一定要追到他！我立時趕到機場來，你要盡快得到納爾遜的幫助！」

木蘭花放下了電話，深深地吸了一口氣。

她並沒有後悔以為還有很多時間，以致遲遲不到機場去，因為從時間上算來，當穆秀珍提出那個問題，令得木蘭花記起魯達司是整件事的幕後主持人時，魯達司早已在飛機上了！

木蘭花此際，心中只是佩服魯達司，佩服世上竟有那樣老謀深算的人！

木蘭花知道，當魯達司向她說他要到巴黎去的謊言之際，仍然不以為他自己是會被懷疑的，但是為了以防萬一，他卻仍然作了那樣的安排！

他安排了那樣一個謊言，對他來說，自然是有好處的，因為他如果不被懷疑，木蘭花也不會去查他的行蹤，那麼他的謊言根本不會被揭穿。而當他的謊言被揭穿之際，一定是他的身分已被揭露，那麼，他的謊言就可以幫助他脫身。

這是縝密之極的安排，而木蘭花也可以知道，那是魯達司的一貫工作方法，那是她和賀斯一起去到那幢巨宅的時候，就已經覺察到了的。

木蘭花在放下電話之後的五秒鐘，便已然出了房門，她也不理會是不是還有人跟蹤，一出了酒店大門，便上了一輛計程車。

一路上，她不斷催司機將車子開得快些，令得那司機搖頭不已。她比正常所需的時間，快了五分鐘來到了機場大廈的門口。

她才一下車，就看到了雲四風向她迎來。

木蘭花忙問道：「怎麼樣？」

「交涉好了，立時有一架直升機來，接我們到一個空軍基地去，在那裡，我們可以獲得一架速度極高的飛機，納爾遜並已將我們要降落的消息，通知了荷蘭方面——事實上，那是不成問題的，因為我們的飛機屬於一個軍事公約組織，而幾乎所有北歐的國家，全是這個軍事公約的簽字國，飛機是可以隨時降落的。」

雲四風一口氣講到這裡，穆秀珍也奔了過來，道：「蘭花姐，你來了，我們可以到機場的跑道上去等直升機，它快來了。」

木蘭花嘆了一聲，道：「納爾遜知道魯達司的事了麼？你有沒有查航空公司的名單？他是不是真的去了阿姆斯特丹？」

「是的，」雲四風回答，「旅客名單有他的名字。」

穆秀珍也道：「納爾遜也說，國際警方人員會在他一下機就監視他的，而且，我們降落之後，也會有國際警方的人和我們聯絡的。」

他們三人一面說，一面向後走去。

他們剛走進機場，便看到一架直升機已經低飛著，在跑道上停了下來，他們三人連忙快步奔了過去！

8 火箭計劃

十五分鐘之後，他們到達了那軍事基地。

哥本哈根和阿姆斯特丹之間的距離，並不十分遠，算起時間來，魯達司早就應該到了目的地了，穆秀珍嘆著氣，道：「我們飛來的那架飛機，不是立即就被軍方派人取回去，那就好了。」

木蘭花搖著頭，道：「那也追不上他的，反正國際警方已派人在監視著魯達司了，我們總可以找得到他的！」

他們乘搭的直升機，就停在基地機場的跑道上，一架最新型的噴射機也已經停在跑道上了。木蘭花剛從直升機下來，一個尉官便奔了過來，問道：「誰是木蘭花小姐？國際警方有一份重要的情報給她。」

木蘭花道：「我就是！」

那尉官呆了一呆，似乎想不到木蘭花的聲名如此響亮，但卻是那麼年輕貌美的一位女郎！

他向木蘭花行了一個禮，道：「我是軍方的聯絡官，納爾遜先生來電話說，他接到報告，你們要跟蹤的人已離開了荷蘭，在飛往羅馬的途中了。」

木蘭花「噢」地一聲，問道：「他還說了些什麼？」

「他說，你們要追蹤他，可以直飛羅馬，他是乘搭一架私人的雙引擎飛機前往的，你們的飛機，大可以趕在他的前面。納爾遜先生還說，他派在羅馬機場和你們聯絡的是胖子阿金。」

木蘭花點頭道：「多謝你。」

那尉官向那架噴射機一指，道：「你駕駛？」

木蘭花笑道：「是的。」

那尉官由衷地道：「你真了不起！」

木蘭花沒有時間來和尉官多客套，她只是謙虛地笑了笑，便和雲四風、穆秀珍一齊向那架飛機走去。

他們進了機艙，木蘭花戴上了無線電通訊的耳機，聽著機場的指示，然後，她按掣闔上了機艙的艙蓋，推上了操縱桿。

飛機發出驚人的轟隆聲，衝大而去。

木蘭花將飛機飛得十分高，高出一般客機飛行的高度，那樣，她就可以用更高的速度來飛，而不必擔心會和其他的飛機在空中相撞。

當飛機起飛之後不久，穆秀珍又利用無線電和納爾遜取得了聯絡，納爾遜告訴他們，魯達司是乘坐義大利一個著名的工業鉅子的私人飛機離開荷蘭的。

這位義大利工業家的背景十分複雜，有人懷疑他是雙重身分的人，實際上是一名間諜，而且，他還有在墨索里尼政府工作的記錄。

如果那義大利工業家真是一名間諜的話，那麼魯達司和他來往，事情就更不尋常了！

那個美人魚頭中的秘密，可能還會牽涉到世界大局！

木蘭花聽了納爾遜的話之後，並沒有什麼表示，她只是專心駕駛著，她一定要趕在魯達司之前到達羅馬，那樣，才能使魯達司措手不及！

而她是可以做到這一點的，因為她所駕駛的飛機，速度達到普通雙引擎飛機之上，而且，魯達司為了掩人耳目，到荷蘭去轉了一轉，也耽擱了不少時間。

飛機在高空以極高的速度飛行著，向下望去，只見一團團白雲，白雲在飛機下面慢慢地飄動，看來是如此之美麗和平靜！

當木蘭花按下一個掣，機尾吐出了一柄降落傘，減低飛機在跑道上滑行的速度，使得飛機停下來之際，羅馬的國際機場剛好亮起了燈光。

在朦朧的暮色中看來，紅色和黃色的霓虹燈光極其奪目。羅馬的天氣不怎麼好，正在下著濛濛細雨，在燈光的四周映起一層光圈，看來更是美麗。

木蘭花等三人下了機，沿著跑道向前走著。

他們只走出了十來碼，便看到一個胖子咬著雪茄，大搖大擺地向他們走了過來，木蘭花停了一停，低聲道：「是阿金先生？」

胖子也停了下來，道：「納爾遜先生派我來和你們聯絡的，你們向右看，看到那輛勞斯萊斯車子沒有？」

木蘭花向右望去，跑道上的燈光迤邐向遠處伸展，在微雨之中，燈光迷濛，蔚為奇觀。

木蘭花看到了胖子阿金所指的那輛車子，那車子在通向貴賓室的路旁停著，車中好像還坐著人，但因為暮色更濃了，是以看不真切。

木蘭花點了點頭，道：「看到了，怎麼樣？」

「這輛車子是特嘉的，特嘉就是魯達司要來羅馬見的人，這輛車子在這裡出現，當然是來接魯達司的了。」胖子阿金說。

木蘭花吁了一口氣，道：「那樣說來，我們終於趕在魯達司的前面了！我計劃在魯達司一下機時，我就迎上去，你有多少人？」

胖子阿金道：「我有四個人，連我五個。」

「好，那麼你們五人就設法先去制服那輛車子中的人，然後不動聲色地坐進車子，等魯達司的飛機一到，他自然會向你走來的，我也會在那時出現。」

胖子阿金點著頭，輕鬆地吹著口哨，慢步走了開去。

木蘭花、穆秀珍和雲四風三人，也向機場的建築物走去，他們站在一個有遮蓋的簷下，他們所站的地方，幾乎可以看到整個機場。

當然，他們也可以看到那輛「勞斯萊斯」車子，也看到了胖子阿金，和幾個人正在向那輛車子走去，胖子的口中，好像咬著一支雪茄。

當胖子來到了車前的時候，他停了下來，看他的樣子，像是在向車中的人借火，但是，突然之間，只見車門打開，坐在司機位中的那人，被胖子阿金拉了出來，而且，胖子阿金還在那人的後頸上重重的加了一掌，而另外的四個人也一齊湧了上去。

穆秀珍笑著，道：「蘭花姐，這胖子身手不錯啊！」

木蘭花微笑著道：「自然是，要不然納爾遜怎會派他來和我們聯絡？」

就這兩句話工夫，車子旁的形勢又有了變化，被胖子拉出來的那人，又被胖子塞進了車子，而胖子的四個同伴也一齊進了車子。

那輛車子停的地方，本就是燈光難以照得到的，是以也根本沒有人知道發生了什麼變化，胖子又在車旁站了半分鐘左右，才向著木蘭花他們做了一個手勢，表示車中的人已被制服了，然後，他也打開車門，坐進了車。

一切只不過經歷了一分鐘，木蘭花也向胖子揮了揮手。一架巨型噴射機呼嘯而下，雖然天色已十分黑暗了，而且雨也越來越急，但是機場中，永遠是那麼熱鬧，在巨型噴射機一起一降間，所發出的聲響，簡直是震耳欲聾的！

他們等了約有半小時，只聽得一陣比較輕微的飛機聲傳了過來。他們三人都可以聽出，那是螺旋槳飛機的聲音，他們抬頭看去，只見兩盞紅燈在黑暗的天空閃耀著，不多久，紅燈越來越低，終於，接近了跑道，那是一架雙引擎的小型客機。

飛機在跑道上滑行著，不多久，便停了下來。

木蘭花向雲四風、穆秀珍使了一個眼色，他們三人一齊慢慢地向那輛「勞斯萊斯」車子走去，但是他們卻注意著那架飛機。

只見飛機停定之後，機門打開，自飛機中升出一個梯子來，三個人一齊向下走來。雖然隔得相當遠，但他們也可以看清，走在中間的那個正是魯達司。他的手中，提著一個手提包。

木蘭花低聲道：「你們兩人，對付一前一後兩個人，我來對付魯達司，你們要小心，雖然現在我們已控制了局面，但仍然可能有意外發生的。」

穆秀珍和雲四風兩人答應著。

這時，魯達司和那兩個人已大踏步地在向那輛車子走來了，在魯達司一前一後的那兩個人，身形十分之高大，一望而知是保護魯達司的。

木蘭花等三人，和魯達司他們，是一起向那輛「勞斯萊斯」車子走去的，只不過出發的方向不同，他們雙方越來越是接近。

當魯達司等三人來到離那輛車子還有兩三碼時，木蘭花突然一個箭步向前竄去，到了魯達司的身邊。

魯達司也十分機警，突然之間看到有人向他跳了過來，他立時站定，轉過身來，木蘭花也在此際冷冷地道：「魯達司警官，你好！」

在那一剎間，魯達司神情的驚愕，實在是難以形容的，他張大了口，瞪大了眼，望定了木蘭花，整個人如同泥塑木雕一樣！

而在魯達司身邊的那兩個大漢，這時也轉過了身來，只聽得他們悶哼一聲，各自伸手向木蘭花的肩頭按來。但是等到他們出手之際，穆秀珍和雲四風也已經趕到了，穆秀珍直衝到一人的面前，用力一腳踏向那人的足尖！

那人忍不住呻吟著，提起腳來。就在他提起腳來之際，穆秀珍雙手在他的腳上用力一托，那人站立不穩，身子向後倒去，恰好倒在車上。

他叫喊了一聲，像是希望車中的人出來幫手，但是自車廂中卻伸出了一條手臂來，箍住了他的頸，令得他發不出聲音來。緊接著，另一隻手伸出來，在他的後腦上，加了重重的一擊，緊接著，又將那人拖進了車子。

穆秀珍不由自主地「哈哈」一笑，連忙轉過身來，只見另一名大漢正在連連後退，雲四風的手中似乎已握定了一柄槍，在步步緊逼。

穆秀珍一步踏了上去，伸指在那人的腰眼之上用力點了一點。

那人正在神經極其緊張地向後退著，突然腰眼上被點了一點，整個人直跳了起來，雲四風趁機一躍而起，手肘重重壓下，擊在那人的頭頂之上。

當那人的身子向後倒去之際，車門突然打開，那人的上半身跌進了車內。

雲四風立時抓住了那人的雙腳，將那人向車中一送，那人才一被塞進車子，車門便已經關上，胖子阿金在車中叫了一聲，道：「小姐，給你一樣東西。」

穆秀珍轉過頭去，只見胖子阿金手中拿著一張名片，穆秀珍忙接了過來，只見上面印著胖子阿金的全名，和一個地址。

「我們在那裡見！」阿金補充著。

木蘭花也看到穆秀珍已接過了那名片，她知道胖子阿金先要去審問那些俘虜，他們全是特嘉的手下，他自然可以獲得很多資料的了。

而木蘭花早已覺得，那輛名貴的「勞斯萊斯」汽車停在這裡，十分惹眼，如果有什麼機場職工，好奇地前來張望一下的話，那麼當他發現了車中橫七豎八，有那麼多昏迷不醒的人，一定會驚叫起來，驚動他人的。

所以，胖子阿金要快些離開，是十分聰明的決定。

木蘭花立時道：「好的，再見！」

那輛「勞斯萊斯」隨即發動，轉了一個彎，向機場外疾駛了開去，而穆秀珍和雲四風也已到了魯達司的身邊。

在木蘭花突然跳到了魯達司的身前之後，魯達司一直呆如木雞地站著。穆秀珍和雲四風解決了和他一起下機的那兩個大漢，只不過用了極短的時間。但是在魯達司而言，那一段時間，卻長得像永恆一樣！

等到穆珍秀和雲四風兩人也來到了魯達司的身邊，木蘭花知道自己完全佔了上風了，她冷笑了一下，道：「想不到吧，魯達司警官！」

魯達司直到此際才開了口，只聽得他道：「你……你是什麼……魔鬼？怎麼能夠先在……這裡等我的？」

穆秀珍怒道：「你才是魔鬼啦！」

木蘭花沉聲道：「四風，將他手中的手提包接過來，我相信那美人魚頭就在裡面，對不對？魯達司警官？」

魯達司的面色，在燈光的照映下蒼白到了極點，自他額角流下來的，不知是汗珠，還是雨水凝成的雨珠，他苦笑著，道：「這……這……」

可是不等他講出什麼來，雲四風一伸手，已然將他的手提包奪了過來，那手提包十分沉重，不問可知，其中一定裝著金屬物事了。

雲四風將手提包的拉鍊拉開一看，只見一層膠布包著一件圓形的物事，他扯開了膠布，呈現在他眼前的，正是那美人魚頭！

他忙道：「蘭花，正是那美人魚頭。」

木蘭花已完全成功了，但是不論是成功或是失敗，木蘭花總可以保持極度的鎮定，她沉聲道：「將拉鍊拉上，我們上機去。」

雲四風忙將手提包的拉鍊拉上，木蘭花又沉聲喝道：「走吧，魯達司警官！」

魯達司的聲音在戰慄著，道：「你們帶我去何處？」

「當然是你的國家，你偷了你自己國家寶貴的藝術品，將之運出國外，現在，我們要將你送回去。」木蘭花冷冷地回答。

魯達司慌張地搖著手，道：「不，請不要，我們可以商量，小姐，我們可以商議一下怎樣處置那美人魚頭的。」

木蘭花注意到，他們在機場大廈的門口已經站立太久了，那是會引起別人注意的，是以她聽得魯達司那樣說法，裝得很有興趣地揚了揚眉，道：

「是麼？我們可以慢慢商議，那麼，這裡總不是商議的所在，你不反對跟我們到一處適宜的地方去的，是不是？」

魯達司喘著氣，像是他又有了一線生機一樣。

他連聲道：「不反對，不反對。」

木蘭花道：「好，那我們走！」

她向穆秀珍和雲四風使了一個眼色，雲四風先上前在魯達司的身上搜出了一柄手槍，然後，他們三個人將魯達司圍在中心，向前走去。

他們穿過了羅馬國際機場，一齊登上了一輛計程車，木蘭花的手臂向穆秀珍碰了一下，穆秀珍會意，立時將胖子阿金給她的名片上的地址讀了出來。

計程程車向前駛著，羅馬本來就是一個極其美麗的城市，在黑夜和微雨之中，它更是雙重的美麗，可是魯達司卻顯然無心欣賞這一切，他的身子在不住發抖！

計程車在二十分鐘之後，停在一個小巷口處。

計程車司機向那小巷口指了指，道：「車子駛不進去，你們要去的地方，就在那個巷子之內，大約第二個門就是了。」

木蘭花首先下了車，那是一條十分普通的巷子，十分普通的三層高的房子。胖子阿金既然是國際警方的人，那麼這地址，自然是國際警方的一個據點了，它設在如此不惹人注意的地方，那可以說是相當聰明的措施了。

穆秀珍接著下了車，雲四風在將魯達司推了出來之後，付了車資，他們三個人仍然將魯達司圍在中間，向那條小巷走去。

穆秀珍走在最前面，她走出了十來碼，便在一個門口站定，道：「就是這裡了，在三樓！」她一面說，一面已走了進去。

也就在那一剎間，一直像是連走也走不動的魯達司，突然一躍而起，發出了一下狼嗥也似的怪叫聲，身子在半空中的時候，便疾轉了一轉，接著，便向雲四風猛撲了過去。

那一下變化，是全然猝不及防的，雲四風的身子被他撞中，跌倒在地。而魯達司在落地之後，身子也仆了一仆。

只不過他立時站了起來，向巷子飛奔而出，雲四風也立時跳了起來，可是當雲四風跳起來的時候，魯達司離他已有四五碼了！

雲四風一翻手，立時拔槍在手。

但木蘭花卻道：「沒有必要，他走不了的！」

雲四風呆了一呆，還不知道木蘭花那樣說是什麼意思間，小巷口處，突然閃出了兩個人來，那兩個人才一閃出來，便各自一拳，重重地擊向魯達司的腹部。

那兩拳顯然十分沉重，只見魯達司立時彎下了身子，倒下地去，在地上，他的身子縮成一個皮球一樣，在地上打著滾。

穆秀珍本來已上了樓梯，但是聽到了聲響，也連忙退了下去，連聲問道：「什麼事？蘭花姐，發生了什麼事？」

木蘭花笑了一下，道：「沒什麼，魯達司想逃走，但是他只逃出了幾碼，就被胖子阿金派在巷口的人截住了，他是在自討苦吃！」

雲四風佩服地道：「蘭花姐，你好像知道巷口一定會有人截住他一樣，為什麼？我們進來的時候，並未曾見到有人啊！」

木蘭花微笑著道：「是的，進來的時候，我也曾留意過，未見有人，可是你想，如果胖子阿金竟不在巷頭巷尾都派人駐守，那麼，他還能算是一個優秀的警務人員麼？別忘了，納爾遜是曾向我們特別介紹過他的！」

雲四風搖著頭，道：「我卻想不到這一點，當我看到他逃走的時候，第一個念頭，便是開槍將他擊倒了再說！」

這時，在巷口的兩個人已經將魯達司架了起來，向前走來。木蘭花自雲四風的手中接過了手提包，雲四風便過去扶住了魯達司。

木蘭花向那兩人道：「謝謝你們！」

那兩人沒說什麼，只是笑了一下，便又回到了巷子口，隱沒在黑暗之中，就算是用心看，也看不出他們躲在什麼地方！

木蘭花向魯達司望了一眼，緩緩地道：「你是輸定的人，魯達司先生，你絕沒有機會了，你不會再有機會，是因為你的一切犯罪安排，實在太巧妙了。巧妙得如此天衣無縫，以致你自己以為必然成功，是以未曾很好地安排後路！」

「我是安排了的，我……不是告訴了你們，我要到巴黎去麼？何以……你們……你們……告訴我，我的破綻是在什麼地方？」

「你的破綻？魯達司先生，你看我現在的樣子，」木蘭花面對著魯達司，「我是什麼人，你認得出我麼？」

「你，當然是木蘭花！」魯達司驚詫地回答。

「可是，我第一次和你見面的時候，是現在這樣的麼？為什麼在哥本哈根機場的儲物室中，我經過如此精密的化裝，而且改變了口音，但是在我昏迷未醒的時候，你卻已知我是誰了。」

魯達司陡地一震，他不由自主地伸手抹著汗。當然，他已經知道自己的破綻在何處了。

他一面抹著汗，一面還在喃喃地道：「我應該打死你的，我不應該只是打昏你就算了，我是應該打死你的！」

木蘭花冷笑了一聲，道：「魯達司先生，我絕不以為你會對我手下留情，你是想過打死我的，但是你卻有顧慮，是不是？因為我的身分特殊，如果我死在機場的儲物室中，一定引起大規模的調查，到時，你是『恰好在現場發現』這件案子的，當然也要留下來，而不能去『度假』了，這對你的計劃是有妨礙的，所以你才只將我擊昏過去，我說得可對？」

魯達司睜大了眼，他實在無話可說了，因為木蘭花的話，每一句都說進了他的心坎之中，那正是他當時所想的一切！

這時，他們已經來到那門口了，同時，也聽到胖子阿金在樓梯上的聲音，胖子阿金在叫著，道：「歡迎，歡迎，你們遲到了！」

聽他那口氣，像是在招呼著一群家庭派對的客人一樣！

木蘭花等人一直來到三樓，胖子阿金站在門口，讓他們四人進去，門一關上之後，胖子阿金面上的笑容便突然消失，而換上了一副十分沉重嚴肅的神情，前後判若兩人，他道：「小姐，我們在無意之中釣到了一條極大的大魚！」

木蘭花卻搖著頭，道：「我不同意你那樣說法，我們是捉到了一條大魚，但是那卻是意料之中的事情。」

胖子阿金呆了一呆，道：「你……已知道了那美人魚頭的秘密了？」

「我還不知道，但是我可以肯定，那一定是非同小可的秘密，我想，你一定是從特嘉手下的那些人中知道這秘密了？」

胖子阿金道：「我也不知道，他們也不知道，他們只知道特嘉準備出三百萬美金，來向魯達司購買那美人魚頭！那價值不是太驚人了麼？」

「是的，是太驚人了。」木蘭花向前走出了幾步，已經在一張椅子上坐了下來，向魯達司望了過去。

屋子中除了胖子阿金之外，另外還有四個人，屋子中的陳設十分簡單，但是在窗子上和門上卻都有著電眼的裝置。

木蘭花望定了魯達司，道：「我們的主角，應該對整件事情作一個解釋了，為什麼這個美人魚頭，會有那麼高的價值？」

木蘭花一面說，一面又將那美人魚頭自手提包中取了出來，放在桌子上，讓桌上的一盞燈的燈光，完全照射在美人魚頭上。

那美人魚頭是齊頸鋸下來的，那的確是一件十分精美，十分有價值的藝術品，但是它的價值，也決不應該值三百萬美金！

木蘭花一將美人魚頭取了出來，胖子阿金便伸手拍了拍魯達司的肩頭，道：「喂，主角，究竟那裡面有什麼秘密，你該說了！」

魯達司的聲音在微微發抖，道：「我如果說了出來之後，你們……你們將我怎麼樣？我可以獲得自由麼？」

胖子阿金向木蘭花望了一眼，使了一個眼色。

木蘭花會意，攤了攤手，道：「我不能作決定，因為我不是警方人員，但是阿金先生卻是，你向他求求情，或者有用處。」

魯達司忙又向阿金望去，阿金冷笑著道：「你先說出來再講，你想藉此要脅我們，是沒有用處的，我們難道找不出其中的秘密來麼？」

魯達司雙手搖著，道：「我說了，這美人魚頭已不是第一次被鋸下來了，當它第一次被鋸下來之後不久，又被焊了上去，手法十分巧妙，是以超過了二十年，一直沒有人發覺美人魚的頭部，是曾被鋸下來過的。」

木蘭花沉聲道：「超過二十年？你是說，第一次它被鋸下來，還是二次世界大戰時期的事？」

「是的。」魯達司無可奈何地回答著，「是第二次世界大戰的末期，德國人將從丹麥撤退的前夕，將美人魚頭鋸下來又焊上去的。」

木蘭花站了起來，道：「我想，主持這件事的是賀斯，丹麥的賣國賊，是不是？」

魯達司道：「賀斯只不過參與其事，主持這件事的，是德國駐北歐的最高情報長官，著名的馮蓋隆少將。」

胖子阿金本來是在不斷踱步的，這時也突然停了下來。

而在屋子中的其餘人一聽得「馮蓋隆少將」這個名字，也是人人動容，因為那是德軍情報本部中一個十分著名的人物。他的活動，對德軍大本營負直接責任，他的軍銜雖然只是少將，但是權力十分之大，元帥也不一定可以指揮他！

這件事既然由他負責，那自然更非同小可了。

魯達司在眾人沉寂無聲之際，停了半晌，然後才道：「我是在戰後調查賀斯的行蹤，接觸到了許多德軍留下的秘密文件，才在其中知道這件事的，當時我就知道德軍做這個行動，一定有著十分不平常的意義，後來我找到了賀斯，他為了要我庇護他，對我說出，那美人魚頭被鋸下來又焊上，在被鋸下之際，曾有一個手指大小的鋼管被塞進了青銅之內，後來我又查明，那是德國科學家研究成功而未付諸實行的全套火箭計劃，他們只不過將之命名為『V9型火箭計劃』，戰事便已趨向全面崩潰，無法加以實現了！」

木蘭花等人仍然不出聲。

魯達司苦笑了一下，道：「據賀斯說，這種火箭的威力十分強大，如果給德國多一年的時間，能夠製造出這種火箭的話，第二次世界大戰的結果可能要改變了！」

木蘭花吸了一口氣，道：「那麼，你為什麼等了二十年之久，才動手呢？」

「我在找買主，我自然只能秘密進行，我將事情保持極度的秘密，直到幾個月之前，我才和特嘉聯絡上，特嘉出我三百萬美金，他表示在檢驗了那確然是一套完整的發展計劃之後，可以轉售出去，轉售給更需發展火箭武器的國家！」

魯達司講到這裡，停了下來。

穆秀珍連忙捧起了那美人魚頭，有點可惜地道：「那麼，我們一定要將這藝術品全部熔去，才能夠得到那個鋼管了？」

胖子阿金道：「當然不是熔去，而是將之剖開來，這事留給國際警方去做好了。魯達司先生，你的幾個下屬，他們是怎麼死的？」

魯達司一聽，面色大變，木蘭花忙道：「你——」

木蘭花本來想說「你可以接受法律的公正裁判」的，但是阿金的話卻已給了魯達司以強烈的暗示，他身子搖晃著，突然倒了下去。

木蘭花嘆了一聲，穆秀珍驚呼道：「他死了！」

雲四風沉聲道：「和那個金髮女郎一樣，是咬破了毒囊，毒發身死的。」

阿金張開了手，道：「聰明的德國人，誰想得到一套如此有價值的計劃，盟軍情報人員費盡心機也找不到的東西，竟會放在哥本哈根港口的美人魚雕像的頭部，想想看，二十年來，多少人曾撫摸過那青銅雕像，有誰能想得到它竟有如此不平凡的內容！」

木蘭花緩緩地道：「不平凡的內容，往往是存在極平凡的外表之中的。阿金先生，這件任務是你的了！」

阿金點著頭，小心將那美人魚頭收了起來。

木蘭花、穆秀珍和雲四風三人隨即告辭，他們在微雨的羅馬街道上走著，心情特別輕鬆。

大殺手

1 最佳武器

高翔喝了一口咖啡，放下杯子，又多放了一匙糖，然後用銀匙慢慢的攪著，用十分從容的聲調道：「世上沒有十全十美的犯罪，就像是世上沒有一個人是無敵的一樣，所有的犯罪案都有破綻，一個本領再大的人，也會有另一個比他本領更大的。」

高翔的聽眾，年齡大小不一，最大的已有三十多歲，最小的是坐在輪椅上的安妮。

那是警方的一個警官訓練班，請富於經驗的警務人員，來講述犯罪心理以及破獲各種棘手案件的經過，以廣警務人員的見聞。

那純粹是警方內部的事，但是安妮卻請得方局長批准，也參加了每一次活動，好在一切全是在十分輕鬆的氣氛中進行的，就像是十幾個好友在茶敘一樣，而且，聽的人，也是隨時可以向講的人發出疑問，互相爭論的。

當高翔的話告一段落之際，安妮便道：「高主任，我覺得你第二段的話是有漏洞的，在邏輯上可以將你的說法推翻。」

高翔微笑著道：「請講。」

「你說沒有一個人是無敵的，人總會遇到本領比他更高的高手，但是我們假定是十個人，一個人比一個本領高，那麼必然有一個本領最高的人，這本領最高的人，在比較上而言，自然是無敵的了，所以，你的話，是不能夠成立的。」

高翔微笑著，安妮的年紀雖然小，但是她的思想十分靈敏而清晰，這是高翔十分高興的事，他答道：「可是，你卻忽略了一點，你下過獸棋沒有？」

「下過。」

「在獸棋中，象是最厲害的，鼠是最弱的，一個再厲害的人，他也會有弱點，而他的弱點，有時使得一個十分弱的人，可以輕而易舉地將之擊敗，我所謂的沒有無敵，便是強調了人性方面的弱點而言，你明白了麼？」

安妮點著頭，道：「我明白了，高主任。」

高翔十分滿意地笑了起來，向各人道：「今天，我們就講到這裡，明天同樣時間，我們請一位前來本市度假的紐西蘭高級警官，替各位講一些特異的犯罪條例。」

十餘名警官紛紛走了出去，高翔走到安妮身邊，道：「安妮，秀珍不知我們今天提早散會了，可要我送你回家去麼？」

安妮眨著眼，她的眼睛黑而大，而且有著異樣的閃光，使得她看來，在聰明之中還帶著幾分難測的頑皮。

「高翔哥哥，我等秀珍姐已有好久了。」安妮說。

高翔呆了呆，不明白安妮那樣說是什麼意思。

安妮立即道：「你不明白麼，我想自己回去！」

高翔一怔，失聲叫道：「安妮——」

「高翔哥哥，這有什麼奇怪的？怎麼你像是聽到了最可怕的事一樣，我已經不是小孩子了，我要自己回家去，這值得大驚小怪麼？」

高翔嘆了一聲，道：「可是你——」

「可是我是一個不能行走的殘廢，是不是？」

在安妮面前，木蘭花她們都是盡量避免提及「殘廢」這兩個字的，那是為了避免刺激安妮，但安妮自己卻說了出來。

高翔嘆了一口氣，道：「你——」

但是安妮像是已有了決定，所以她不等高翔開口，便立時道：「我雖然不能行走，但我有天下無雙的輪椅，你忘了，這輪椅的最快速度，是可以達到每小時三十哩！它可以使我輕而易舉地回到家中，高翔哥哥，你為什麼不肯讓我試一試？」

高翔仍然搖著頭，安妮的聲音又軟了下來，道：「高翔哥哥，你或者不知道讓我自己一個人回家去是多麼重要。別的孩子，到了我這個年紀，早就自己來來往往，而不要大人護送了，為什麼我要？為什麼我不是別的孩子？」

高翔無話回答，只得笑道：「安妮，像你那樣坐在輪椅上，控制著輪椅前進，那可正合上『招搖過市』這一句成語了。」

安妮也笑了起來，道：「就讓我招搖一次吧。」

高翔笑道：「好，我送你出門口！」

安妮的輪椅是電動的，在輪椅的底部裝置有特殊設計的強力蓄電池，她高興得歡呼了一聲，便出了大門口，衝下了石階（她的輪椅另有兩個小輪子，可以伸出來供下樓梯用的，但是她卻不用，而是疾衝了下去的），她發出歡樂的叫聲，向高翔揮著手，道：「再見！」

高翔也向安妮揮著手，但是高翔卻已在吩咐身邊的警官，道：「快，派兩個人駕車跟著安妮，可是別讓她知道，快去！」

那警官一聽到高翔的吩咐，立時轉身向停車處奔了過去，一面奔，一面吩咐著他屬下的一個警員，兩分鐘之後，一輛車子便駛出了警局。

由於高翔吩咐過，別讓安妮發覺，所以那輛車子的車身上沒有警方標誌，而那警官和警員也特地將制服的上衣脫了下來。

要追上安妮，並不太難，因為安妮在駛過了廣場，出了警局，才過了一條街，就幾乎被好奇的人包圍住了！

圍住她的人之中，最多的顯然是孩子。

所有的孩子，全用一種十分奇異的眼光打量著她，而用一種十分羨慕的眼光打量著她的輪椅，在孩子的心目中，能夠坐在這樣的一張輪椅上，是一件十分神氣的事，從那些孩子的神色中可以看出來，他們都想在那張輪椅上坐一坐。

安妮的思想雖然早熟，她已不折不扣有著成人的思想，但是她卻是個孩子，她喜歡和孩子在一起，所以她非但不覺得討厭，還覺得高興。只不過她也不能停著不動，因為她還要回家去。

而她的輪椅上，有著各種各樣的設計，可就是沒有像汽車那樣叫人讓路的喇叭設計，所以她只得在口中不住地叫著：「讓開！讓開！你們可以跟著我，但是不能阻止我的去路，我要回家去，你們也別跟得我太遠，我的家在郊外！」

她顯得十分興奮，但是由於她態度的友善，跟在她四周的孩子越來越多了，一個膽大的男孩子終於開了口，他向安妮一指，道：「唔——你這是什麼車？」

安妮望了那男孩子一眼，平靜地道：「這不是車，這是一張輪椅，是專給殘廢人坐的一張輪椅，但是它也可以像車一樣地行走。」

那孩子顯然不懂得什麼叫禮貌，又問：「你是殘廢？」

「是的，」安妮並不發怒，「我是殘廢，我不能行走，如果我像你們那樣可以自由行動的話，那我一定花時間去做很多好玩的遊戲了！」

那男孩道：「嗨，我們和你一起玩好不好？」

「玩什麼？」安妮不甘示弱。

「玩——」那男孩子講了一個字，便停住了。

而且，安妮發覺，所有孩子全都靜了下來，安妮意識到一定有什麼變故發生了，她呆了一呆，立時抬頭向前看去。

一看之下，連安妮也不禁怔了一怔，一個一身都穿著黑衣服的人，正在向她走來，而那人的確能令所有的孩子在剎那間不出聲。

因為他的模樣十分陰森可怕！他的身形很瘦，很高，他的臉色，簡直就像是黃鼠狼一樣，雙眼深陷，鼻子卻特別高，兩片嘴唇很薄，全身透出一種說不出來的陰森恐怖之氣，就像他正在拍攝恐怖片，沒有卸去化裝，就從片場中走了出來一樣，叫人看到了他之後覺得十分不自在！

那人大踏步向前走來，孩子們不但停止了講話，而且還一齊向後退去，退到了對面馬路上，但是他們又不捨得離去，就在對面馬路上等著。

安妮吸了一口氣，那人是向她走來的，當然是有什麼話要說，安妮並沒有回答別人問題的打算，她只是喜歡和孩子交談。

本來，她只要按下控制鈕的話，她是隨時可以離去的，那人也絕對不可能追得上她，但是安妮卻十分好奇，因為那人的樣子十分怪異，她也想知道那麼怪異的一個人究竟想對自己說什麼，以及他是怎麼樣的一個人！所以，她只是坐著不動。

那模樣怪異的人很快到了她的身前，由於他的身量十分之高，他要和安妮講話，一定要俯下身來，而他也真的俯下了身來。

他樣子雖然怪異，但是他一開口，聲音卻是異樣柔和好聽，使人感到十分親切，那和他這種臉容，可以說是完全不相稱的。

只聽得他道：「小妹妹，你那張輪椅是特殊製造的？」

「是。」安妮回答。

「小妹妹，如果你能告訴我，你這張輪椅是在什麼地方製造的，那我會十分感激你的，你肯告訴我麼？」那人深陷的雙目之中，炯炯有神，望著安妮。

安妮想了一想，道：「我可以告訴你，但只怕沒有什麼用，這輪椅是獨一無二的，它是我的一個大朋友——他管理著數十個第一流的工廠，是他親自設計，親自監造的。我的回答，可是使你感到滿意了麼？先生？」

「哦！」那人臉上明顯地現出失望的神色來。

他頓了一頓，才道：「那麼，可以告訴我你那位大朋友的名字麼？小妹妹？」

安妮略想了一想，看那人的神情，他似乎也十分想要一張那樣的輪椅，他要那樣的輪椅，當然不是自己用，而是給別人用的。而從他那種失望的神情來看，他一定是想一個和他的關係十分密切的人能有一張那樣的輪椅，安妮的心地十分好，她立時興起了同情之心。

是以，她道：「可以的，他叫雲四風。」

那人又「哦」地一聲，顯然他對雲四風這個名字絕對不陌生，他的眼睛盯在安妮的輪椅上，忽然講了一句話，道：「如果我沒有看錯的話，你這輪椅上有著火箭發射器，對麼？而且，蓄電能力之高，也是罕見的！」

一聽得那神奇怪異的人那樣說法，安妮的心頭不禁怦怦亂跳了起來，她後悔自己說得太多了，那人分明不是注意她的輪椅——應該說，那人注意的不是她的輪椅帶給殘廢人的方便，而是輪椅上攻擊性武器吸引了那個人的注意。

安妮正在不知如何回答是好時，忽然聽到了穆秀珍的一聲高叫，道：「安妮，你不在警局等我，自己跑出來做什麼？」

安妮轉過頭去，只見穆秀珍的車子已在對面路邊停了下來，而且她也正打開車門，向前奔了過來。

安妮只向穆秀珍看了一眼，再回頭去看那人時，那人卻已不在她眼前了。那人離去得如此之快，倒像是他在剎那之間，消失在空氣中一樣。

安妮呆了一呆，穆秀珍已來到她的身前，發出了一大段埋怨的話，安妮笑道：「秀珍姐，我只不過想自己回家一次罷了！」

穆秀珍也忍不住笑了起來，道：「好了，好了，你看你，一大群孩子在等著你哩，剛才和你講話的那個，是什麼人？」

「我不認識，看他的樣子好怪，而且他的目光也十分銳利，他竟看出了我的輪椅上有著火箭發射器，他還問我輪椅是在哪裡製造的。」

「你告訴他了？」

「是的，但我很後悔，我還說了四風哥哥的名字。」

「那怕什麼？」穆秀珍卻毫不在乎，她推著輪椅，將輪椅推上了「雷鳥」敞篷大型跑車，然後向前駛去。

站在馬路邊上的男孩子還在高叫，道：「喂，我們什麼時候一起玩？」

安妮大聲回答，道：「下次，你看，我給大人接回去了，現在我不能和你們玩了！」

穆秀珍「哼」地一聲道：「安妮，你倒好，你不是小孩子了，和這種孩子有什麼好玩的？虧你還那麼大聲回答他！」

安妮低下頭去，道：「秀珍姐，每當我想要做一些正經事的時候，你和蘭花姐都說我是一個小孩子，可是當我要和小孩子玩的時候，你又說我不是小孩子了，究竟我是什麼？是一個忽大忽小的怪物嗎？」

穆秀珍給安妮的話逗得「哈哈」大笑了起來，她想了一想，才道：「安妮，你不是一個平常的孩子，我說得對不對？」

安妮嘆了一聲，並不出聲。

穆秀珍為了不讓安妮情緒憂鬱，又說了許多笑話，終於引得安妮再度笑了出來，穆秀珍才覺自己的心頭落下了一塊大石！

雲四風的辦公室是極其豪華的。

在他那張大得出奇的辦公桌的左邊，有著十幾個按鈕，按動那十個按鈕，幾乎可以控制辦公室中一切能活動的東西了。

這時，他正在審閱一份報告，他屬下的一家金屬工廠，要將一種新產品投入生產，在開始生產前，自然要得到他這個最高決策人的批准。

就在這時候，他忽然聽到了對講機發出了輕微的「滋滋」聲來，他按下對講機，那是他和女秘書通話用的，平時只有他吩咐女秘書做事，女秘書很少向他通話的，所以他可以知道，那一定是有一件相當重要而且不平凡的事發生了。

他按下了通話掣，道：「什麼事？」

「董事長，有一位先生要見你。」

雲四風有點不高興：「現在不是我會客的時候，請他先預約了時間，到時再來罷，別來打擾我，我需要聚精會神的工作。」

「可是……可是……」女秘書急急地道：「你能看看外面的情形嗎？」

雲四風呆了一呆，立時按了另一個掣，在他辦公桌的前面，升起了一具七吋螢光幕的電視機來，他扭開了電視機，畫面立時使他看到了外面的情形。

外面布置得十分華麗的接待室，看到他的女秘書，也看到了站在女秘書面前，那又高又瘦，神情十分怪異的一個男子！

不消說，那模樣怪異的男子，自然就是一定要見他的人了。雲四風本來是不想見那個人的，可是在剎那間，他卻改變了主意。

令得雲四風突然改變了主意的原因，是雲四風看到的人，突然揚起頭來。他一揚起頭來之後，在螢光幕上，已可以看清楚他的整個臉了。

雲四風絕不是對他的臉有什麼特別的印象，而是那男子這樣仰起了臉，恰好對準了隱藏電視攝像管。他顯然是故意那樣的，那表示他已經發現了電視攝像管的所在，而那是一件相當不容易的事，因為雲四風將電視攝像管隱藏得十分巧妙。

在那一剎間，令得雲四風對那人改變了觀感，認為他是一個不平常的人，所以他一面按掣，令電視機縮回，一面道：「請這位先生進來！」

他的身子在舒適的旋轉椅內略轉了一轉，又按了下另一個掣，他辦公室的門已向一旁移去，那人的動作一定十分敏捷，因為只不過是一句話的工夫，當辦公室的門移開之後，那人已站在門口了，門一移，他立時便跨了進來。

雲四風又按掣令門關上，然後道：「請坐！」

那人卻並不坐，直趨雲四風的辦公桌前來。

雲四風並不怕那人有什麼不良的企圖，如果他在這裡想對雲四風有什麼不良企圖的話，那麼，倒楣的一定是他，而不是雲四風。

那人站定之後，將一張名片放在雲四風的辦公桌上，道：「我叫周威能。」

雲四風低頭向那張名片上看去，名片上只印著「周威能」三個字，雲四風點頭道：「周先生，你有什麼指教？」

周威能來回踱了兩步，道：「在一個很偶然的機會中，我看到了你為一位小姑娘製造的輪椅，那是我看到過的最佳武器！」

他先說「輪椅」，但是最後，卻又直截地將那輪椅稱之為「武器」，這不禁令得雲四風震了一震，但他只是淡然道：「那不算什麼。」

那人突然俯下身來，道：「我要你造一樣東西，你一定做得到的，問題只不過是你肯不肯答應而已，我希望你答應我！」

那人的語氣中，有威脅和命令的成分在內，那令得雲四風非常不愉快，他立時冷冷地道：「我想沒有商量的餘地。」

那人笑了起來，他的笑容十分古怪，像是他早已料到了自己的要求會遭到雲四風的峻拒似的。

他也不理會雲四風已拒絕了他的要求，自顧自地取了出一個膠袋，自膠袋內取出了一疊紙來，他將那疊紙推到了雲四風的面前，道：「請看。」

雲四風冷冷地道：「我不想看。」

「可是，你一定要看的，那是我想請你做的東西。」

「如果我答應了，我就要看，但現在我拒絕了！」雲四風毫不客氣地回答著：

「請你將這東西拿去，並且離開這裡！」

周威能的雙眼之中炯炯有神，道：「雲先生，你是數十家工廠的主持人，我來請你屬下的工廠製造一件東西，我付得起你開列的任何賬單，難道閣下管理幾十家工廠，全是用對付我一樣的辦法來對付顧客，不看看顧客要訂造些什麼，就將他趕出去的麼？」

周威能侃侃而談，他的模樣雖然怪異，但是他的聲音，卻是極之柔和而有著說服力的。雲四風等他講完，停了半晌，才道：「好的，你且坐，我看看你要的是什麼。」

雲四風一面說，一面便去翻那疊紙。

但是他的手剛一觸到那疊紙，周威能已經道：「雲先生，請你注意，這些圖樣，只是一個想像，就算有些設計，也是很粗糙的。」

雲四風已將那疊在一起的紙打了開來，他才看了一眼，便呆了一呆，因為以他的機械知識而論，一眼之間，他竟看不出那是什麼來。

雲四風先向周威能望了一眼，周威能已經坐了下來，他才再仔細地看那些圖樣，在圖樣上看來，那是一個奇形怪狀的東西。

乍一看，那像是潛水設備，但是漸漸地，雲四風卻看出一些眉目來了，他在三分鐘之後，抬起頭來，道：「是一具個人飛行器？」

周威能立時點頭，道：「是的，是一具個人飛行器，但不是普通的個人飛行器，而是要有特殊的性能，特殊的功用的！」

雲四風早就知道那圖樣上所畫的，不是一具普通的個人飛行器了，因為文字的說明很詳細，那要飛行器能夠在三秒鐘之內，使一百六十磅的物體升高三十公呎，而一直可以升到一百公呎，可以在空中自由地轉動方向，維持一小時的飛行等等。

雲四風並沒有向下看去，倒並不是因為可能技術上根本做不到這一點而不看下去，而是他對承接這一單「生意」，根本一點也沒有興趣。

他順手將紙折好，道：「對不起，我們不製造這個。」

「你們也不製造輪椅的，是麼？」周威能反問說。

周威能的話，早已超出禮貌的範圍之外了！雲四風的面色一沉，道：「周先生，那是我的事。」

周威能站了起來，但是他卻並不取回那疊紙，他只是道：「我想，你跟那位小姑娘一定有很密切的關係，如果我說，你不承造，那小姑娘便會遭到一些意外呢？」

雲四風一怔，他第一個反應是震怒，因為周威能的話實在太卑鄙了，但是接著而來的感覺，卻是只覺得滑稽好笑！

他「哈哈」地笑了起來。

周威能揚起了眉，道：「我不是說笑的。」

雲四風拿起那張圖樣，用力向周威能的臉上拋了過去，令得周威能後退一步，雲四風已道：「你要對那位小姑娘不利，儘管去試試，不過我倒可以供給你一點資料，那小姑娘有兩位姐姐，這兩個姐姐，人家稱她們為女黑俠，一個叫木蘭花，還有一個——」

雲四風的話才講到這裡，周威能本來已經極其難看的神色，也變得更難看了。他變得呆立在那裡，雲四風所說的一切，顯然都是他絕未料到的！

雲四風講完之後，揚了揚眉道：「怎樣？」

周威能又呆立了一會，他沒有多說什麼，只是俯身將落在地氈上的紙拾了起來，嘆了一聲，道：「雲先生，我將會盡力而為，我會盡力而為的，再見！」

他話一講完，便向外走去，雲四風也不想多挽留他，按掣開門，周威能直走了出去。

雲四風在他離去了片刻之後，從窗口向下望去，還可以看到周威能出了大廈門口，走進了人叢中，一直向前走著，但在他轉了一個彎之後，就看不見他了。

雲四風坐了下來，心中在想：這傢伙臨走時說「盡力而為」，那究竟什麼意思呢？難道是說他將會盡力而為，要對安妮不利麼？

雲四風想了一想，拿起電話來，接通了木蘭花家中的電話，電話鈴響了幾下，他就聽到接話的聲音。他忙道：「秀珍，我是四風。」

穆秀珍笑道：「什麼事，聽你的聲音，好像很緊張！」

「沒有什麼特別的事，有一個模樣很怪的人，叫周威能——那自然是一個假名，他要我造一具性能特殊的個人飛行器，我拒絕了他，他說將會對安妮不利。」

「為什麼要對安妮不利呢？」穆秀珍不明白。

「因為他是看到了安妮的輪椅之後，才找我的。」

「我明白了，你放心，我們會提防的。」

「好，我有空就來看你們。」

「隨時歡迎！」穆秀珍放下了電話。

2 不明組織

她們正在忙著，木蘭花在將許多無線電零件小心分類，安妮在用心地查看一本無線電原圖的書，她們準備自己動手來製造一個無線電控制儀，將這個遠程控制儀放在花園中，使得每一個走進花園來的人，都會被攝像機自動拍攝下來。

穆秀珍放下電話之後，發覺木蘭花和安妮兩人根本沒有注意到她在電話中講了些什麼，於是她大聲叫道：「安妮！」

突然其來的大聲一叫，將安妮嚇了一跳。

木蘭花埋怨道：「秀珍，你太驚小怪作甚？」

「安妮有麻煩！」穆秀珍故意說得十分嚴重。

「什麼麻煩？」木蘭花和安妮一齊問。

穆秀珍將雲四風剛才在電話中所說的轉述了一遍。安妮立時道：「就是那個人，他一眼就看出我的輪椅上有火箭發射裝置！」

木蘭花一聲不出，在沉思著。

穆秀珍和安妮一齊向她望來，也一齊叫道：「蘭花姐——」

她們才叫了一聲，木蘭花已然緩緩地道：「能夠一眼就看出這一點來的，那麼這個人，一定是一個極其了不起的專家！」

安妮道：「那人的樣子很可怕！」

木蘭花又想了一會兒，才道：「安妮，這幾天，你別出去了，更不要一個人行動。你已有了麻煩，自然應該先避一避再說。」

安妮怪叫道：「蘭花姐！」

木蘭花一攤手，道：「不得異議！」

安妮嘟起了嘴，木蘭花笑了一下，道：「安妮，我看那周威能絕不是普通人，我們得先弄清楚他的來歷，再設法應付，是不是？」

「是。」安妮回答。

「在我們未曾弄清他的來歷之前，是不是要小心？」

安妮又點了點頭，表示同意。

「那麼，你就該聽我的話。」木蘭花說。

安妮無話可說，道：「到警局去——」

「那不要緊，但由秀珍陪你去好了。」

安妮總算又高興了一些。

木蘭花放下了手頭的工作，她先和雲四風通了一個電話，將事情瞭解得更詳細，然後又和高翔通了話，將事情告訴他，要他派幹練的探員注意周威能的下落，周威能的模樣十分奇特，要找他並不十分困難。

然後。她坐下來靜思：一具特殊性能的個人飛行器，周威能要這具飛行器來做什麼用呢？當然不是為了好玩，而是有特殊用途的！

但是木蘭花也想不出有什麼用來，而且，她也想不出周威能究竟是什麼身分，如果說他是某一個國家軍事當局的代表，那麼他的行動不應如此鬼祟，那麼，他究竟是什麼人，何以他竟然有一流專家的眼光呢？

木蘭花想不出究竟來，她也決定暫且將這件事放開。

那一天餘下來的時間，在十分平靜的情形下過去了。

第二天，安妮又該到警局去了。穆秀珍幾乎已將安妮有麻煩一事忘記了，如果不是在離開之際，木蘭花特別叮囑她小心的話，她真想不起來了。

但就算在經過木蘭花特別提醒之後。穆秀珍仍然未將事情放在心上，因為她想，那個周威能最主要的目的，是在威脅雲四風替他製造那具特殊的飛行器，如果她對安妮有了不利的行動，那麼他的目的就達不到了，他至多不過搗蛋一下而已，所以，穆秀珍的心情一樣十分輕鬆。

而安妮則更不在乎，她們俱不在乎，而且還希望那個怪模樣的人再出現，那麼，她就可以設法來對付那個怪人了！

但是，在前赴警局的途中，卻什麼事也沒有發生。

穆秀珍將安妮送進警局，和她約好了來接她的時間，穆秀珍便離去了。她要去買一些無線電器材，然後去探訪一兩個人來打發時間。

她心中盤算著，是先去探訪人呢，還是先去購買東西，她一面想，一面走出了警局，她才過了馬路，便聽得有人叫道：「穆小姐！」

穆秀珍陡地抬起頭來，周威能已站在她身前了。

在這以前，她未曾見過周威能。但是她只向站在面前的人看了一眼，就可以認出那就是周威能了，因為站在她面前的人又高又瘦。面如黃蠟，雙眼深陷，樣子怪到了極點，但是他雙眼中的光芒卻十分明亮，看起人來目光灼灼。

穆秀珍立時道：「什麼事，周先生。」

周威能略呆了一呆，道：「穆小姐，果真名不虛傳，已經知道我是誰了，穆小姐，我可以和你約一個簡短的談話麼？」

「就這樣站在街上？」

「當然不，到我的車子中來。不知道穆小姐可肯？」

周威能的話中含有挑戰的意味，穆秀珍是聽得出來的，他口中說「可肯」，但實際上有著「可敢」的意思在內的。

穆秀珍一擺頭，道：「好啊，你的車呢？」

「請跟我來。」周威能轉身向前走去。

穆秀珍跟在後面，她是送安妮出來的，身邊並沒有帶著太多的物品，但是幾件應用的小武器，她是一直帶在身上的，這時她暗中戒備著。

跟著周威能，轉過了兩條街，便已到了一個停車場，周威能向一輛十分舊的車子走去，穆秀珍立時記下了那輛車子的車牌。

周威能打開了車門，穆秀珍等他先進了車子，才在他的後面坐了下來，周威能轉過頭來，道：「穆小姐，請相信，我是無惡意的。」

「哼。」穆秀珍冷笑著，「你昨天威脅著要對安妮不利！」

「唉，」周威能嘆了一聲，「那是我錯了，穆小姐，你和木蘭花都是見義勇為，十分肯幫助人的，所以才希望你能幫忙。」

周威能的口氣十分委婉，穆秀珍的態度也不像剛才那樣冷漠了，她冷冷地道：

「好，你要我幫什麼忙，不必吞吞吐吐。」

「我們要製造一具特殊效能的個人飛行器，我們問了好幾個工廠，不是不能製造，便是不能秘密進行，我們肯定雲先生屬下的工廠，是可以製造而又可以替我們保守秘密的，但是他卻又不肯答應，所以，我想請穆小姐幫忙說一說——」

穆秀珍揮手打斷了他的話頭，道：「你不必說了。」

但周威能還是補充了一句，道：「我們出得起代價。」

穆秀珍道：「我先來問你幾個問題。」

周威能點頭，表示同意。

穆秀珍道：「你口口聲聲『我們』，我問你，你們究竟是什麼人？」

周威能遲疑了一下，顯然這個問題令得他覺得十分難以回答，但是他最後還是答道：「穆小姐，那是一個組織。」

「什麼組織？」

「穆小姐，」周威能急急道：「這組織不是屬於我一個人的，我沒有權利將這個組織的情形向你透露出來的。」

「你說得對，那麼，你想我會去幫助一個屬於不明底細的組織中的一個來歷不明的人麼？」穆秀珍一面冷笑，一面回答著。

周威能呆了半晌，才徐徐地道：「穆小姐，請相信我。我們的組織，絕不是一個犯罪組織。我只能說，我們的組織，是一個有主張的組織。」

穆秀珍更不自在了，她冷笑著道：「政治團體？」

周威能沒有說什麼，穆秀珍已推開了車門，道：「對不起，我和蘭花姐對於政治活動都沒有興趣，雖然在如今的世界上，一個人想要完全脫離政治生活是不可能的，但是我們盡量避免主動地捲入一切政治漩渦，那是我們不變的宗旨！」

穆秀珍很得意，因為她自覺這幾句話，講得非常之得體，相信換了木蘭花，一定也是講那幾句話來拒絕周威能的。

周威能嘆了一聲，道：「我們需幫助——」

但穆秀珍卻已跨出車門去，道：「再見。」

「再見！」周威能的聲音中十分傷感，「那麼，我請求雲先生製造的東西，千萬請各位代我保守秘密，不要洩露出去。」

穆秀珍已走出七八步了，她答應了一聲。

穆秀珍並沒有轉過頭去，她只是從另一輛車子的車窗玻璃反影中，看到周威能拉上了門，轉過身去打火，準備離去了。

也就在那一剎間，周威能的車子突然爆炸了。

一聲巨響，將穆秀珍震得跌倒在地，穆秀珍在地上打了一個滾，向周威能的汽車看去時，只見一團烈火，和濃烈無比的黑煙。

爆炸自然是在周威能的車中發生的，但因為是在停車場中，旁邊緊泊著還有好幾輛車子，最貼近的兩輛被震得翻轉，而且也已在燃燒。穆秀珍只看了一眼，便知道周威能是絕無希望的了！

幾秒鐘之前還在和她講話的人，突然間便死於爆炸之中，雖然穆秀珍根本不明白周威能是何等樣人，但是心頭亦大為震動。

她並沒有在停車場中呆立不去。當人群從四面八方奔來之際，她轉身反奔了開去。爆炸的現場離警局並不太遠，警方人員也立時趕到了。

等到穆秀珍奔到警局門口時，看到高翔也衝了出來。

「高翔！」穆秀珍立時道：「你不必去了！」

「有車子發生爆炸，什麼車子？」

「是周威能的，但你現在去，也沒有什麼事可做了，周威能已死，現場也絕不會有什麼線索留下的，唉，太可怕了。」

聽得是周威能的車子。高翔呆了一呆，他昨天在木蘭花的電話中，已知道周威能是何等樣人的了，他忙問：「什麼太可怕了？」

「爆炸發生前的十秒鐘，我還和他一起，在他的車子中談話，你想想，那時他如果忽然想開動車子，只消將車匙輕輕一轉……」

穆秀珍講到這裡，也不禁打了一個冷顫，不講下去。她剛才坐在一輛被裝了炸彈的車子中而不自知，那實在是太危險了！

高翔聽了，也不禁倒吸了一口氣，道：「你和他談些什麼？」

穆秀珍將經過講了一遍，道：「蘭花姐要你查一查這個周威能的來歷，你可曾查到了？」

「沒有，還在查。」

「那麼我有線索，他車子的車牌是OMC七三六一，查查這輛車子的車主是什麼人，一定可以知道周威能的來歷了。」

高翔點點頭，道：「那太容易了。」

他和穆秀珍一起回到警局去，到了他的辦公室中之後十分鐘，已有了結果。

「這輛車子，是屬於一家舊貨行的東主，叫顏逢源的。」

當然，附帶的報告，還有這個顏逢源的地址。但是令得高翔和穆秀珍兩人洩氣的是，三天之前，這輛車子便報了失，那麼，周威能自然是偷了這輛車子來用了！

車子報失才三天。有可能周威能來到本市只有三天，他是從外地來的，憑這一點，範圍便已窄了許多，高翔重又下令探員到上中下的旅店中去調查。

穆秀珍和木蘭花通了一個電話，木蘭花在半小時之後也來到了警局，她先到停車場去看了一看，著火的車子已被救熄了，但是好幾輛車子都已成了廢鐵！

周威能的那輛車子，車頭部分完全不見了，周威能的身子已被燒至焦黑，完全不可辨認，高翔道：「這是美國黑社會全盛的三十年代的謀殺方法，現在居然還有人使用，真可以說是一件怪事，何況死人又是一個身分那樣神秘的人！」

「你認為他可能是最近才從外地來的？」木蘭花問。

「是，他最近才活動，車子又失竊才三天。」

「嗯，」木蘭花沉吟著，「如果他是外地來的，那麼凶手一定也是外地來的，極可能是一直追蹤來殺害他的，事成之後，凶手一定溜走了。」

「你是說，那是一件懸案了？」

「恐怕是，但我們不妨追查一下周威能的行蹤，如果他住在酒店中的話，或許在他的行囊中，可以發現一些線索的。」

「我已命人到各大小酒店去查訪。」高翔說。

木蘭花攤了攤手，道：「那我們暫時沒有什麼事情可以做的了，等有了消息之後，我們再作打算好了。安妮可以走了麼？」

「我想差不多了。」高翔看了看手錶。

他們回到了警局，閒談了一會，安妮也來了，安妮一見到木蘭花，便大聲道：「我聽到了爆炸聲，究竟發生了什麼事？」

穆秀珍最心急，道：「那個威脅要對你不利的周威能，已被人謀殺了，他的車子突然爆炸，而他就在車中，一點生路也沒有。」

安妮伸了伸舌頭，又咬著指甲，道：「太可怕了！」

木蘭花心中一動，道：「我起先以為事情和我們無關，但未必如此，謀殺周威能的凶手，如果知道周威能曾和我們接觸過——」

她講到這裡，便未曾再講下去。

高翔道：「那要看凶手的目的是什麼，如果只是為了報仇，那麼殺了周威能，目的已達，就不會再和我們有什麼關係了。」

穆秀珍接著道：「是啊，如果周威能是因為知道了什麼秘密，而被殺了滅口的話，那麼他和我們見過面，凶手就可能懷疑他將秘密洩露給了我們！」

木蘭花沉聲道：「對，我們得小心些。」

她說著便站了起來，向高翔告辭，三個人一齊離開了警局，高翔有著很多公務要辦，自然不能和她們一齊離去的。

高翔命令到各酒店去查訪的探員隨時聯絡，另有警官對著全市可以供人住宿的酒店旅館的名單，接聽著探員打回來的電話，將名單上的酒店名字一一劃去。

木蘭花、穆秀珍和安妮回到了家中之後，和高翔通了一個電話，但是情況沒有什麼變化，除非找到了周威能的住所，才可有進一步的發展。

一直到了下午三時，才有了周威能的消息。

周威能的確是新到本市來的，他到本市的時間，也確然是三天，他不是搭飛機或客輪來的。而是搭一艘運貨的大型木船來的。

所以，所有的旅客名單中根本沒有周威能的名字，因為他是一個非法入境者，探員是根據某些碼頭上的人曾看到過周威能而追查出來的。

可是周威能在到了本市之後，住在什麼地方，仍然沒有下落。而周威能的身分，也變得益發神秘而不可測了！

因為周威能首先去見過雲四風，在和雲四風交談之際，他曾表示，要雲四風製造的東西，不論多少錢，都可以付得起。而據雲四風粗略的估計，那樣的一具個人飛行器，從設計到製造，即使成本，也會超過十五萬美金，周威能或許不知道要那麼多錢，但他的估計也不應相去太遠，他們的組織應該有十分充足的經費，那麼，周威能又何以要搭木船前來本市？

是為了避人耳目麼？

如果是為了避人耳目，那麼周威能的措施，可以說再安全也沒有了，但是何以他仍然未能逃出兇手的跟蹤，終於被謀殺了呢？

高翔只不過是將種種疑問歸納了一下，他自然想不出所以然來，因為他一點線索也沒有，只知道周威能是屬於一個組織的而已。

高翔耐著性子等著，到五點半，進一步的消息來了。

一個探員在永泰旅館中得到了線索，三天來，周威能是住在永泰旅館中的，當那名探員一描述了周威能的樣子之後，旅館主人立時知道那是二樓的一個住客。

永泰旅館！一聽得周威能竟是住在永泰旅館中的，高翔又不禁皺了皺雙眉，覺得事情實在是太不可以瞭解了。

高翔對本市的一切都極其熟悉。什麼三教九流的地方他全去過，他知道，除了在街邊過夜之外，最差的住宿地方，大約就是永泰旅館這一類的低級旅館了。

那一類的低級旅館，集中在碼頭區附近。住客所能得到的是一塊木板和大量的臭蟲。所謂房間，也是三夾板圍成的一個小方格而已！

周威能竟住在這樣的地方！

但是高翔也沒有多懷疑，他只是立時在電話中通知那位探員：「你在他的房中看守著，不准任何人進來，我立即就來！」

高翔放下了電話，便離開了警局。

高翔的車子，在離永泰旅館還有相當遠的地方便停了下來，因為再下去的幾條街道，根本是窄小得車子不能通過的。

天色本已相當黑了，一進入那種窄小的街道之中，更是有暗無天日的感覺。高翔穿過了三條街，終於在永泰旅館的門前停了下來。

從那建築物搖搖欲墜的情形看來，它至少有五十年的歷史了，一走進去，昏黃的電燈光，更顯得一切全是發了霉一樣的臭。

一個五十歲左右的婦人迎了上來，高翔立時道：「警方人員，有一位探員在二樓等我，在二樓幾號房，快帶我上去。」

「是！是！」中年婦女忙答應著，向樓梯上走去。

高翔跟在她的後面，一經兩個人踏了上去，那樓梯突然發出了一陣可怕的呻吟聲來。

到了二樓，那走廊窄小得只可以供一個人側身而過，那婦人將高翔帶到了一扇門前。

高翔揚聲道：「陸探員，我是高翔。」可是，門內卻沒有人回答。

高翔呆了一呆，伸手推門，他用的力道大了些，不但那扇門立時被推了開來，而且連木板的「牆」，也為之搖晃了起來。

一推開了門，房內一片漆黑，幾乎什麼東西也看不到。高翔陡地一呆。立時握槍在手，身子閃開了一步，喝道：「開燈，快開燈！」

那中年婦人見高翔突然拔槍在手，嚇了老大一跳，用發抖的手伸進門去，在板壁上摸索了一陣，總算將燈開著了。

一有了燈，那一間小房間中的情形看得再清楚也沒有了，一張板床，床上伏著一個人，那人正是警方十分幹練的陸探員。

但這時，陸探員伏在床上，一動也不動，高翔忙跨進去，翻轉了陸探員的身子，只見陸探員的雙眼圓睜著，在他的頸際，有著一個被噬咬或是被刺傷的痕跡。

高翔忙又再看了看他的手指，毫無疑問，陸探員是中了劇毒之後死去的。

在床板上，有一只被打開了的箱子，箱子中是一堆被翻亂了的衣服。在箱子中原來還有什麼，已不知道了，這時，卻只是一堆衣服。

看到了這等情形，高翔不禁真的呆住了！

三十分鐘之前，陸探員還和他通過電話，他被殺害，自然是這三十分鐘之內的事情，他是一個十分幹練的探員，何以會死的呢？而且，凶手又是如何跟陸探員前來的呢？

高翔轉向那中年婦人望去，他的目光十分的嚴峻。

那中年婦人看到房中多了一個死人，已是面無人色了，此際她更是手足無措，道：「長官，我完全不知情，一點不知！」

高翔道：「半小時之前，我還和他通過電話，他是在你這裡打電話的。是不是？」

「是，是的，他在櫃檯打電話，一打完電話，他就上二樓去了，也是我帶他上來，然後，我就……下樓……去了。」

「你看到有什麼人上樓去過？」

「沒有……住客還都沒有來，天未黑透之前，這裡不會有什麼人的……就算有，我也……我也不知道，因為我不能一直坐在櫃檯，我還有別的事要幹。」

高翔心中十分亂，照說，自然是旅店的老闆娘嫌疑最大，但是高翔心知那是一件十分複雜，十分巧妙的謀殺案，一定是經過極其縝密的布置，絕不是旅店老闆娘這種下層社會的人所能夠做出來的！

是以他也不再問下去，立時下了樓。

他用電話通知了警局，最近的警局立時派出了警車和黑箱車來，高翔將現場的指揮責任交給了一個警官負責，他自己離開了現場。

三十分鐘前！陸探員和他通了電話之後，只不過三十分鐘，就遭到了謀殺，凶手下手之快，實在是有點匪夷所思！

高翔回到了自己的車旁，在他拉開車門的那一剎間，他突然想起，如果凶手殺了陸探員，那麼也可以知道他要來的。

知道他要來，那麼知道這一輛是他的車子，是輕而易舉的事情，日間周威能的車子突然爆炸，自己可不能不小心一點。

他一想到這裡，便不打開車門，而掀起了車頭蓋，準備檢查一下，他的車子是不是被人做過手腳，當他掀起了車頭蓋，俯身去看時，他的身後突然響起了一個聲音，道：「高主任，別轉過身來，等我吩咐了，你才好再動！」

高翔陡地一呆，但是，他已經沒有反抗的餘地了。因為他的後頸上，已有槍管抵住了他！同時取走了他的槍。

高翔深深地吸了一口氣，在他身後的那人又道：「慢慢地後退，闔上車頭蓋，然後進車去，你放心！我們有三個人陪著你。」

高翔心中暗叫了一聲慚愧，因為直到這時，他才看到他的車子早已被人弄開了門，有兩個人伏在車後的座位上，這時已直起身來了。

高翔依言坐進了車子，他已有機會看到了那三個人。但他們都戴著帽子，將帽沿拉得十分之低，而且天色也很黑暗了，這裡又不是什麼繁華的地區，除了街燈之外，根本沒有什麼別的光芒，是以那三個人的臉面如何，高翔根本看不真切。

高翔在駕駛位上坐定之後，雙手按在駕駛盤上。

他知道那三人都有槍對著他，但是他還是用十分鎮定的聲音道：「你們想怎樣，你們已殺了警方的探員，還要脅挾我，可知會有什麼結果麼？」

「高主任，」他身邊的那人道：「你說得不錯，我們已殺了一個探員，所以你也應該知道，我們不在乎別的什麼了，你還是快開車的好。」

「到哪裡去？」高翔問。

「先向西駛，一直聽我的指揮就行了。」

高翔聳了聳肩，這實在是意料不到的事，對方究竟是為了想達到什麼目的呢？不但殺死了一個探員，而且還要脅持他！

這都是普通犯罪組織所不肯做的事！

那麼這三個人究竟是何方神聖？

3 死亡換取自由同盟

高翔在身邊那人的指令下駛著車子，車子已越駛越遠。最後，來到了一段完全沒有路燈的路上，那人道：「減慢速度。」

那段路上，根本沒有車子經過。但是，在高翔減慢速度之後不久，後面卻響起了車聲，不必從倒後鏡去看，高翔也知道駛過來的，是一輛巨型的卡車。

他身邊的那個人又吩咐道：「盡量靠路邊停下來。」

高翔無法反抗，只得依言而為。

他才將車子停下，那輛巨型卡車便越過了他，卻在前面停了下來，卡車後面木板放下，那人命令道：「駛進去！」

高翔略呆了一呆，他的車子若是駛進了卡車廂中，那麼，他就失蹤了，人家要尋找他，可以說一點線索也得不到了。

他當然不能那樣失蹤。那樣的失蹤，是凶多吉少的。

那麼，他就必須在這最後的時刻反抗他們了！

高翔只呆了極短的時間，幾乎是不易被察覺的，他才道：「好，駛進去。」

他踩下了油門，可是他是用力踩下去的，車子在剎那之間，突然以極高的速度向前疾衝了出去，而高翔也在那一剎間，推開了車門，側身滾出了車子來。

在他滾出車子的一剎間，他先聽到了兩下槍響聲，接著便是「砰」地一聲巨響，他的車子撞中了卡車的尾部，車頭燈立時損壞，四周圍變成了一片黑暗。

雖然卡車立時著亮了燈，但是那短暫時間的黑暗，對高翔來說，卻是極其有用的。他連滾了幾滾，向路邊的灌木叢中滾了進去。

他自然知道，就算那三個人受傷，卡車上的人也決計不肯放過他的，但是他此時絕無法在路上奔跑，一跑的話，他便成了射擊的靶子。

他只有躲起來，等候機會。

他看到自他的車子中，下來了一個人，卡車中也下來了兩個人，將另兩個人自他的車子拖了出來。

對方一共是五個人，兩個受了傷，自己需要對付的是三個人——高翔心中暗暗地盤算著。

他看到那兩個傷者被搬進了卡車，還有三個人下了車，高翔的槍在一受制的時候便已被取走，要不然，他要對付那三個倒也不是難事。

那三個人來到了車旁，藉著車子的掩護，其中一個嘿嘿冷笑著，道：「高主任，我們很佩服你的身手敏捷，但是對你的頭腦卻不敢恭維，你以為在這樣荒僻的路上，你可以逃得出去麼？我們本來是不想殺害你的，希望你不要逼我們下手！」

高翔不出聲，敵人分明是想他自動走出來，但是高翔自然不會走出來的，他要繼續躲著。自然，那三個知道他不可能走遠，他要躲過去，也不是容易的事。但如果要脫身的話，他就必須躲著。

高翔用十分緩慢的動作，在他自己的鞋底抽出了兩柄鋒利的薄刀來。那兩柄薄刀，可以解決其中的兩個人，只要那兩人來到了他可以擲得到的範圍之內。

那三個人隱在車後，像是也知道高翔身上另有武器一樣，不敢現身出來，路上頓時靜了下來，靜得幾乎一點聲音也沒有。

在過了足有一分鐘之後，才聽得那人又道：「高主任，如果你堅持不出來的話，那我們只好將你逼出來了，希望我們將你逼出來，而不是將你射死！」

隨著那人的話，手提機槍「達達達」地響了起來，槍響驚心動魄，槍彈一齊向路邊的樹叢之中掃了過來，最近的數十發子彈，離高翔只不過是三碼！

高翔大吃了一驚，心知自己如果再不出去的話，那麼結果實在是不堪設想的了，是以他連忙叫著道：「行了，我出來了！」——

他一面叫，一面高舉著雙手，走了出來。

他高舉著雙手，看來自然是為了使對方不要再射擊，但是卻也另有作用，他將那兩柄鋒利的刀子握在手中，高舉著手，對方便不會懷疑手中的東西。

他才向前走出了兩步，便聽得有人喝道：「快登上卡車的車廂去，高主任，我們實在沒有興趣和你多玩捉迷藏的遊戲！」

跟著那人的呼喝，他們三個人也從車後走了出來。

高翔離他們只不過五六碼。那麼近的距離，高翔若是用力擲出手中的刀子，那一定可以直插進對方的心臟！但是，他只有兩柄刀子，而對方卻有三個人。

最要命的是，三個人的手中都有著手提機槍，就算他一下子殺了兩個人的話，也決定沒有可能逃脫第三個人的射擊。

看來，他是一點機會也沒有，只好乖乖上車好了。

但是，突然之間，他卻又有了機會！

高翔的機會來了，那是那三個人中的一個，忽然對另一個道：「你快去開車，我們在這裡已經太久了！」

那人立即將槍負在肩上，轉身走開了。

高翔的機會來了，他面對著兩個人，而他手中有著兩柄利刃，那兩柄利刃，他曾經苦練，可以說是百發百中的！高翔深深地吸了一口氣。

就在那時，那兩個人喝道：「快走，上車去！」

高翔一切都準備好了，他右足突然向前跨出，而就在他右足跨出的一剎那間，他手中的兩柄飛刀「颼颼」地向前射出！

就在他射出飛刀的那一剎間，他的身子向前俯下去，仆倒在地上。而那兩柄飛刀也在不到兩秒鐘的時間內，射中了那兩人的心臟部位。

高翔在一發出了飛刀之後，身子立時伏下來，是大有道理的，因為他手中的飛刀雖然是向著對方的心臟部位射出的，但對方中了刀之後，總還有幾秒鐘的掙扎，在那幾秒鐘之內，如果高翔不先採取預防措施的話，一樣會吃虧的。

果然，那兩人一中了刀，身子向後倒下去。但同時，他們的手指也扳動了槍機。兩柄手提機槍發出驚心動魄的槍聲來，然而所有的子彈全是呼嘯著發向半空。

那是他們在倒下去的時候射出來的。

等到那兩人倒地之後，恰好刺過他們心臟的利刃，已令得他們畢命了！而另一個人已登上了卡車，一聽到槍聲，就轉過頭來看。

那時，高翔已經在地上迅速爬行著，爬到了那兩個死者的身邊，奪下了一柄手提機槍。他聽到了卡車引擎發動的聲音，那人準備逃走了！

高翔陡地躍起，大喝道：「停止！下車來！」

可是也就在他的大喝聲中，卡車突然以極高的速度向前衝去。高翔也在那一剎間拉動了槍機，射出了一枚子彈。

高翔掃出的子彈，全擊中在卡車後面的輪胎上，只見正在疾駛中的卡車，突然向旁一側，在那一剎間，高翔還看到了駕駛卡車的那人，回過頭來一看。自他的臉上，現出了驚駭欲絕的神色來，但是，那也僅僅是一瞥而已。

緊接著，卡車便已衝出了路面，向至少有五百呎深的山谷之中跌了下去，發出了一下驚天動地的巨響，化成了一團烈火！

高翔趕到路邊，向下看去，卡車躺在谷底，正在燃燒著。沒有人可以在那樣的意外中生還的，那人自然也已死在車中了！還有兩個傷者，自也難以倖免。

高翔已完全脫離危險了！

但是，高翔的心中，卻一點也不高興，因為那五個人全死了。

那五個人一死，高翔的線索又斷了，他不可能知道那五個人是由哪一個組織，哪一個集團所派來的了。那五個人，自然就是殺害周威能的人，本來，在他們的身上是可以獲得大量資料的。

高翔回到了自己的車前，他的車子已被撞毀，不能再駛動，但是他並沒有等了多久，因為這時公路雖然靜僻，但是附近總有人居住的，槍聲和車子的墜崖聲是如此驚人，早就有人通知了警方，幾輛警車在幾分鐘之後。便已趕到了現場。

帶隊的警官一看到高翔，不禁大是驚訝，忙道：「高主任，你怎麼會在這裡？方局長正在到處找你哩！」

「我是被人脅迫前來的。」高翔簡單地回答，隨即又道：「盡一切可能將卡車的殘骸弄上來，我要仔細地研究它。」

「是！」警官回答著，「方局長命令全市警員，不論何人，一看到了你，就請你立時回去，和局長見面。」

「有什麼重要的事麼？」

「好像在殉職的陸探員身上發現了什麼東西。」那警官回答，「可是詳細的情形，我也不十分清楚，主任一回去就知道了。」

高翔也想不出究竟在陸探員的身上，發現了什麼重要的線索，他忙道：「那麼，借你的摩托車用一用，我先和方局長通一個電話。」

那警官忙道：「自然！自然！」

高級警官使用的摩托車上，都有無線電話設備的，高翔拿起了電話，叫通了總局，他立時聽到了方局長的聲音，道：「快回來，高翔。」

「什麼事？局長。」

「在電話中很難講得明白，我要你看一樣東西，我已經通知木蘭花了，她也很快就會來的。」方局長說著。

「好。我立即就來，二十分鐘可以到！」

高翔發動了摩托車，在他高超的駕駛術之下，摩托車像一支箭也似在公路上射了出去！

當高翔走進方局長的辦公室之際，木蘭花、穆秀珍和安妮三人全在，除了方局長，還有兩位高級警官，全是負責和國際警方聯絡的。

高翔心知事態一定十分嚴重，他連忙趨前，方局長也立時將一張白紙，在桌上面向他推了過來，道：「你看，這是什麼？」

高翔怔了一怔，這是什麼？在白紙上的，是一枚圓形的徽章，那枚徽章的直徑不會超過兩公分，是明亮的藍色的底，上面的圖案，則是一個緊捏著的拳頭，握著一個火炬，看來十分有力，象徵著自由和光明。

如果只是那樣，那麼這枚徽章就一點也沒有什麼出奇之處了。

可是，在那枚徽章的右下角，卻還有一個黑色的骷髏！

高翔陡地心中一動，連忙伸手將那枚徽章翻了過來，他看到在徽章的背後，用好幾種文字刻著同一句話：自由，或死亡。

高翔長長地吸了一口氣，道：「『死亡換取自由同盟』？」

方局長和木蘭花一齊點頭，道：「是的。」

高翔坐了下來，他緊蹙著雙眉，那是他在意味到事情極為嚴重時的慣常神情，而這時，他正感到事情十分難以應付了。

因為「死亡換取自由同盟」並不是一個普通的組織。它甚至不能算是一個犯罪組織，因為它的行動是政治性的。這個組織的宗旨，是相信政治謀殺可以改變政治局面，他們往往派出第一流的暗殺手，去暗殺一些倒行逆施，視百姓為芻狗的獨裁者，他們也有幾次成功的記錄。

如果這樣的一個組織，竟有成員來到了本市的話，那實在是令人極之頭痛的一件事，因為那決計不是本市警方所能管得了的！

高翔望了木蘭花一眼，又吸了一口氣，才道：「這枚徽章是在陸探員的身上發現的？」

「不，在搬動陸探員的屍體之際，發現他的右手緊握著，而在扳開了他的五指之後，就發現他的手中揑著這枚徽章。」方局長回答。

「那可以推斷為陸探員剛在周威能的遺物中，發現了那枚徽章，就有人闖了進來，將陸探員殺害了。」木蘭花冷靜地分析著。

高翔道：「那麼，周威能是『死亡換取自由同盟』的一員了？他是一個暗殺者？他來到本市，卻又是為什麼？」

方局長沉聲道：「你說得不錯，高翔，周威能正是這個同盟的成員，他來本市的目的，我們不知道，我們也不想知道！」

方局長在最後一句話中，特別加強了語氣。

高翔忙道：「可是——」

方局長揚起了手，阻止高翔再說下去，道：「我知道，我們損失了一個幹練的探員，但是這事情牽連得十分廣，我們不應該再去理會它。」

高翔的神情有點激動，他的聲音也提高了不少，道：「方局長，我看，只怕我們不理也不行，不但陸探員被殺，我還曾被五個人脅迫，差點不能回來！」

高翔曾遭到意外，但是他究竟遭到了什麼意外，方局長等人卻全不知道。是以聽得高翔那樣說，各人都向他望了過來。

高翔用最簡單的語句，將他出事的經過向各人講了一遍，然後才道：「所以，我看這件事，我們不能不管。我們就算不理，也會有人來找我們麻煩的。」

穆秀珍突然問道：「那麼，高翔，殺陸探員和找你麻煩的，又是什麼人？他們自然也是殺周威能的凶手了，他們是誰？」

「秀珍！」木蘭花立時叫住了穆秀珍，「方局長說得對，這件事牽涉的範圍太廣了，我們不適宜夾雜其中，高翔，你認為如何？」

高翔攤了攤手，道：「我有什麼？只不過我看，事情不會就此了結，那一方面損失了五個人，他們卻並未達到任何目的。我們也不知道他們是什麼人，究竟想達到什麼目的，在這件事上，我們是處在被動的地位，是不是就此作罷，我們是作不得主的！」

高翔的一番話，講得十分有理，方局長的手指輕輕地敲著桌子，道：「你說得對，那麼，我們就這樣決定！如果對方不再生事，我們也就相應不理！」

高翔雖然還有點不滿，但是方局長已經這樣決定了，他自然不好再說什麼，他站了起來，道：「希望不要再有什麼事了。」

高翔、木蘭花、穆秀珍和安妮一起退出了方局長的辦公室，他們各自都不說話，一直到了高翔的辦公室中，安妮才問道：「蘭花姐，方局長的決定，你看是不是合理的呢？」

「是合理的。」木蘭花平靜地回答。

「為什麼？」高翔和穆秀珍齊聲問。

木蘭花笑了笑，道：「很簡單，『死亡換取自由同盟』既然是政治性的，那麼，殺害周威能的那批人，他們的身分如何，也可想而知了。在那樣的情形下，警方自然是少一事好一事。」

高翔憤然道：「不管那一批人是什麼國家的特務，我們都不能夠不理，我們又不是未曾和特務、間諜打過交道，怎可以由得他們去。」

木蘭花道：「自然，我相信那樣的決定也不是方局長的主意，但是你想想，在事情擴大之後，在外交方面會帶來什麼樣的困難，你也可以體諒方局長的苦衷了。」

高翔半晌不再說話，他似乎已被木蘭花說服了。過了好一會，他才道：「那麼，他們在殺了周威能之後，就應該夠了，為什麼要殺陸探員？」

「可能是一件意外，他們中的一個或幾個人，闖進了周威能的房間中，本來是想得到些什麼的，但發現陸探員在，是以他們不得不將陸探員殺死！」木蘭花解釋著，而且不等高翔再開口，她又立時道：「其後，你提到了，他們又以為他們未曾得到的東西在你的手中！」

木蘭花講到這裡，穆秀珍已經笑了起來，道：「蘭花姐，照你那樣分析下來，那可就好了！」

木蘭花瞪了秀珍一眼，道：「為什麼？」

穆秀珍十分高興，道：「他們以為他們要得到的東西在高翔的身上，但他們仍未得到，不是一樣會來找高翔的麼？」

穆秀珍的意思十分明白，那些身分不明的人會再來找高翔，那就說明這件事並不能不了了之，而穆秀珍正是希望事情不要就此了結的。

木蘭花也不禁給她逗得笑了起來，道：「我想你值得高興的，還不止此呢，『死亡換取自由同盟』一定還會再派人來，派來的人，還一定會和我們聯絡的。」

「那太好了！」穆秀珍拍著手掌。

「太好了，秀珍，可是你有想到這件事發展下去的嚴重性麼？」木蘭花苦笑了一下，「我們應該使這件事的嚴重性盡量減低！」

高翔點著頭，他不但完全同意木蘭花的分析，而且也完全同意木蘭花對處理這件事今後可能發展的辦法。

他略想了一想，才又問道：「蘭花，你可能料得到，那些身分不明的人在殺了周威能之後，還想找到一些什麼東西？」

木蘭花站了起來，來回蹗著步。

高翔提的這個問題是十分難以回答的，因為直到如今為止，他們對整件事的頭緒還不是十分多，只是知道一個大概而已。

但是木蘭花卻是思想方法極其科學化的人，她在踱了幾個圈之後，便停了下來，道：「這個問題，我們先要說一個假定，然後才能解答。」

「什麼假定？」

「我們假定，那一批身分不明的人，是某一個國家的間諜人員。」木蘭花道：「那麼，要解釋一切就容易得多了。」

高翔、穆秀珍和安妮大點其頭，因為木蘭花雖然是「假設」，但是她的這個假設，也不是全然沒有事實根據的。

穆秀珍又問道：「那又怎樣解釋呢？」

木蘭花道：「可以這樣解釋：周威能之來到本市，是為了對某國有不利的行動，事情被某國的間諜知道了，自然要對付周威能，是以將他炸死。」

穆秀珍「啊」地一聲，道：「很對！很對！」

木蘭花停了片刻，才又道：「但是，某國間諜卻不知道周威能的具體行動計劃，而他們也知道，周威能所屬的組織，在犧牲了一個人之後，一定會派出第二個人來的，他們或者不能追蹤到每一個人，但是如果知道了對方的行動計劃，那麼一定易於預防了，所以，他們才先搜查周威能住的房間，但是他們沒有成功，因為陸探員先他們一步而到，而他們在不得已的情形之下殺了陸探員之後，以為『同盟』的行動計劃已到了警方的手中，所以才有挾持高翔的行動！」

木蘭花講到這裡，停了一停。

高翔、穆秀珍和安妮都不由自主發出了讚嘆聲來，因為木蘭花實在解釋得太完美了，只要那一個假定可以成立的話，那麼事情一定正如她的解釋一樣！

木蘭花又道：「但是我想，某國間諜可能犯了錯誤，周威能的行動，自然是極其機密的，他的行動計劃，也一定全在他的心中！」

「蘭花姐，這個周威能的行動計劃究竟是什麼？」安妮問，她那樣問，自然純粹是為了好奇。

木蘭花搖了搖頭，道：「我不知道，但是我多少有一點線索，再多給我一些線索的話，或者我可以作一個判斷。」

高翔大感意外地反問，道：「蘭花，你有了什麼線索？」

木蘭花道：「你難道忘記了？那個周威能，他曾要雲四風替他製造一具有特殊性能的個人飛行器，在遭到了雲四風的拒絕之後，他又找過秀珍，由此可知，那具飛行器在他將要執行的任務中，有著極其重要的地位！」

高翔不禁「啊」地一聲，因為那件事，他也是知道的，但是他卻未能將那件事和周威能的行動計劃聯繫在一起！

木蘭花道：「只有雲四風一人看到過那個人飛行器的設計圖樣，秀珍，你去見一次四風，要他盡可能記憶出那圖樣的內容，我或者可以在這個人飛行器的特殊設計中找出它的用途來，從而推測到周威能的行動任務究竟是什麼。」

「好！」穆秀珍大聲答應著。

她是個性子十分急的人，一面答應著，一面已經向外走了出去。

木蘭花道：「我們也應該分手了，高翔，如果我的假定不錯，某國的間諜一定還會來找你，但是你不必和他們起衝突，你只需告訴他們，警方什麼也沒有得到，那就可以了。」

高翔苦笑了一下，道：「那算是奉行方局長的決定！」

木蘭花道：「自然是，誰也不想把這事情擴大的。」

高翔點頭，送木蘭花和安妮兩人到了門口，看著他們離去，他才回到了辦公室之中，又處理了一些事，等到他離開警局時，已是凌晨二時了。

有了木蘭花的警告，高翔的行動也特別小心，他特地換了一輛車，在回家的途中，路上十分冷清，絕大多數的人都已在睡鄉之中了。

高翔下了車，進入電梯，到了他住的那一層樓的門口。

他是個過慣了散漫自由生活的人，雖然他加入了警方的工作，擔任著重要的職位，但是他仍然不肯搬進警方高級人員的宿舍去住，而是住在他原來住的地方。

高翔在門口停了一停，在將鑰匙插進匙孔之際，他先在大門的望人鏡上向內張望了一下。

高翔住所大門上的那個望人鏡，和別的望人鏡並沒有什麼分別，但是高翔卻將望人鏡倒過來裝，也就是說，在門外可以看到屋中的情形。

在不知巧妙的人而言，是絕不會注意到這一點的。而高翔那樣裝置，卻十分有用，因為那可以使他在開門之前，先看到屋中的情形是不是有什麼異樣之處！

這時候，高翔向內望去，他屋中是一直亮著燈光的，是以客廳中的情形，可以看得十分清楚，他看了一眼，覺得並沒有什麼異樣。

他已經要將鑰匙插進去了！

可是，就在那一剎間，他卻看到在長沙發上的三個枕墊被人動過了。那三個枕墊，本來依次是紅、黃、藍三種顏色的。但是現在，卻變成了藍色的在中間了！

顯而易見，那是曾經有人進去他的屋子！

高翔吸了一口氣，心中暗叫了一聲好傢伙，果然找上門來了！找上門來的人，可能還在屋中，等他進去之後突然發難！

在那樣的情形下，他應該怎麼辦呢？

那實在是再也易答不過的問題，他連忙放回了鑰匙，走到了走廊的盡頭，從一扇窗中翻了出去，拉住了水管，身子貼牆移動著。

等到他的身子移到了一個窗口前的時候，他拉開了那窗子，那是他房中浴室的窗子，然後，他又推開了窗上的鐵枝，輕輕跳了進去，他一進去，立時奔到門前，將耳朵貼在門上。

他立時聽得他的房中，有兩個人在講話。

他可以將那兩人的話聽得十分清楚，一個道：「他已上了電梯，應該開門進來了，怎麼到現在還一點動靜也沒有？」

另一個道：「別心急，他就來了。」

高翔心中暗自好笑，他知道那兩個人，一定是站在房門旁，準備一聽到自己用鑰匙開門的聲音，他們便立時現身出來的。

在自己住所中的，可能就是這兩個人，但在附近一定還有別的人，因為他們知道自己已進了電梯，當然，他們料不到自己已經進了屋子。

高翔的屋子之中，各種各樣的奇妙布置十分之多，但是他們兩人顯然未曾觸及其中的任何一樣，那麼，這兩個人也是極有經驗的人。

高翔雖然已繞到了他們的背後，但是他也不敢大意，他輕輕地旋開了門柄，將浴室的門拉開了一道縫，向外望去。

他看到正如他所料，有兩個人正站在他的房門之前，也拉開了門，向外張望著。高翔握槍在手，一步跨了出去。

那兩個人的反應真的十分靈敏，高翔才向外跨出了一步，他們便立時轉過身來，但當他們轉過身來時，高翔手中的槍早已對準他們了！

那兩個人臉上的神情如何，高翔看不出來，因為屋中雖然亮著燈，但是他們兩人的臉上都戴著十分精巧的尼龍纖維面具！但是從他們兩人的眼神中，高翔也可以看出他們的吃驚，他們立時舉起了手來。

高翔冷笑著，道：「兩位是在等我麼？真對不起，我有時會不從大門進來，這真是一個壞習慣，會使客人吃驚的，以後應當改正才是，兩位說對麼？」

那兩人發出了幾下苦笑聲來，他們除了接受高翔的調侃之外，還有什麼辦法？

高翔的面色一沉，道：「將你們的面具除下來！」

那兩人互望了一眼，高翔已大喝道：「快！」

那兩人再不猶豫，一齊除下了面具。

當他們一除下了面具之後，高翔不禁吃了一驚，那兩個人，他是認識的，多年以前，高翔和他們還曾合作做過一些不法的勾當，但已好久不知他們的音訊了。

那兩人的才能，高翔是素知的，在高翔擔任了警方重要的職位之後，也曾想到過他們，想請他們也加入警方的工作，但是在多方的探聽之下，卻沒有人知道這兩兄弟的下落，最瞭解他們的人，也只知道他們兩兄弟已被某國的間諜組織羅致去了！這時候，高翔突然又看到了他們，真是又驚又喜！

他驚的是，過去自己一度曾和他們合作過，自然，現在是完全處在敵對地位的了，但自己瞭解對方，對方也同樣瞭解自己，並不容易應付。

然而他的心中卻也不免高興，因為木蘭花的假設已被證明是事實，這兩兄弟是某國的特務人員！

一時之間。三人全不出聲，足足僵持了半分鐘，高翔才先開口，道：「原來是老朋友了。請坐，請坐，有話慢慢說！」

他一面叫兩人坐，一面槍口卻仍然對準了兩人。

4 六親不認

那兩兄弟姓周，大哥叫周騰，弟弟叫周達，兩人齊聲道：「既然是老朋友了，高翔，你是用這種方法來招待老朋友的麼？」

高翔冷冷地道：「我用什麼方法來招待朋友，是以那個朋友用什麼方法來拜訪我作準的，我想你們不會怪我的招待方法吧。對麼？」

周氏兄弟笑了起來，道：「高翔，你還是一樣有趣！」

他們向前走來，在沙發上坐下。

高翔坐在他們的對面，又道：「聽說你們兩兄弟已做了大官，怎麼會忽然想起了我這個窮朋友來了？真是不容易啊。」

周騰笑了一下，道：「你也不錯啊，高翔，特別辦公室主任，還是東方三俠之一，可不是名利雙收？比起我們來強多了！」

高翔正色道：「兩位，我和以前已經大不相同了，你們來有什麼事情，不妨直說，我和你們之間，看來沒有什麼私人的事可談的了！」

周達欠了欠身子，道：「或者你說得對，那我們就開門見山地說好了，高翔，我們逼不得已，殺了你手下的一個探員。」

「不要緊，」高翔冷冷回答，「我也殺了你們的五個人，那是足夠抵數的了。」

周達道：「可是，我們還未曾得到『死亡換取自由同盟』的行動計劃，我們要得到他們的行動計劃，那計劃在你這裡，是不是？」

「我不明白你們在說什麼。」

「高翔，我們可以通過外交關係，向警務總監施展壓力的，但我們不願那樣做，因為我們不想這件事公開出來。」周騰有點威脅地說。

高翔的態度仍然很冷淡，道：「對不起，我根本不明白你們的真正身分。你們現在是代表哪一方面在說話？」

「高翔，你何必明知故問？」兩人面上變色。

「我確然不知，怎可以說我明知故問？」

「好，那我們可以告訴你，我們兩人是某國海外行動組的負責人，高翔，你該知道我們這一方面的力量是十分強大的。」

高翔並不否認這幾句話，他點頭道：「是的，我明白了，但是很抱歉，我的回答仍然和剛才一樣，我們根本不知道什麼！」

周氏兄弟的臉上，仍然是一副不相信的神色。他們又道：「高翔，你不是愚蠢到存心要和我們作對吧，哼！」

高翔的怒火陡地上升。但是他卻記得木蘭花的吩咐，是以他強抑著怒意，道：「我不想和你們作對，但我的確無可幫助之處。」

周氏兄弟深吸了一口氣，道：「那麼，我們可以離去了麼？只要你所講的話是真的，那我們以後也不會再來麻煩你的了。」

高翔站了起來，道：「你們走好了，我想，以你們兩人的能力而論，一定很快就可以知道，我講的的確是實在的情形。」

周氏兄弟走向門口，拉開了門，周騰先走了出去，但是周達卻又轉過了身來，道：「高翔，那個凶手總向你們透露過一些什麼的！」

高翔知道周達所謂的「凶手」，是指周威能而言，但是他卻特意道：「我不明白你是指哪一個凶手而言，是炸死周威能的凶手呢？還是殺死了警方探員的那個凶手？」

周達沉聲道：「你知我是說周威能！」

「我不知他是凶手。」高翔冷冷地回答。

周達冷笑著，道：「他是凶手，當他在中東啟程時，我們已經接到情報了，我們還知道他的身邊有著一張十分重要的設計圖！」
高翔不說什麼，只是冷笑。
周達繼續說道：「那圖樣現在在何處，你自然也更不知道了，對麼？」
「你料對了。」高翔簡單地回答他。
周達的臉上現出了怒意來，但是高翔的手中仍握著槍，他有點無可奈何，只是在退了出去之後，用力地關上了大門！
隨著那「砰」地一下關門聲，高翔的心也不禁向下一沉，周氏兄弟已然離去。照說，他應該可以鬆一口氣才是的了，但是他卻並不，他知道事情真的和某國特務機構有關的話，那麼，絕不是周氏兄弟離去，事情就算是了結，一定會有更麻煩的事在後面！
高翔站在門前，心中思潮起伏，他想到應該立時和木蘭花聯繫一下，至少可以讓木蘭花知道她的估計對了，殺害周威能的，的確是某一個國家的間諜人員，自然，「死亡換取自由同盟」是準備對這個國家有所行動了！
高翔一想到這裡，就轉過身去。而就在他身子才一轉間，槍聲便響了！
那是接連而來的四下槍響，就在他住所門外的樓梯間傳了出來，高翔以閃電也似的動作拉開了門，向外衝了出去。

他在衝出去的那剎間，已然握槍在手，他衝到了走廊的對面，以背貼牆，只見周達的身子向前跌跌撞撞地走了過來。

剛才那四槍顯然是他射出的，因為他手中握著槍，槍口且在冒煙。但是，在周達的胸前卻有一縷鮮血流了出來，他也中了一槍！

周達向高翔屹立之處走來，在那剎間，高翔根本不知道發生了什麼事，他立時用手中的槍對準周達。

但是周達只向前衝出了兩三步，便仆跌在地，他在仆跌下去之前，五指一鬆，手中的槍在走廊上滑出了老遠，接著，走廊中便出奇地寂靜。

高翔唯恐其他的住戶受傷，他忙大聲叫道：「別出來，聽到槍聲的人，快報警，千萬別出來，以免受傷！」

他一面叫著，一面飛也似地向前衝了出去，一面無目的地連射了三槍，等到他奔到了梯口，他才立時又背靠牆站定。

他看到了周騰，周騰的身子仆跌在樓梯上，在他的兩眼之間，有一個深洞，那是致命的一槍，周騰的一隻手，插在上衣的衣襟之中。

他一定是在中了槍之後，想拔槍還擊的，但是他根本連拔出槍來的機會都沒有，便已死了！

那行凶的人，一定是早已藏匿在梯間的了，周氏兄弟一出來，他就開槍，他的槍一定是配有滅聲器的，而周騰一中槍就死去，而周達中了槍之後，還了四槍，可是那四槍，顯然未曾射中那暗殺手，等到自己聽到槍聲出來時，那暗殺手已逃走了！

高翔緊靠著牆壁站著，他的心跳得十分劇烈，那不單是因為死在他門口的兩個人是他多年前的夥伴，而更因為那兩人的身分特殊！

周氏兄弟是某國特務機構海外情報的得力人員，卻死在他的寓所門口，這件事若是擴大了，那麼他必然被牽進漩渦之中！

而那是一個非同小可的大漩渦，是可以令人滅頂的！

高翔絕不是膽小的人，而且，他不知經過了多少大風大浪，但是當他一想及一樁極大的麻煩已然降臨之際，他的手心也不禁隱隱在冒著冷汗！

而就在高翔發呆間，已有幾個警員奔了上來。

高翔忙道：「看到可疑的人沒有？」

那幾個警員已然奔得上氣不接下氣了，但還是立即回答道：「沒有可疑……的人，大批弟兄已將出路全都封鎖住了！」

高翔苦笑了一下，因為到這時候再來封鎖出路，當然遲了。他一揚手，道：

「來，跟我一路循樓梯找上去，或許凶手躲在上面！」

他帶著那幾個警員一直奔了上去，奔到了天臺上。

他住的那幢大廈十分高，在天臺上望下去，美麗的霓虹燈光，將城市的夜色點綴得無比的美麗，看來，整個城市是如此之繁華，寧靜和美麗，一般市民又怎知道在這個國際性的大都市中，隱藏著如此多的罪惡和如此驚心動魄的間諜鬥爭？

他們在天臺上搜尋了片刻，又攤到了樓下，附近的幾條街，和大廈的出入口全被警方人員封鎖著，可是卻仍然一無所獲！

暗殺者是一得手之後，立時便逃走的！

高翔下令收隊，等到一切都恢復安靜時，天色已快亮了，高翔十分疲憊，打開了他寓所的門，走了進去，這次，他並沒有先向門內張望一下。

因為剛才，這幢大廈的每一層都布滿了警員，高翔怎麼也料不到，在那樣的情形下，也會有意外發生的。

然而，意外總是在料不到的情形下發生的。

他才一推門進去，便陡地一呆。

一個男子正坐在他平時最喜歡坐的安樂椅上，看來像是十分優閒，那男子的年紀十分輕，不會超過二十六歲，穿著一套淺灰色，裁剪得十分合身，最新型的歐陸型的西裝，結著一條棗紅色的領帶，看來完全像是一個公子哥兒！

那男子的動作也十分優雅，高翔一推門進來，他便站了起來，道：「高先生，我已等你很久了，甚至已代你接聽了兩個電話。」

「你是誰？」高翔反手將門關上。

那年輕男子的身子略彎了一彎，道：「我叫劉度，我的同伴習慣稱我為劉度中尉，而我現在所擔任的，是『死亡換取自由同盟』的幾個負責人之一。」

他毫不在乎地說著，就像他說他自己擔任的是什麼學校的教員一樣。高翔「哼」地一聲，道：「周氏兄弟就是你槍殺的？」

「是，」劉度坦承不諱，「是我，我一殺了他們，就算到你奔了出來，在你奔向梯間之際，我就從走廊的另一端進入你的住所。」

他講到這裡，略頓了一頓，道：「很抱歉，在事先未曾徵得你的同意。但如果我徵求你同意的話，你一定不會答應的，是麼？」

劉度的神態一直十分鎮定，彷彿他根本不是警方正要尋找的凶手，而只是一個普通訪客一樣。他的神情這樣鎮定，也不禁使高翔感到詫異。

高翔冷笑一聲，道：「請坐！」

劉度卻並不坐，道：「我進來之後，一共有兩個電話是來找你的，我已回答他們說你出去了，對方的措詞十分粗野和不禮貌，我也難以轉述，但好在我已經都錄了音，你可要聽聽麼？」

高翔的電話錄音設備，是放在一個相當隱蔽的所在的，但是劉度既然如此說，那自然是他已經發現了那具錄音機了！

高翔此際還料不透劉度前來的目的，他也不知道劉度是不是還有別的同黨匿藏在屋子中，他這時所能做的，只是以不變應萬變。

是以高翔也擺出一副若無其事的神態來，他甚至打了一個呵欠，道：「也好，聽聽是誰來對我無禮，也聽聽你是如何應對的。」

劉度笑了一笑，立時伸手，在電話機旁的小書架上，取下了一本精裝的書來，打開了書，那是偽裝成一本書的錄音機。

然後，劉度按下了其中一個掣，高翔也聽到了對話。

首先，是一個十分粗魯的聲音喝道：「你是高翔？」

接著便是劉度的聲音，道：「不，高主任正在指揮一項十分重要的行動，請將你的電話號碼留下來，他一有空，就請他打給你。」

「不必了！我會再打給他的！」那粗魯的聲音又說：「不過你可以轉告高翔，周氏兄弟死在他寓所門口，我們是絕不會放過他的！」

劉度的聲音仍然心平氣和，答道：「那麼你是誰？」

那聲音簡直是在咆哮了，道：「我是周氏兄弟的上司，高翔應該知道我是誰的，你不妨也告訴他我的外號，人家都叫我『六親不認』！」

再接著，便是「搭」地一聲，電話已掛斷了。

然後，便是第二次電話的錄音，第二次電話和第一次是大同小異的，那位外號「六親不認」的先生，聲言還會再打電話來。

高翔聽了那兩次電話錄音，心中不禁苦笑！他早就料到，周氏兄弟現在身分如此特殊，死在自己的寓所之外，某國的特務組織是一定會來找他的麻煩的。但高翔卻也未曾料到，麻煩竟來得如此之快！

特務、間諜，全是各種各樣政治漩渦中的主要角色，和高翔的本身工作是沒有直接關係的。但是近代的許多大犯罪行為，卻都和政治脫不了關係，有的甚至是一國的政府做後盾，在進行大規模的犯罪。

高翔為了本身的工作，對各國的特務首腦略有所知。而那位「六親不認」，正是著名的特務首腦之一！

周氏兄弟死後，「六親不認」竟接連打了兩次電話來，可知某國的間諜部門對這件事情之重視了。高翔不禁在心中問自己：自己能置身事外麼？

要置身事外，當然不是不可能的，首先，就要使「六親不認」明白，事情和自己無關，和本市的警方無關，完全是他們和「死亡換取自由同盟」之間的事！

而要「六親不認」明白這一點，最不費唇舌的方法，自然便是將殺害周氏兄弟的凶手交出去。這個凶手就是劉度，正在他的面前！

高翔一面想著，一面盯住了劉度。

劉度卻像是事情完全和他無關一樣，安詳地笑著。

看來，劉度是一個很有為，很有才能的青年，但是他既然是殺害周氏兄弟的凶手，那麼，自然要將他拘捕歸案的了！

高翔想到了這一點，面上的神色已變得十分嚴肅。他已經準備對劉度採取行動了，但就在這時，電話鈴突然又響了起來。

劉度笑道：「我看是『六親不認』的電話又來了。」

高翔一步踏向前去，雙眼瞪視著劉度，劉度識趣地向後退出了幾步，高翔伸手拿起了電話，他果然又聽到了「六親不認」的聲音。

那聲音是極之粗暴無禮地喝問：「高翔回來了沒有？」

「我是高翔。」

「高翔，你一定知道我是誰了？我是某國海外情報總部的負責人，我叫『六親不認』，關於我們組織的龐大。我們行事的作風，想來，你也略有所聞？」

「不但是略有所聞，而且知之甚詳。」高翔回答著，盡量保持語氣的平和，雖然他的心中實在是已然十分之惱怒了！

「那就好，周騰和周達是我們得力的間諜人員，他們死在你寓所的門口，我問你，你準備對我們作出什麼樣的交代？」

「六親不認」的話，實在是狂妄之極了！但是高翔卻記得方局長的訓示，盡量不介入國際間特務的爭鬥，是以他仍然冷靜地道：「我沒有什麼好交代的，他們雖然死在我的門口，但和我完全沒有關係，據我所知，那完全是你們和『死亡換取自由同盟』之間的事情，和我有什麼相干？」

「哼，我怎知你是不是在幫著那同盟行事？」

高翔吸了一口氣，道：「你的懷疑實在太過分了。」

「一點也不過分，被我們的人所消滅的周威能，就曾拜訪過雲四風，也曾和穆秀珍談過話，你以為我們不知道麼？雲四風，穆秀珍，全是你們的一黨！」

高翔仍然平心靜氣道：「凶案在本市發生，不論死者的身分如何，本市警方都有責任緝凶，等到凶手捉到之後，案情就可以大白了。」

「高翔，你最好快些捉到凶手，高翔，如果在二十四小時之內，你不將凶手交給我們，我們就當你和你的同伴是那個同盟的一夥，你應該知道我們會採取什麼樣的手段對付你們的，努力去工作吧，別忘記，二十四小時！時間並不太多了！」

高翔的耐性再好，到了這時候，也不禁按捺不住了！可是，他根本沒有發作的機會，因為「六親不認」在咆哮完了之後，立時掛斷了電話。

高翔略呆了一呆，放下了電話，在那一剎間，他又冷靜了下來。

劉度是凶手，他自然要拘捕劉度，而他也絕不能照「六親不認」的話，將劉度交給「六親不認」，劉度可以在本市接受本市法律的裁判，是以他立時向劉度望去。

在高翔打電話之際，劉度一直微笑地站著，但是就在高翔向他望去之際，他的身子突然迅速無比地向後退了出去，一縱身，跳上了窗子。

同時，他一伸手，將窗子推了開來。

直到此際，高翔才發現窗子上的鐵檻已被鋸斷了許多，劉度一推開了窗子，就抓住了鉤在窗上的一個鐵鉤下的把手。

在那把手和鐵鉤之間，有一個圓柱形的筒。

高翔根本不必劉度解釋，也可以知道，那圓柱形的筒中是十分堅韌的鋼絲，這時，劉度只要雙腳懸空，他的身子便會以極高的速度向下落去，安然落地而走的！

而高翔在這時，卻還未曾將槍拔出來，他陡地一呆，並不伸手去拔槍。

因為在那樣的情形之下，他如果伸手去拔槍的話，等於是在趕劉度快些逃走！他非但不取槍，而且還笑了笑，道：「哦，你要走了麼？」

「是的，」劉度也微笑著，「高主任，我如果走了的話，你，木蘭花，只怕都會有很大的麻煩了，對不對？」

高翔的心中暗罵了一聲，他心中在急速地轉著念，想著辦法，如何才可以阻止劉度的離去。可是他卻想不出什麼辦法。

他只得裝出若無其事的神態來，道：「我們可以應付任何麻煩，劉度先生，而真正惹上麻煩的是你，你絕逃不遠的。」

「是的，我或許逃不遠，但是你也決計無法在二十四小時之內將我捉住的，高主任。」劉度微笑著回答，「所以你的麻煩比我更大，你將面臨一個世界上最大的特務系統的挑戰，那會使你窮於應付，而且會產生許多國際間的糾紛！」

高翔的心中十分惱怒，道：「那證明你們的同盟，實際上是一個流氓同盟，只會給各地警方惹麻煩，而不會做什麼正經事！」

劉度嘆了一口氣，道：「高主任，你那樣指責我們，實在令我們很傷心，可是，你如果明白我在殺了周氏兄弟後為什麼不從容逃走，而要到你的寓所來等你的話，那麼，你就一定不會那樣說了。」

高翔呆了一呆，道：「你為什麼不逃走？」

「因為我不想逃走！」劉度回答。

「嘿嘿，」高翔冷笑著道：「那你現在在幹什麼？」

「現在，我準備和你談些交易，高主任！」

高翔又呆了一呆，一時之間，他也猜不透劉度是在弄些什麼玄虛，他只是冷冷地道：「原來我們之間還有買賣交談，那麼請說。」

劉度吸了一口氣，道：「殺周氏兄弟，是為了替我們組織中的成員周威能報仇。自然，殺了周氏兄弟之後，必然會替本市警方惹下麻煩的，而我們卻絕不想拖累任何人，所以我在這裡等你，只要你答應我一件事，我立時自己去見『六親不認』，表示事情與你們無關！」

高翔聽得劉度那樣講法，不禁呆了一呆。劉度在講那幾句話時，雖然臉色略現蒼白，神情也有點激動，但是在他的臉上，卻始終帶著微笑，那是絕不容易的事！

高翔瞪著他，道：「你知道你落在對方手中的後果麼？」

「自然知道，高主任，別忘記，我是『死亡換取自由同盟』中的一員，凡是我們組織中的成員。是隨時準備和死神握手的。」

高翔又呆了半晌，劉度又道：「只要你答應了我的要求，我可以立時致電『六親不認』的爪牙，要『六親不認』親自到這裡來，將我帶走，那樣一來，本市警方就可以完全脫離關係了。」

高翔的雙眉蹙得十分緊。劉度所提出的辦法，的確是使本市警方、自己以及木蘭花脫離這個漩渦的最好辦法，然而高翔卻幾乎不願意考慮劉度的提議。

高翔不願意考慮劉度的提議，倒不是因為劉度的提議還有一個附帶條件，而是因為高翔是一個十分有正義感的人，劉度承認了自己是兇手，高翔就要將他拘捕，受法律的裁判，將之私自移交給「六親不認」那樣的事，高翔是做不出來的！

高翔還未曾出聲，劉度已經道：「高主任，別以為我要你答應的是什麼為難的事，那事情實在很簡單。我只要你答應，在雲先生的工業系統之中，替我們製造一具個人飛行器，在你們而言，那實在是一件輕而易舉的事情！」

高翔的心中不禁陡地一動，劉度落在「六親不認」的手中，那是決計不會再作活命的打算的了，而他寧願犧牲自己的性命，也希望有一具那樣的個人飛行器，究竟為了什麼？

高翔正想開口向劉度發問，忽然聽得劉度的身後傳來了一個十分嬌脆動聽的聲音，道：「劉度先生，你們要那具個人飛行器，有什麼用？」

那是木蘭花的聲音！

5 置身事外

木蘭花的聲音竟會突然傳了過來，那是高翔絕對料不到的事，他連忙循聲看去，只見木蘭花一手拉住了窗上未被鋸斷的鐵枝，正在劉度的身後！

木蘭花一定是早已存身在另一扇窗外的，直到此際，她才突然現身，而她手中一柄十分小巧的槍，也對準了劉度的後頸。

木蘭花又笑著，道：「劉度先生，請進屋子裡去！」

劉度臉上的微笑消失了，他的臉色也變得十分之蒼白，雖然他竭力要鎮定著自己，但是他的神情看來仍是十分沮喪！

他略呆了一呆，身形一縱，便跳下了窗臺。木蘭花也緊跟著跳進了屋子。

高翔喜道：「蘭花，你怎麼會來的？」

木蘭花道：「我接到方局長的通知，說在你的住所之外出了事，我就趕來看看，我是從後梯上來的，當我想進來的時候，我聽到這位先生鋸鐵枝的聲音，所以我想，我還是等適當的時機再出現的好，劉度先生，你說我的等待有價值麼？」

劉度的面色難看，道：「你們警方人員——」

木蘭花立時揚起了手，道：「先生，你講錯了，我並不是警方人員，在我的身上沒有任何公職，我只是一個普通的平民。」

劉度呆了半晌，才頹然坐了下來，道：「現在沒有什麼好說的了，高主任，你可以拘捕我，我也決計不會反抗的。」

高翔踏出了一步，但是木蘭花卻立時向高翔使了一個眼色，將他的行動止住，道：「劉度先生，你不怕犧牲的勇氣，我個人十分佩服。」

「你只是口頭上的佩服，小姐！」劉度冷然回答。

木蘭花立時道：「但是，對於你們同盟的行動，我卻一點也不贊同，你們以為暗殺和破壞可以換來自由、和平，那是一種十分錯誤的觀念！」

劉度搖著頭，道：「我不和你辯論這個問題，各人的認知不同，人人都可以按自己的認知去行事的，故不必勉求相同。」

木蘭花笑了起來，道：「你說得對，劉度先生，但你卻要求觀點、認知和你們完全不同的人來幫助你們，這不是過分些了麼？」

劉度顯然未曾想到木蘭花的語鋒一轉，會變得針對了他目前的行動，是以一時之間，他變得無話可說，只是望定了木蘭花。

木蘭花又道：「所以，我們，包括雲先生在內，都不能替你製造那具個人飛行器，現在，我想你也不會責怪我們了吧。」

劉度的神情突然變得十分嚴肅，道：「不，我還是責怪你們，因為你們不明白我們這次行動的重大意義，你們不知道。」

「對的，我們不知道，」木蘭花立時回答，「但是那能怪我們麼？你們同盟中的哪一個人，將你們的行動計劃告訴我們了？」

高翔也道：「是啊，你們要那具飛行器來做什麼？」

劉度顯然有意規避著，不作正面的答覆，他只是道：「那具特殊設計的個人飛行器，是我們一次重大的任務中不可缺少的工具。」

「什麼任務？」木蘭花問。

「唉，」劉度嘆了一聲，「我無權透露。」

「你不是無權透露！」木蘭花直視著劉度，她的目光十分銳利，像是可以看穿對方的肺腑一樣，「而是你不信任我們，以為講給我們聽了，我們就會轉告『六親不認』，使他們有了防備，使你們的計劃會受到挫折，所以你才不肯說！」

木蘭花的話，顯然是說中了劉度的心事。

劉度也立時承認，道：「你說得對。這件事因為關係實在太大，所以我不能說，一洩露之後，我們就不能達成計劃了。」

木蘭花點頭道：「你可以不說，我們也不會追問，但是你也不能要求我們幫忙，這樣才是最公平的辦法，對不對？」

木蘭花的話，令得劉度低下頭去。

高翔立時在劉度的神態中，看出了事情又有什麼意外之處了，他忙向木蘭花望去，木蘭花已然道：「你們將雲先生怎樣了？」

劉度道：「小姐，你真令人佩服，我們沒有將雲先生怎樣，只不過我們組織中的幾個成員，將雲先生請到一處地方，請他答應幫助我們！」

高翔直跳了起來，道：「四風出了事？」

他一面大聲問，一面心中也不禁好生佩服木蘭花的鎮定功夫，因為她一進來之後，全然不提雲四風的事，直到此際，突然提了出來，逼得劉度不能不承認！

木蘭花道：「是的，我命秀珍去問四風，瞭解一下那具個人飛行器的詳細情形，因為只有他一人看過那圖樣。可是秀珍卻沒有見到四風，秀珍到了四風那裡，四風不在，她等了一會就回來了，在半路上，又有人跟蹤，所以我們肯定四風出了事。」

木蘭花講到這裡，略頓了一頓，才又道：「而我們也立即判斷，那一定是劉度先生的同伴所做的最沒有意義的事情之一。」

高翔立時道：「好了，雲先生在什麼地方？如果你們以為這種卑劣的綁架行徑，竟可以使得我們幫助你，那就大錯而特錯了。」

劉度呆了半晌，未曾說話。

接著，他便站了起來，在客廳中來回地踱著。

高翔好幾次要攔阻他，但都被木蘭花使眼色阻止了。

足足過了五分鐘上下，劉度才站定了身子，道：「兩位，我還有一個不情之請。」

「請說。」木蘭花回答。

「為了這件不尋常的任務，我們同盟中的幾個負責人都已經來到了本市，雲先生現在和他們在一起，我想請兩位和我們見見面。」

「為什麼？」

「或許我們可以決定，是不是將我們行動的計劃告訴兩位，當然，我們是希望兩位在知道了我們行動的目標之後，會同情我們。」

高翔一聽得劉度那樣說，正想拒絕，但是木蘭花卻幾乎連考慮也未曾考慮，便道：「好的，我很想見見你們的那些盟友。」

高翔用十分奇怪的眼光望著木蘭花，奇怪木蘭花何以竟然會接受劉度那樣的邀請，但是木蘭花卻只是報以一個饒有深意的微笑。高翔心知木蘭花既然作出了那樣的決定，一定是有理由的，是以他也不再表示什麼。

劉度道：「我們現在就去，好麼？」

木蘭花道：「當然好！」

高翔在劉度向門口走去之際，來到木蘭花的身邊，低聲道：「蘭花，你不怕他另有陰謀？」

木蘭花搖著頭，道：「我認為我們不應該提防他，而應該提防『六親不認』和他特務系統中的人物，我想，『六親不認』的手下，一定已遍布在大廈四周，我們的行動一定會受到他們密切的監視的！」

高翔吃了一驚，道：「那麼，劉度豈不是等於帶『六親不認』到他們的秘密地點去麼？」

木蘭花道：「所以，我們必須先預防一下，我們先到警局去，在警局經過了化裝之後，再行離開，劉度先生，你同意麼？」

他們兩人的談話，劉度自然全聽到的，他也立時點了點頭，表示同意。

木蘭花、高翔和劉度三人，走出大廈時，天已亮了。

他們上了車，才駛過了兩條馬路，便發現有兩輛車跟著他們，可知木蘭花的判斷是對的，但他們也不會在乎跟蹤，因為他們已有了擺脫跟蹤的辦法。

十五分鐘之後，高翔的車子駛進了警局。

在警局中，他們三人以極快的動作變換著裝束和進行化裝，十分鐘之後，他們三人雜在其餘七八名警員之中，走出了警局。

他們看到那兩輛汽車還在警局門口的街角上等著，高翔特地向其中一輛車子走去，來到了車前，伸指在車窗上拉了拉，道：「喂，這裡是不准停車的！」

車中的四名大漢顯然未曾認出高翔來，那司機立時將車子緩緩向前開動，他自然不願離去，是以他將車子開得十分之慢。

而高翔也沒有再去理會他，自顧自向前走去。

他一直走出了好幾條街，才在街角的一個電話亭旁站定，那時，劉度已經在電話亭之中了，接著，木蘭花駕著一輛車子駛到，高翔和劉度都進了車子。

車子向前駛去，高翔和劉度將套在臉上的軟膠面具剝了下來。這種面具可以說是改容易貌的恩物，在幾秒鐘之內，就可以使人的外貌得到徹底的改變，而且，若不是在近距離作細心的觀察，是萬萬覺察不到的。

這種軟塑膠的面具，還有一個好處，就是因為它十分薄，十分軟，所以一戴上，就是緊貼在皮膚上，臉部的肌肉有什麼活動，一樣可以在面具上呈現出來，那比起以前常為警務人員或情報人員使用的尼龍纖維面具，又進了一大步了。

木蘭花駕著車，劉度在她的旁邊指點著，車子不是向偏僻的地方駛去，相反地，卻駛入了繁華熱鬧的市區中心！

高翔揚了揚眉，道：「你們的總部在這裡？」

劉度作了一個不置可否的微笑，道：「你們兩位和我們的人，將在這許多大廈中的一間房間中見面，我只能告訴你這些。」

高翔沒有說什麼，他自然知道，「同盟」的活動，很多地方是和警方相牴觸的，劉度自然不會蠢到將「同盟」設在本市總部的地點透露給警方知道的。

不多久，車子已在一幢聳天的大廈停了下來，他們三人走進了大廈，大廈的走廊中來往的人十分多，他們和很多人一起擠進了電梯，來到了十二樓。

才走出了電梯，劉度向一個掛著「朝陽貿易公司」招牌的單位指了一指，道：「那就是了。」

木蘭花道：「你們的掩飾工作做得不錯。」

劉度回答道：「我們不得不如此，我們不但要避免本市警方的干擾，而且，還絕不能讓某國特務知道我們的行蹤！」

高翔冷冷地道：「你對警方的行動，用『干擾』兩字來形容，你以為是妥當的麼？」

劉度卻十分誠懇地回答，道：「高主任，在我們的立場而言，的確如此，就像以警方的立場而論，我們是干擾了本市的治安一樣。」

他們低聲地說著，已來到了「朝陽貿易公司」的門前。劉度在門前站定，左手搭在門柄上，右手在門上，輕輕地敲了四下。接著，他便旋轉著門柄，推門而入。

他一推開門，走了進去，木蘭花和高翔兩人自然也跟了進去，可是劉度才跨進了一步，整個人便陡地呆住了！

在那一剎間，木蘭花和高翔實在不知道發生了什麼事，但是他們多年冒險生活的經驗，卻使他們知道，事情一定發生驚人的變故了！要不然，劉度不會那樣突然吃驚地站住身子！

他們兩人連忙抬頭看去，只見門內的情形，和一家普通的貿易公司並沒有什麼分別，有七八個職員正在工作，也有幾個人抬頭望向他們。

但是，也就在那一剎間，只聽得劉度大叫一聲，道：「快後退！」

劉度打開門，向門內跨去，他的左手仍然是搭在門柄之上的，這時，他突然發出了一聲怪叫，身子也迅速地向後退來。

她一叫，木蘭花的反應特別快，已立時向門旁疾跳了開去，但是高翔卻慢了一步，是以當劉度向後疾退了出來之際，撞在他的身上。

那一撞，令得高翔退開了一步。高翔的反應也十分靈敏，立時又向旁跳了開去，他還沒有站定，便聽到了「砰」地一聲響。

那一下響，是劉度突然之間將門關上的聲音。

可是，木蘭花和高翔都看到，門才關上，劉度的身子便搖擺著向後倒來，他只退出了一步，便已仰天跌倒在地。

在劉度的前額出現了一個深洞，鮮血正從那洞中流出來．就在他剛才一叫一退之間，已有人向他發射了致命的一槍！

那一槍幾乎沒有槍聲傳出來，那自然是裝有滅聲器的手槍的傑作了。

高翔待向劉度的屍體走去，但木蘭花立時低叱道：「我們快走！」

在那時候，木蘭花仍然無法知道究竟是發生了什麼變故，因為事情發生得實在太突然了，劉度要帶他們來見「同盟」中的成員，但是剛到目的地，劉度卻已中槍死了。

劉度自然是知道事情發生了什麼變化的，因為他一打開門，便立時呆住了。

但是木蘭花和高翔卻無法知道發生了什麼變化，因為他們兩人根本未曾來過這裡，也未曾見過「同盟」的其他人員，就算有了變故，他們也是覺察不到的。

但是他們總可以肯定一點，那便是，劉度既然突然死去，那麼他們的處境也一定極其危險了！

所以，當高翔還想走過去察看劉度的屍體之際，木蘭花便立時喝阻他，要他快點離去，高翔也立時想起了這一點，他的身子開始向後退去。

可是，接下來的變化，更是來得突兀之極，只見走廊的兩端，突然各湧出兩名大漢來，那四個人的手上各持著手提機槍，他們一出現，便喝道：「將手放在頭上，你們絕無逃生的機會！」

緊接著，「朝陽貿易公司」的門打開，兩個「職員」的手中也都有著槍，沉聲喝道：「高先生，蘭花小姐，請進來！」

木蘭花和高翔互望了一眼，他們在那樣的情形之下，可以說絕沒有反抗的餘地，在神情上看來，他們十分鎮定，微笑著走了進去。

他們才一走進，走廊中的那四個人也奔向前來，將劉度的屍體拉了進來，並且關上了門，他們的行動迅速而有節奏，顯然是經過嚴格訓練的。

高翔低聲道：「蘭花，他們是什麼人？」

木蘭花搖了搖頭，並沒有出聲。

照說，是劉度帶他們兩人來的，那麼，這裡的人，自然應該是「死亡換取自由同盟」中的人員了。但如果是的話，他們自己人為什麼不由分說殺了劉度呢？可知其中一定已經有了天翻地覆的大變化，而劉度在事先也絕不知道這個變化，要不然他也不致枉送性命了！

立時又有人喝道：「走，向經理室走去！」

木蘭花和高翔抬頭看去，經理室就在他們的右手邊，他們向前走去，幾乎每一個「職員」手中的槍都對準著他們。這令得高翔和木蘭花除了向前走之外，不能有任何其他的動作。

他們一到了經理室的門口，門便打了開來。

在一張十分大的寫字檯旁，站著四個大漢，那四個漢子全都又高又瘦，他們的手，更是大得出奇，而且指關節粗突，一看便知道是在東方武術上有極高造詣的高手。而這四個人，顯然都是另一個人的護衛，那人此時正坐在寫字檯之後的旋轉椅上。

那人的那種坐法，表明他是一個大人物，因為他不但全身都靠在椅子上，而且，將兩條腿放肆地擱在寫字檯之上！

木蘭花和高翔走了進來，那人也不改變他坐的姿勢，只是用冷峻的眼光掃射了他們一下，發出了一下冷笑聲來，道：「兩位，你們想不到會在這裡見到我吧！」

他一開口，高翔陡地吸了一口涼氣。

他認得出那聲音！他在電話中聽過那聲音。那便是某國大特務頭子「六親不認」的聲音，那麼，眼前這個形態驕妄得難以形容的人，就是「六親不認」了？

高翔還沒有出聲，木蘭花卻已開口，她先笑了笑，道：「原來是桑斯先生，閣下的大名，可以說是舉世皆知的。」

那人怔了一怔，面上出現極為驚訝的神色來，道：「噢，原來你們已知道我的本名？我的本名很少人知道，你確然名不虛傳！」

木蘭花又笑了笑，道：「沒有什麼，我閒來無事，對於發掘知名人物的隱私很有興趣，我不但知道你的本名，也知道你在加入特務工作之前是做什麼的。」

「我是一個軍人！」

「我的意思是你在當軍人之前！」木蘭花冷冷地說。

那人的面色一變，兩條腿也從桌上放了下來，坐直了身子，直視著木蘭花。木蘭花道：「說啊，六親不認！桑斯先生！」

「六親不認」仍然不出聲，但是面上的怒意卻更甚了。

高翔「哈哈」笑了起來，道：「蘭花，原來這位大人物也有不可告人的醜事麼？」

木蘭花冷笑了一聲，道：「對他們這種人而言，也無所謂什麼醜事不醜事，他們或者還引以為榮哩，高翔，你難道不知道桑斯先生曾是一個土匪頭子麼？」

「住口！」「六親不認」桑斯一掌拍向桌子。

那四名身形高瘦的漢子也聳然動容，其中有兩個已然倏地揚起手來，作勢欲撲，但高翔和木蘭花連望也不向他們望一眼！

這時，高翔心中對木蘭花實是佩服之極，因為木蘭花不但知道了坐在桌子後的那人是「六親不認」，而且還揭開了「六親不認」醜惡的底牌，令得「六親不認」十分惱怒。雖然她是在劣勢中，但是她三言兩語便控制了對方的情緒！

「六親不認」面上的怒容更甚，而木蘭花卻恰好相反，她的神色也格外鎮定，道：「桑斯先生，你不是只憑了發脾氣才能登上如今的高位的吧！」

「六親不認」當真也不是尋常人物，在一秒鐘之前，他的神情還是如此之暴怒，但是一轉眼之間，怒容便已消失了！

他臉上的神情又變得十分陰森，他的聲音也鎮定了下來，「嘿嘿」地冷笑著道：「兩位，想不到在這裡會見到我吧！」

「的確想不到，」木蘭花平靜地回答，「但是見到了你，卻也並不使人感到多大的意外。」

「你是在強作鎮定，小姐！」

「隨便你怎麼說，你們既然有著如此龐大的特務網，若是連敵方的一個聯絡據點也偵查不出來，那也未免太低能了，是不？」

「六親不認」陰森森地笑著，道：「你說得不錯，小姐，我們是無可抗拒的，他們以為來到了此處，神不知鬼不覺，但立即給我們偵查到了，我們一衝進來，他們根本沒有反抗的餘地，於是我們坐下來，等劉度來自投羅網！」

「六親不認」的神態，極其洋洋自得。

高翔的心中，不禁苦笑了一下，原來這裡早已被「六親不認」手下的人發現和佔領了，但是劉度卻還不知道，真的成了自投羅網！

木蘭花冷冷地道：「祝賀你的成功，我們告辭了！」

「六親不認」立時道：「別走！」

木蘭花雙眉一揚，「咦」地一聲，道：「桑斯先生，你剛才說，你的特務系統是無所不能的，當然已完成了　切任務。在完成了一切任務之後，我相信你不會愚蠢到要和本市警方公然為敵的吧？那會使你的身分暴露，不能在本市立足的！」

木蘭花講完之後，立時又對高翔道：「走，我們走！」

「六親不認」忙道：「慢，兩位請等一下，我……當然不會和本市的警方公然為敵，但是……但是……還有一件事，卻要你們合作！」

木蘭花冷笑著，道：「你是在開玩笑罷，你手下有著無所不能的間諜人員，還要我們的合作做什麼？」

「六親不認」的神色變得十分尷尬，但是他立時又面色一沉，道：「小姐，我們還未曾知道他們行動的計劃是什麼。」

木蘭花繼續冷笑著，道：「這裡原來有他們的人，現在一定已成了你的俘虜，拷問他們啊，你的拷問法，是世界聞名的！」

「六親不認」咆哮了起來，道：「他們全自殺了，一共是五個人，當他們發現絕對無法反抗之際，他們就吞服早含在口中的毒藥自殺了。」

木蘭花道：「原來是這樣，既然在你領導下的特務系統都得不到的秘密，我們又有什麼辦法可以想呢？」

「小姐，你不必裝模作樣了，你是他們的一夥！」

木蘭花冷笑著，高翔已然怒道：「桑斯先生，本市警方絕不是那個同盟的同路人，木蘭花小姐也不是，如果你不認清這一點，只怕你會遭到更大的失敗。」

「但是，他們的重要人員劉度，卻和你們在一起。」

「是的，劉度要帶我們來見此間的人，在見到了另一些人之後，他們可能對行動計劃的內容會有所透露，但現在我們卻並未曾見到他們！」高翔也憤然地拍著桌子，「而你們屬下的特務在本市為所欲為的情形，也必須停止！」

「六親不認」霍地站起身來，道：「我們可以停止一切活動，只要我們知道了他們的行動計劃，你應該知道，這個同盟中的一些人，全是不怕死的瘋子，他們若是定下了一個計劃，即使死到了最後一個人，也必然要將之完成的，而他們的計劃，一定對我們的國家造成大破壞，我奉命必須阻止，你們明白了麼？」

高翔心中想說「對你們國家的大破壞，或許就是對世界和平的大貢獻」，因為「六親不認」的所屬政府，是一個充滿了侵略野心的政府，那是舉世所知的事。這句話，已溜到了高翔的口邊，但是高翔還是忍了下去，未曾說出來。

因為他記得自己的身分，是本市警方的高級人員，雖然只要是人，就可以對破壞人類和平的人進行毫不留情的譴責，但是以他的身分而言，總有點不十分方便。

他只是平靜地道：「你奉命要制止他們的行動，你應該努力去做。」

「六親不認」面上的肌肉在不動地跳動著，道：「我是在努力做，我已找到了兩個人，這兩個人曾和他們多次接頭，我要在這兩個人的身上找出他們行動計劃的內容來，先生，小姐，我找到的那兩個人，就是你們！」

木蘭花搖頭道：「你不會有結果的。你和他們一樣，他們要我們幫助，甚至用非法手段，挾走了我們的一個好朋友，但是我們也未曾答應他們的要求。」

「他們要你們幫助什麼？」桑斯的眼中立時閃著光芒。

「他們要我下手，瓦解你的特務組織。」木蘭花立時回答。她沒有說出事實來，但因為她回答得如此之快，是以也不使人起疑。

高翔也明白了木蘭花的意思，他立時道：「你明白了？我們只想維持本市的治安，你們鬥法，和我們是不相干的，為什麼一定要拉我們下水？」

「六親不認」乾笑了起來，道：「也不盡然，至少，那個同盟是我們共同的敵人，你們有一個朋友在他們的手中，難道不準備將之救出來？」

「六親不認」那樣講法，自然是還想引誘木蘭花，和他一起去對付「死亡換取自由同盟」，木蘭花如何會不明白？木蘭花立時笑道：「我想不必我們去救，這個同盟所要下手對付的，目標全是十分強盛的國家，而決計不是我們這些平民。」

「可是你們的朋友被他們綁架了。」

「當他們發現我們不能幫助他們的時候，就自然會將我的朋友放出來的。桑斯先生，你們的間諜行動請不要將我們也牽涉在內！」

「六親不認」瞪視著木蘭花，又瞪著高翔，過了很久，才一字一頓地道：「在我的面前，你們的態度那麼堅決，希望在他們的面前也是一樣。」

「六親不認」的話中有著威脅的意味，木蘭花和高翔都不屑回答他，是以他們兩人只是發出了一下冷笑聲來。

「六親不認」又道：「我還要告訴你們，我絕對不容許那同盟對我們的國家造成任何不利的破壞，我將盡一切力量獲悉他們的計劃，你們縱使不想成為我的朋友，也別試圖成為我的敵人，不然，對你們來說，是絕對不會有什麼好處的。」

高翔冷冷地道：「如果你的手下在本市殺人，那我一定要依法拘捕！」

「六親不認」發出了一連串的冷笑，道：「那你為什麼不拘捕劉度，還跟他到處亂跑？你明知劉度殺害了周氏兄弟的。」

「我當然會拘捕劉度，如果他不是死在你們的槍下，我們跟他來和同盟中的其餘人會見，只不過是為了我們被綁架的朋友著想！」高翔立時回答。

「六親不認」的動作十分快，高翔話才說完，他已突然走到了門前，道：「好，那就再見，希望你們記得我的話，別忘記了！」

他拉開門，走了出去。那四個瘦長漢子中的兩個，立時跟在他的後面也走了出去，然後，另兩個攔在門前，用槍對準了木蘭花和高翔兩人。

過了三分鐘，只聽得經理室的門上響起了「啪啪啪」的三下響，那兩人連忙拉開門，閃身而出，又立時將門關上。

高翔想向外衝去，木蘭花忙道：「別去追他們，高翔，我們想置身事外，現在，我們不是已達到這個目的了麼？」

高翔苦笑了一下，道：「我們真能夠置身事外麼？」

木蘭花並沒有出聲，只是踱到了窗前，拉開了百葉簾，向下望去，繁盛的商業區真可以說是車水馬龍，木蘭花望了半晌，才嘆了一聲。

「你在想什麼？蘭花。」高翔問。

「我在想你剛才問的那個問題：我們是不是真的能置身事外，我想，我們只好盡力而為，如果真的不能，那也無法可施了。」

高翔又問道：「蘭花，你說的真的不能，是什麼意思？」

木蘭花又呆了半晌，才嘆了一聲，道：「你是明白我所指的，那自然不是指我們被人家逼得非置身事中不可，而是說，如果我們同情了劉度他們這一方面……」

木蘭花講到這裡，略停了一停。

高翔忙道：「我剛才問我們是不是真的能置身事外，也是指這一點而言的。蘭花，如果我們身入漩渦之中，那我們自然會惹來極大的麻煩，但是如果是一件正義的事，是值得我們去做的事，那麼，我們就應該不怕任何麻煩的，對麼？」

木蘭花十分高興，因為高翔所說的話，正是她心中所想的，他們兩人的手，也在不知不覺間握在一起。

木蘭花又緩緩地道：「你說得對，我們不是一直照這個原則在行事麼？」

高翔突然吸了一口氣，道：「我想他們已經離去了，我要請警局派人來善後，蘭花，關於四風的事，我們該怎麼辦才好？」

木蘭花手按在電話上，道：「我先要打電話，如果我的推斷不錯，此間出了事，同盟方面另外的人一定也已知道了，他們一定會設法和我們再接頭，因為在本市，他們的力量是十分薄弱的，非依靠我們的幫助不可，可能雲四風和他們的人已在我家中了。」

木蘭花一面說，一面撥動著號碼盤，電話鈴才響了一下，穆秀珍的聲音便已傳了過來，道：「喂，找什麼人。」

「我是蘭花，秀珍。」

「蘭花姐！」穆秀珍興奮地叫著：「你在哪裡，你快回來，四風帶了兩個朋友來，他們說你可能遭到了危險，但又說你們不要緊的，真急死人！」

穆秀珍的話，像是連珠炮一樣不停地講著，她的聲音又大，連高翔也聽到了，高翔笑道：「蘭花，你真是料事如神！」

木蘭花道：「秀珍，我沒有事，我立即來！」

6 錯誤情報

她放下了電話，向門口走去，門被從外面鎖著，她轉身向高翔點了點頭，高翔拔出槍來。順手一槍，射在門鎖之上，門立時彈了開來。

木蘭花推門出去，不禁呆了一呆。外面，「六親不認」的手下，已然全都不在了，只餘下連劉度在內的六具屍體，劉度是中槍死的，其餘人全是中毒死的。

他們幾乎都毫無例外地十分年輕，木蘭花望著他們的屍體，心中有一種說不出來的難過，二十多年前，青年人有自由、和平的理想，他們可以置身於反獨裁、反納粹的戰爭之中，因為那時正義和非正義之間，存在著戰爭，青年人要求正義的熱情，有所寄託。

但是現在，獨裁、極權依然存在，卻沒有一種大規模的反獨權、反極權的正義鬥爭，以致具有正義感的青年人，只好組織了這樣的「死亡換取自由同盟」！

他們的行動，在世界上任何一個角落，都要受到當地政府的禁止，但是他們的熱情，卻是十分可取的，他們甚至視死如歸！

木蘭花嘆息著，在那些死者的身旁緩緩走過，高翔也已通知了警局，兩人一起來到了「朝陽貿易公司」的門外，不多久，幾個警官便率領大隊警員趕到，高翔留下來指揮一切，木蘭花則向高翔告辭，趕回家中去，和雲四風以及他的朋友相會。

木蘭花已知道，雲四風帶回來的朋友，一定是「死亡換取自由同盟」中的成員，而雲四風之所以會將他們帶到自己家中來，那自然是因為他也同情了他們！

當木蘭花走進客廳之際，客廳中正響著十分蒼涼沉鬱的歌聲。一個大約只有二十五六歲的年輕人在唱著。那好像是一首民歌，十分優美動聽。另一個年輕人，則輕輕地撥弄著三絃琴，和著歌聲。

穆秀珍、雲四風和安妮三人，則坐在一旁，用心地聽著那兩個年輕人的彈唱，木蘭花一進來，歌唱聲和琴聲突然停止了。

安妮首先叫道：「唱得太好聽了！」她一面在叫著，一面眼中竟閃耀著眼淚。

那個彈琴的年輕人放下了琴，道：「小妹妹，我希望一輩子也不要聽到那樣的歌聲，那是亡國的聲音，我們的國家在遭受著外國軍隊的佔領，所以我們才會唱出那樣的歌來，可是我們的心中，是多麼希望唱出歡樂的歌聲啊！」

那年輕人的聲音十分動聽，他金黃色的頭髮，在他說話之際輕輕地抖動著，顯出他的心情正在十分激動的狀態之中。

木蘭花來到了他們的面前，那兩個年輕人立時自我介紹，道：「木蘭花小姐，我叫裴多，他是韋克，我們全是——」

木蘭花立時道：「我知道你們的身分，你們不必介紹了。我有一個不幸的消息告訴你們，劉度和貿易公司的五位，全死了。」

韋克和裴多的臉上，現出憂傷的神情來。但是那種神情卻一閃即逝，他們又變得十分堅毅了。

木蘭花坐了下來，嘆了一聲，道：「停止吧，你們已受到了『六親不認』的注意，你們是絕對敵不過一個龐大的特務網的，如果不停止，那麼你們只不過是白白犧牲而已。」

韋克沉聲道：「我們不怕犧牲。我們的性命本來就是拾回來的，我和裴多，以及幾個同伴，在一個暗無月色的夜晚，爬過壕溝和鐵絲網，逃過邊界，佔領著我們國家的軍隊，用機槍向我們掃射，只有我們兩個人僥倖逃了出來——」

他講到這裡，頓了一頓，苦笑了一下，道：「所以我們一點也不怕死，如果我們在越過邊境的時候被機槍掃中，我們不也早就死了？」

木蘭花沉默著，不再出聲。

一個人，如果已將生死完全置之度外，那麼他應該是無敵的了。然而，木蘭花卻知道，他們再和「六親不認」鬥爭下去，他們是討不了好的。

她明知想說服韋克和裴多他們兩人罷手，幾乎是沒有可能的，是以她一時之間，不知道該說些什麼才好！

韋克在講完這番話之後，客廳中又靜了下來。

而在寂靜中，木蘭花卻發現所有人的目光全集中在她的身上，像是正在等待著她回答一樣，木蘭花自然知道那是什麼緣故。

她知道，雲四風、安妮和穆秀珍，已經完全站在同情韋克和裴多這一邊了！顯然，只要她一點頭答應，雲四風便立時會開始替他們製造那具個人飛行器的了。

裴多接著道：「我們已損失了不少人，但至今為止，我們並未曾失敗，因為『六親不認』用盡了方法，仍不知道我們的行動計劃！」

韋克又立時接道：「而我們也無意在本市和他們多作爭鬥，我們另外有更偉大的目標，要是雲先生的工業系統，能答應替我們製造那一具具有超級性能的個人飛行器，那麼我們立時可以離開本市，『六親不認』再也找不到我們了。」

在那片刻間，木蘭花實在是為難之極。她的一生之中，可以說從來也沒有對一件事是那樣難以決定的！

在感情上，木蘭花自然和穆秀珍等人一樣，是同情韋克和裴多的，但是木蘭花卻絕不同意他們的那樣做法，因為他們所從事的是破壞和暗殺！

木蘭花還不知道他們要那具個人飛行器來有什麼用，但可以肯定，那一定是他們要來從事一項十分艱鉅的計劃時所用的。如果她同意雲四風替他們製造這具飛行器，那麼等於是她同意了他們的行動，不但同意，而且還參加了他們的行動！

而那又是木蘭花絕不願意的事！所以，木蘭花感到了極度的為難。

她雙眉緊蹙，足足考慮了五分鐘，仍然未曾出聲，性急的穆秀珍已然忍不住了，大聲道：「蘭花姐，你為什麼不出聲了？」

木蘭花勉強一笑，道：「我覺得不知說什麼才好，所以我才不出聲，我想先聽聽你們的意見，四風，你的意見如何？」

雲四風的神情十分嚴肅，道：「他們已和我詳細地討論過那具飛行器的一切，我相信我屬下的工業系統可以完成它——當然，一些主要的原料和零件，還要向別的大工業去訂製，但以我和世界各地工業界的聯繫而論，是輕而易舉的事。」

雲四風那樣說，當然是他已肯替他們製造了！

木蘭花吸了一口氣，道：「四風，你可曾想到，你一開始為他們製造那具飛行器，你便成了他們之中的一員了！」

「不，」雲四風分辯著，「我只不過盡我所能，在幫助幾個對人類的將來懷有崇高目的，而正積極想去完成它的青年人而已。」

「那樣說來，你已知道他們要用這具飛行器來完成的任務是什麼了？」木蘭花立時問，她的聲音十分低沉，顯得事情十分嚴重。

「不，我不知道。」雲四風回答。

「在那具個人飛行器中，一定附設有火箭發設管？」

「對的，左右各一，和安妮的輪椅一樣。」

「那是武器，而他們是凶手，四風，你是將一件極其厲害的武器交到了凶手的手中！」木蘭花的語句越來越淩厲，幾乎使人不易招架。

雲四風深深吸了一口氣，道：「蘭花，他們或者可以被稱為是凶手，但是荊軻何嘗不是凶手？專諸又何嘗不是凶手？荊軻和專諸又何以幾千年來一直受著我們的尊敬？」

「時代不同了，四風，在幾千年前，那是英雄的行為，但是在現在看來。那卻只是一種野蠻的行為！」

雲四風呆了一呆，難以再說什麼。

韋克在這時候緩緩接上了口，道：「木蘭花小姐，我們這次的行動，並不是去暗殺什麼人，我們是準備以極大的犧牲，以十分精確的計算，去毀壞某國的一些設備，那等於是在一個瘋子的手中奪下一柄刀一樣，難道這也算是野蠻的行為麼？」

木蘭花呆了片刻，突然之間，她面上的神色變了，變得十分之蒼白。

穆秀珍、安妮和雲四風三人，從來也未曾看到過木蘭花的臉色變得如此難看過，以致他們三人在剎那間都吃了一驚。

可是木蘭花的雙眼卻炯炯生光，望定了韋克。

韋克抱歉地一笑，道：「對不起，我已經作了最大程度的說明，我實在不能再多說什麼了，木蘭花小姐——」

他講到這裡，也突然住了口。只見他和裴多兩人互望了一眼，兩人面色也變了。

木蘭花轉過頭去，不再望向他們，她站了起來，來到了鋼琴之前，掀起了琴蓋，手指在琴鍵之上隨意地敲動著，敲出不成音樂的符號來。

她的心中十分亂，她已經料到了那個「同盟」的行動計劃是什麼了，如果計劃實現了，這可以說是人類自有歷史以來，以少數人而能做出來的最驚人的事情了。

木蘭花知道自己猜到的一定不錯。

可是她卻又不要韋克和裴多兩人知道她已猜到了他們的計劃，但是他們可能也料到她猜到了，不然，他們的臉色為什麼要變呢？

木蘭花不斷地敲著琴鍵，是不是應該幫助他們？她在心中向自己問了千百遍，終於，她雙手一齊按到了琴鍵之上，鋼琴在發出了一下巨響之後，琴音停了下來。

木蘭花轉過身來，她的臉色已恢復正常了，她問道：「四風，你有把握在製造那具飛行器的過程中，使秘密不洩露出去麼？」

「可以的，我可以將圖樣分散開來，每一個部分交給不同的人去做，他們不知道那是什麼，然後，我和弟弟五風親自來裝配。」

木蘭花一字一頓，道：「四風，你要知道，如果走漏了一絲一毫的風聲，那麼你屬下所有的工廠，便可能全遭到『六親不認』的破壞！」

「我知道。」雲四風答得十分爽氣。

木蘭花又望向韋克和裴多兩人，道：「你們立時離開本市，三個月之後的午夜十二時，我叫四風打長途電話到瑞士日內瓦的茲士旅店去，向你們說明製造的情形，同時再議定交貨的辦法，到時，你們要在瑞士等候。」

韋克和裴多現出興奮之極的神色來，道：「我們一定遵命等候。」

木蘭花又道：「你們肯定未受『六親不認』的跟蹤？」

「肯定沒有，我們未曾和劉度他們作過任何聯絡，我們是單獨行事的。」韋克回答，「我們可以立即離開本市的。」

「三個月之後，你們就算在瑞士，行動也要極度小心，『六親不認』的特務網遍布全世界，瑞士一樣有他的手下！」

「我們明白，我們絕不會輕易犧牲的。」

木蘭花道：「那請你們快些離去。」

韋克和裴多兩人，和他們四個人一一握手，便向外走去，木蘭花等四人望著他們走出花園，上了一輛汽車，直到汽車駛開去。

木蘭花嘆了一聲，道：「四風，我也不必多叮囑了，你應該知道，從製作圖樣到大功告成，你絕不能有半絲風聲洩露。」

「我知道。」雲四風再一次回答。

木蘭花又道：「還有一件事，你們必須明白，等一會高翔會來，但是你們絕不能在他的面前提及剛才我們在這裡講過的話，這件事必須瞞著他！」

穆秀珍首先吃驚道：「為什麼？」

「秀珍，高翔是警方的高級人員，他的行動多少要受點約束，他不能捲進那樣的事情中，而我們是平民，當然自由些。」

穆秀珍明白了其中的道理，連連點著頭。

「還有，」木蘭花繼續說著，「自現在起，即使是我們之間，也絕不可談及這件事，要將這件事當作完全未曾發生過一樣！」

穆秀珍忙道：「蘭花姐，讓我再問一句話。」

木蘭花道：「好，你說。」

木蘭花早知道她剛才的神態是逃不過穆秀珍的眼睛的，也知道她一定會問自己的，所以她也早準備好了答案。

「蘭花姐，」穆秀珍問：「你可是已經知道他們的任務是什麼了？」

她立時搖頭道：「沒有。」

穆秀珍還想說什麼，但是木蘭花已揚起手來，道：「行了，到此為止，別再說什麼了，我們還可能不斷受『六親不認』的騷擾，但只要他找不到確鑿的證據，他也沒有辦法的。四風，你在和五風他們行事之際，要再三重複向他說明，小心！小心！」

雲四風再一次保證：「我明白了。」

木蘭花不再說什麼，逕向花園中走去，恰在這時，高翔的車子已停在門口，木蘭花向屋中的穆秀珍、雲四風和安妮招了招手，他們三人也一起來到了花園中。

高翔一下了車子，便奔了進來，伸手在雲四風的肩頭上用力拍了一下，道：「四風，你沒事了，和你一起來的那兩個人呢？」

雲四風還未曾出聲，木蘭花已然道：「給我攆走了，高翔，我們以後最好不要再提起他們來，免得『六親不認』又來找麻煩。」

高翔「哦」地一聲，臉上現出失望的神色來。

但是他還未曾再說什麼，木蘭花已然道：「秀珍，四風，今晚你們有空麼？我們一起去看歌劇，聽說那歌劇團用現代手法來演歌劇，十分成功！」

高翔苦笑了一下，道：「那也好。這件事情總算過去，我……事情很忙，不去聽歌劇了……」

雲四風也道：「我廠裡還有事，一連開了幾個晚上夜工了，高翔。我和你一起走，我看她們也要休息了。」

木蘭花也不挽留他們，只揮手道：「再見！」

高翔和雲四風一齊向鐵門外走去，上了他們各自的車子走了，木蘭花來到了魚池邊，養熟了的金魚一看到人影，一齊游了上來。

木蘭花道：「秀珍，快拿魚麵包來，你看魚兒餓了！」

穆秀珍像是想說什麼，但是卻終於沒有開口，而轉身走了開去。在以後的好幾天中，穆秀珍不知盡了多大的努力，才遏住自己不和木蘭花、安妮談論這件事。

對安妮來說，不談這件事，並沒有什麼困難，因為她本來就是習慣沉默的人。

在接下來的幾天中，她們又發現屋外不時有行動鬼祟的人，而在她們外出之際，也有人跟蹤，但木蘭花卻一概裝作不知。

那全是「六親不認」手下的間諜人員，在監視著木蘭花她們的行動，看她們和那個「死亡換取自由同盟」是不是還有接觸的。

木蘭花知道他們的耐性再好，一兩個月之後，沒有什麼發現，也就不會再跟蹤下去了。果然，一個月之後，就再也不見那些鬼頭鬼腦的人了。

而她們之間，當真也絕口不提那件事。

一直等到了將近三個月之後，那時，天已經很涼了，雲四風才首先提起了這件事。

那是一個天色很陰霾的黃昏。雲四風來到了木蘭花的家中，在閒聊了片刻之後，他突然壓低了聲音，道：「那東西，明天有兩個主要的配件運到，運到之後，第二天就可以大功告成了，但是我們卻還得試一下，看是不是理想，以便改進，我們和韋克約定的時間也差不多了。」

木蘭花「嗯」地一聲，道：「製作過程中，有人知道麼？」

「我敢說沒有，」雲四風回答，「這些日子來，再沒有人來麻煩我們，那便是證明了，我將那東西至少分成了七千多個部分，交給各個不同工廠去做的。」

木蘭花吸了一口氣，道：「完成之後，運到『兄弟姐妹號』去，我們出海，在海面上進行試驗，然後，不再運回工廠，就存放在『兄弟姐妹號』中好了。」

雲四風點了點頭，木蘭花又吩咐道：「在運離工廠的時候，千萬要小心，『六親不認』可能對你還在進行繼續監視，因為同盟中的人最先是來找你的，『六親不認』老奸巨猾，自然可以想得到，他們一定是有求於你的，最好你親自動手。」

雲四風又答應著，然後告辭。

他來到了工廠中，在他主管下的近二十家工廠中，有一家精密儀器製造廠，在那個廠中，雲四風本就有一間車間，是他自己使用的，這些日子來，那個人飛行器的裝配工作，就在這車間中進行，為了保守秘密，雲四風事先換過了一扇門，門上有兩柄特別的鎖，沒有磁性的鑰匙是打不開的。

他來到了車間門前，打開了門，車間中燈火通明，雲五風正在埋頭工作，那具飛行器幾乎已經製成了。

雲四風關好了門，雲五風抬起頭來，道：「四哥，固體燃料一到，再配上強力蓄電池，就算大功告成了，我們製造的比他們要求的更好，你看，我改進了發射瞄準器，只要是在射程之內，可以說百發百中！」

雲四風滿意地笑著，道：「辛苦你了！」

雲五風笑了起來，道：「四哥，這本來不是你自己的事情，我們大家都覺得應該做，所以才做的，有什麼辛苦不辛苦？」

雲四風笑著，拿起了螺絲起子，上緊了一個螺絲，就在這時，忽然有人敲門，雲四風一呆，大聲問道：「什麼人？」

「董事長，」外面是一個十分恭敬的聲音，「是我，祁大鵬。」

「噢，是祁工程師，」雲四風向門口走去，打開了門，閃身而出，立時將門關上，他滿面不高興的神色，「有什麼事？我在工作的時候，是不喜歡人來打擾的！」

那祁工程師大約五十上下年紀，禿著頭，有點過分諂諛地哈著腰，道：「是！是！董事長的精神真好，有那麼高的地位，但是對工業研究還是如此有興趣！」

「什麼事？」雲四風不耐煩了。

「沒有什麼，我只不過想來問問，董事長在研究的新產品，什麼時候可以正式投入生產。」祁大鵬一副逢迎的神態。

雲四風怒道：「祁工程師，你的職位是工程師，工廠的業務是和你無關的，我希望你明白這一點才好！」

祁大鵬碰了老大一個釘子，紅起了臉，道：「是！是！我只不過隨便……，我要去車間指點夜班工人了，董事長，再見。」

雲四風「哼」地一聲，祁大鵬狼狽離去。

雲四風也沒有將這件事放在心上，對祁大鵬這個人，雲四風本來就不怎麼喜歡，但是他倒也學有專長，是以雲四風才聘他為工程師的。

第二天，兩個主要的配件分別從德國和美國空運來到，雲四風親自在機場將之帶了回來，和雲五風忙到了半夜，已經大功告成了。

他們又花了一小時的時間，將之裝入箱中，放在搬運車中，推了出來，卻不料才一出門，又遇上了穿著工作服的祁大鵬。

祁大鵬一見，忙大驚小怪地叫道：「你們怎麼不叫人來？要董事長親自推搬運車，這還成什麼話，快來人！」

一個管工奔了過來，雲四風本來想不讓人知道，將東西推出工廠就算的，是以他心中著實惱恨祁大鵬大呼小叫，但是他繼而一想，個人飛行器已裝成了箱，看到木箱，是不能知道箱子中裝的是什麼的，自己若是太緊張了，反倒惹得起疑。

是以，當那管工奔過來之後，他就由得那管工推著搬運車，自己跟在一邊。祁大鵬一面堆著笑容，一直送到了門口。

雲四風只覺得祁大鵬討厭，是以也沒有和他多說什麼，當木箱搬上了車子之後，他駕著車，和雲五風一起離開了工廠。

雲四風所絕對想不到的是，當他的車子才一駛出了工廠的大門之後，祁大鵬立時快步奔回了他自己的辦公室。他的動作忽然變得那樣敏捷，連得管工也不禁呆了一呆。

祁大鵬奔進了他自己的辦公室，關上了門，便拿起了電話。

他撥了號碼之後，因為過分的緊張，而變得臉色十分蒼白。一等到有人接聽，他便立即低聲道：「我是二七〇號，有報告。」

他略停了一停，又道：「那秘密製品已運出廠去了，是的，才運出去，我無法知道是什麼，體積並不大，裝在　只木箱中，我無法知道是什麼，從一些零件中推測，那可能是一具噴射引擎，可能是，因為我接觸的機會實在太小了，幾乎我一走近門，就受到懷疑！」

祁大鵬一講完話，便立時放下了電話。然後，他長長吁了一口氣，雖然天氣很涼，但是他的額上，也不禁滲出了汗珠來。

特務系統的工作效率，是任何其他系統比不上的。三分鐘之後，祁大鵬的電話錄音經過了兩度重錄的手續，已到了「六親不認」的辦公桌上。

「六親不認」用心傾聽著祁大鵬的報告，聽完了之後，他揚起了他那兩道又短又濃的眉毛：「一具噴射引擎？如果那是這些該死的人向雲四風訂製的，那有什麼用？」

「主任，」一個助手提醒他，「二七〇號報告是說可能是，實際上究竟是什麼，卻不知道，二七〇號作了幾次報告，雲四風突然將他的私人車間換了鐵門，在時間上是十分配合的，那東西當然可能是那批人訂製的了。」

「可是，近三個月了，我們的人，一點也沒有他們的活動報告，」另一個助手的看法不同，「可能他們已知難而退，事情和雲四風無關！」

「六親不認」不出聲，他考慮了幾分鐘之久，才道：「開始跟蹤雲四風，派最幹練的人去進行這項任務，絕不能讓對方發現！」

「是！」兩個助手一齊答應著。

兩名最幹練的特務立時被選出，去跟蹤雲四風，但是，當「六親不認」決定派人跟蹤雲四風的時候，雲四風已經將那具個人飛行器搬上「兄弟姐妹號」了，那兩名特務當夜發現雲四風的時候，雲四風已回到了家中，於是他們向「六親不認」報告：那神秘的製造品已經運到了雲四風的家中！

那是一項錯誤的情報。

任何錯誤的情報，必然導致錯誤的行動，這項情報自然也不例外。

第二天，雲四風在中午時分離開了他的住所，先和雲五風會合，然後再和雲五風一齊到了木蘭花的家中。

「六親不認」手下的兩名特務始終跟蹤著他們，一直到雲四風他們又出來，和木蘭花、穆秀珍、安妮一齊，那兩名特務仍然跟蹤著。

他們的跟蹤十分成功，連一路上小心翼翼在注意著是不是有人跟蹤的木蘭花，也未曾發現他們在跟蹤著，那得歸功於他們用來跟蹤的那輛車子，可以在十秒鐘的時間內變更款式，更可以利用遇熱變色的油漆變換顏色，可供變換的顏色、款式有五種之多，用那樣的汽車來跟蹤，自然不容易被人發覺。

他們一直跟到碼頭上，看著木蘭花等人上了遊艇。他們立時用無線電話向「六親不認」報告：「雲四風、雲五風、木蘭花、穆秀珍、安妮五個人，一齊登上了遊艇，出海去了！」

由於先有人昨天晚上錯誤的情報，是以「六親不認」聽了報告，心中反倒大是高興，忙下令：準備搜索人員，去搜索雲四風的住所！

他要弄明白，在這三個月來，雲四風製造的神秘製品究竟是什麼。而他實在是一個十分精細的人，他又向那兩個特務問了一句：「沒有高翔？」

「沒有，只是五個人。」

「六親不認」立時想到，如果有什麼重大的事要做，高翔沒有理由不參加的，那五個人出海，一定只不過是去休息一下而已。

「六親不認」的推斷，是十分合理的，然而他卻不知道，因為高翔身負公職的緣故，整件事情，高翔都被瞞著，根本不知道！

「六親不認」召集了十名最善搜索的特務，吩咐他們道：「你們去找一件機械製品，你們看到同類的東西。都拍攝下來以供研究，你們的行動要十分小心，絕不能讓雲四風回來之後，發現他的住所被人搜索過，明白了麼？」

那十名被挑選出來的特務，全是第一流的特工人員，他們自然知道如何搜查，才可以不被人家在事後發覺被搜查過的。

當那十名特務出發之際，木蘭花他們已然到了四面望不到岸的公海之中了，他們在海中心停了下來，穆秀珍和雲四風早已拆開了木箱。

木蘭花欣賞看那具個人飛行器，乍一看來，那像是一副蛙人的潛水設備，那兩支噴射筒十足是壓縮氧氣筒，所不同的是，這具飛行器在前胸部分，凸出十分高，有著火箭發射裝置，可以發射一呎長的小火箭，射程是一哩二百五十碼。

全副飛行器都被噴成藍色，幾乎和天空是一樣的顏色，木蘭花輕輕地撫摸著，不禁讚嘆道：「多麼精美的製作！」

雲四風道：「五弟出力最多了！」

雲五風是一個十分怕羞的人，一聽得他哥哥那樣說，立時紅起了臉，一句話也說不出來。

雲四風笑了一下，道：「這東西全重是一百七十磅，但可以負兩百磅飛行，在電源全新時，可以不斷飛行七小時，前後左右，完全隨心所欲，誰要先試一試？」

雲四風的話才一講完，穆秀珍已然大聲叫道：「我！」

木蘭花也覺得好笑，道：「秀珍，做的時候，你一點也不出力，你當是好玩麼？由你來試，還要教你操縱的方法，不如由四風來試。」

穆秀珍一聽，便發了急，道：「四風，你快教我！」

雲四風笑道：「蘭花，它的操縱法並不難，就讓秀珍先試試吧！如果機器失靈，掉在海中，也是她的水性最好，不怕淹死。」

穆秀珍雙手叉著腰，道：「好啊，希望我跌進海中？」

各人都笑了起來，雲四風和木蘭花合力提起了飛行器，扣在穆秀珍的肩上，將近一百七十磅重，負在肩上，並不是輕鬆的事。

但是等到所有的扣子全扣上，穆秀珍迫不及待地扳下了發動掣，便大不相同了，「轟」地一聲響，兩股急驟的氣流噴了出來，穆秀珍的身子已向上疾竄了上去！

7 先發制人

那種上升的速度，是人的頭部所不能承受的，是以飛行器附有堅固的頭罩。

轉眼之間，穆秀珍已上升了一百呎，而且還在繼續升高，穆秀珍向下看去，木蘭花他們的臉卻已經看不清楚了！

穆秀珍又覺得好玩，又是吃驚，連忙控制著高度掣，又落了下來。當她落到離海面二十呎之際，聽得雲四風叫道：「升至最高，試驗它的性能！」

木蘭花也笑道：「秀珍，要是你害怕，就讓別人試！」

穆秀珍大聲道：「誰害怕了？」

她又扳下上升掣，她一直向上升去，雲五風注視著測高儀，道：「一百呎，一百五十呎，兩百呎，兩百五十呎，三百呎，三百五十呎……三百六十呎！」

雲四風道：「不錯，是正常的，負兩百磅，可以飛高三百呎，秀珍沒有兩百磅，自然可以飛得更高了！」

穆秀珍已在三百六十呎的高空！

木蘭花他們在甲板上抬頭向上看去，穆秀珍簡直就像是一隻麻雀一樣！她在空中轉來轉去，足有十分鐘之久，才又慢慢地落了下來，最後，落到「兄弟姐妹號」的甲板之上，她高興得大叫道：「太好玩了，真太好玩了，安妮，你可要試試？」

安妮微笑著，搖著頭。

木蘭花道：「秀珍，你別將它常作玩具！」

雲四風道：「蘭花，你注意到了沒有，如果人也穿著天藍色的衣服，飛在半空之中，是幾乎辨不出來的，唉，只是不知道他們要來做什麼。」

穆秀珍已將飛行器解了下來，雲四風又試飛了二十分鐘，證明這具飛行器是十分完美的，他們又將之收藏在底艙之中，然後駕船回去。

雲四風回去之後，他家中的僕人的神情都十分奇怪。但是卻沒有人敢向雲四風說什麼，因為他們都莫名其妙地睡了兩小時。

他們是受了催眠氣體的影響才昏睡過去的。在那兩小時的時間中，「六親不認」手下的十名特務，已利用最新的儀器，搜查了屋子的每一個角落，但是卻並無發現。

「六親不認」遭到了挫折，他知道一定有什麼不對頭的地方，他也自然而然想到了雲四風遊艇出海一事，於是他再下令繼續監視雲四風的行動。

在第三天，已經是約定通電話的時間了。

雲四風在將近午夜的時候，到了木蘭花的家中，木蘭花已預先通知了長途電話局接進瑞士日內瓦的長途電話。

午夜前一分鐘，電話鈴響了，接線生通知木蘭花，長途電話已接到日內瓦茲士酒店，可以開始通話了！

雲四風在木蘭花的手中，接過了電話。

「請韋克先生，這是長途電話。」雲四風說。

「請等一等。」酒店接線生說著，立即道：「請講。」

雲四風還有點緊張，道：「韋克先生？」

「是的，雲先生。」那是韋克的聲音。

「已經製成功了，經過試驗，十分良好。」

「什麼時候可以交給我們？」

雲四風向木蘭花望了一眼，木蘭花立時向自己指了一指，雲四風道：「等木蘭花小姐來告訴你，你等一等。」

木蘭花接過了電話，先問道：「你們準備在何處出發？」

韋克像是遲疑了一下，那顯然是木蘭花的問題，令他覺得十分難以回答，而那當然也是由於他們要保守秘密的緣故。

而木蘭花是早已料到了這一點的，是以她立即又道：「韋克先生，我決計不是問你們去做什麼，只是問你們在何處出發。而我之所以要知道你們出發的地點，是為了好將那東西運到你們出發的地點，去將它交給你們，你應該爽快地回答我的問題。」

「對不起，」韋克道歉，「是我太小心了，你們那樣地幫助我，如果那是我一個人的事情，那我一定毫無保留，將一切都告訴你的。」

「我們也不要知道一切，告訴我，你們在何處出發？」

「我們準備在印度的加爾各答會齊，然後再到尼泊爾的……」

韋克的話還未曾講完，木蘭花已然道：「行了，我們不需要知道你們進一步的行蹤，只要知道加爾各答就可以了。」

「你們到加爾各答來？」韋克問。

「是的，我們來，我們在二十日後的晚上六時，在加爾各答星際酒店中的大堂中見面，我們會將那東西帶來給你，以後，就是你們的事了。」

「謝謝，我真不知道怎麼感謝才好！」

木蘭花輕輕地嘆了一口氣，放下電話。

安妮最早問道：「蘭花姐，你……你為什麼嘆氣？」

木蘭花卻並沒有回答，她只是道：「四風，我們到加爾各答去。」

雲四風還沒有出聲，安妮已然哀求道：「蘭花姐，我也要去，我沒有去過印度！」

木蘭花笑道：「當然你也去，我們就乘『兄弟姐妹號』去，只不過十多日的海上航行，是十分沉悶的，你到時不要埋怨才好。」

雲四風道：「我們什麼時候動身？」

木蘭花搖頭道：「是我們去。我，秀珍和安妮，並不包括你在內。你已經製造成功，你的任務已完成了，餘下來是我的事情了。」

雲四風還想分辯，但木蘭花已站了起來，道：「我們現在就走了。你工廠中的事務如此繁忙，如何走得開？我想，這件事的經過既然沒有人知道，我們此行，也就一點危險都沒有，這次遠行，等於是去度假一樣的。」

雲四風心知木蘭花既然已決定了，要改變她的決定，那是十分困難的事情，還是不要嘗試的好，是以他道：「好，那我就不去了。」

木蘭花笑了起來，她想她此行是不會有什麼意外的，因為雲四風一再聲稱，他製成了那具個人飛行器一事，是絕對秘密的。

本來，事情雖然不是絕對秘密，但是和木蘭花的預料也不會相去太遠，如果他們不是再回到岸上來，而逕自在「兄弟姐妹號」之中和韋克通電話，立時就出發的話，那麼就絕不會有什麼了。

但是此際，情形卻多少有了點變化。

「六親不認」派去搜索雲四風住宅的人，在一無所獲之後，仍然嚴密監視著雲四風的行動，於是，雲四風和木蘭花在一起的報告，也到達了「六親不認」的面前。

「六親不認」想了幾分鐘，又下達了一道新的命令：「加派人去跟蹤木蘭花！」在他下了那道命令之後的半小時後，他又接到了報告，報告是：木蘭花、穆秀珍和安妮三人又上了「兄弟姐妹號」遊艇！

又是那艘遊艇！

「六親不認」在一看到那報告之後，立時從他寬大的座椅之上跳了起來，用力一掌，拍在桌上，叫道：「快集中水上力量，追蹤那艘遊艇，和情報本部聯絡，請最高情報首長通話，我們要找的東西，在那艘遊艇上！」

他手下各部門的人員，立時忙碌了起來，在五分鐘之內，就有四艘遊艇，從幾個不同的碼頭，以極高的速度駛出海去。

那四艘遊艇和「六親不認」直接保持著無線電聯絡，但是二十分鐘之後，那四艘遊艇卻還未曾發現「兄弟姐妹號」的蹤跡。

那時，情報本部最高首長的電話已經接通了，「六親不認」十分緊張地道：「首長，『死亡換取自由同盟』要對本國不利，他們的具體行動計劃，我們還未能偵悉，但是我們卻已知道有一樣十分重要的製品，是和他們這次行動有關的。」

「那是什麼？」情報首長的聲音像石頭。

「我們也還不知道……」「六親不認」的聲音有點狼狽，「但是，我們已知那東西在一艘叫作『兄弟姐妹號』的遊艇之上，半小時之前，這艘遊艇在本市出發，駛向未明地點，木蘭花姐妹帶著那東西，顯然是準備到某地方去轉交給同盟的。」

「你的意思是說——」情報首長先問「六親不認」。

「請首長通電全世界我們的人員，注意這艘遊艇，並且在海中加強搜索，最好是潛艇搜索，我們的潛艇適宜於作這項工作。」

「你的意見不錯，還有什麼新的報告？」

「暫時沒有。」

情報首長沒有說什麼，立時放下了電話。

在這個電話之後的半小時內，某國密布在世界各地的特務人員，都接到了一個指令，注意一艘名叫「兄弟姐妹號」的遊艇，一有發現，立時和海外情報主管聯絡。指令是由最高情報本部首長發出的，某國在世界各地的特務，都知道那是十分重要的一項指令。

那時候，「兄弟姐妹號」正在浩淼無際的太平洋上航行。

「兄弟姐妹號」是特別設計的，速度十分之高，「六親不認」所派出的四艘遊艇自然追不上它！

大海上的日出，是最美麗的，而海面上又是如此之平靜，躺在甲板的躺椅上，面對著朝陽和萬千道金光迸射的海面，就像是在神仙境界中一樣。

「兄弟姐妹號」保持著最高的速度，海事圖清楚地指出附近絕沒有暗礁險灘，而天氣又是如此之好，所以船的航行，可以完全交給自動操作系統。

木蘭花、穆秀珍、安妮三人，都在甲板之上欣賞著日出，一直到海面由金黃色變回了蔚藍色，安妮才道：「太美了！」

木蘭花道：「是的，自然的景色實在太美了，真使人不明白，那麼美麗的大自然，如何會孕育出如此醜惡的人類來！」

「蘭花姐，」穆秀珍忙道：「你那樣說，不是太偏激了麼？人類固然有醜惡的一面，但是，又何嘗沒有純潔美麗的另一面？」

木蘭花不禁笑了起來，她掠了掠被海風吹亂了的頭髮，道：「秀珍，你說得對，但是醜惡的人往往得勢，統治著大多數善良的人。當年，希特勒一個人的瘋狂思想，造成了幾千萬人的死亡，現在，又有人效法希特勒，進行瘋狂的活動，造成更多人的災難！」

安妮睜大了眼睛，道：「蘭花姐，我時時幻想，那些人多半不是地球人，而是星球人，他們混在地球人中，佔據領袖地位，想毀滅地球人！」

木蘭花斥道：「別胡說，他們自然是地球人，他們只是為了一己的野心，而置億萬人的幸福於不顧！這種人的行徑，實在太卑劣了！」

穆秀珍和安妮兩人都不出聲，過了好一會，安妮才問道：「蘭花姐，韋克要那具個人飛行器，可就是為了去對付這種野心家的麼？」

木蘭花半晌不出聲，才道：「我想不是，如果我以為他們是對個人採取行動的話，那麼我也不會要四風替他們造這具個人飛行器了。」

「那麼，他們的目的是什麼？」穆秀珍心急地問。

「我想是極其重大的破壞。」木蘭花回答。

「破壞什麼？」秀珍和安妮齊聲問。

木蘭花站了起來，來到了船舵上，道：「那我就不知道了，你們來看，海水多麼清澈，我才看到一條海豚游了開去！」

穆秀珍和安妮互望了一眼，她們都知道，木蘭花是不想再說下去，是以才改變了話題的，穆秀珍推著安妮到了船舷邊上，注視著清澈的海水。

海上的航行，其實一點也不沉悶，因為大海是無所不具，變幻莫測的，越往南航，海洋上的景色便越是奇景無匹。

她們在日落時分，看到成群的飛魚躍出水面，也在月滿之後，看到美麗得難以形容的水母，顫動著浮上了水面來。

幾天之後，她們在屬於菲律賓的一個島上，加了一次燃料，然後，又在海上航行了幾天，「兄弟姐妹號」已然駛進了印度洋。

在駛進印度洋之後，她們又補充了一次燃料。

第一次她們補充燃料，並沒有吸引他人的注意，但是第二次卻不同了，「兄弟姐妹號」才一靠岸，就看到碼頭上有兩個乞丐一樣的漢子的眼中，發出了一種十分奇異的光芒來，那兩人互望了一眼，其中的一個立時匆匆奔了開去。

在那人奔了開去之後的十分鐘，遠在本市的「六親不認」便收到了報告：「已發現『兄弟姐妹號』正在港口添燃料，準備駛入印度洋。」

多少天來，一直沒有「兄弟姐妹號」的消息，「六親不認」已經急得如熱鍋上的螞蟻一樣，是以這時一接到了這報告，他心中的高興難以形容。

他立時下達命令：跟蹤「兄弟姐妹號」！

「六親不認」的命令，是下達給潛艇搜索隊的，潛艇搜索隊立時又命令最靠近目的地的潛艇，以最高的速度駛往印度洋。

而木蘭花她們，卻全然不知道！她們在加添了燃料之後，還上岸遊玩了好一會，才繼續啟航，在印度洋上航行。

她們覺察到不妙，是在日落時分的事。

安妮坐在駕駛艙中，不時向許多儀表和好幾個雷達螢光幕望上一眼，她看到在一個螢光幕上。有兩個亮綠點在閃動著。

安妮只是看了一眼，並未曾在意。

可是在半小時後，海洋之上已然一片黑暗了，那兩點亮綠色的亮點卻還在閃動！那也就是說。在海底下有東西跟著她們，已跟了很久了。

那螢光幕是海底雷達探射器的反射屏，安妮大聲叫了起來，道：「蘭花姐，你快來看，一定有兩條大魚在水底跟著我們。」

聽得安妮那樣叫，木蘭花和穆秀珍都笑了起來，穆秀珍立即也大聲叫道：「安妮，你別異想天開了！」

「是真的，你們自己來看看！雷達屏已有了反應！」

穆秀珍已經走進了駕駛艙，她一走進來，自然立即看到了螢光幕上的那兩個亮綠點，她陡地一呆道：「蘭花姐，你來看！」

木蘭花也走了進來，她在看到了螢光幕上的亮點之後，神情十分嚴肅，道：「我們被人跟蹤了，快扭開水底長程電視攝像管，看看跟蹤我們的是什麼？」

安妮一直以為那是兩條大魚造成的，是以她心中一直十分高興和興奮，可是此際聽得木蘭花那樣講，她不禁一呆，道：「被跟蹤？」

木蘭花沉聲道：「自然是！哪有這樣的大魚？那一定是兩艘潛艇，幸而我們及早發現，要不然，那真是不堪設想了！」

安妮已轉過了輪椅，來到了另一個控制台前，按下了幾個按鈕，又調節著一些鈕掣，半分鐘之後，並列的四個電視螢光幕中的一個，便出現了海底的情形來，那是裝置在船底近尾部分的電視攝像管攝回來的，但是看來卻十分模糊。

穆秀珍注視著雷達，說道：「距離是零點八海浬。」

安妮答應了一聲，再度調節著鈕掣，在電視螢光幕上，終於可以看到海底有兩點在移動的東西，看來的確像是兩條大魚。

但是那兩條「大魚」，卻是筆直在前進著的，等到安妮將電視攝像管的距離調整到了零點八海浬之際，她們三人都可以清楚地看到，正如木蘭花所料，那是兩艘潛艇！

那兩艘潛艇是屬於小型的，但既然是潛艇，自然帶有攻擊性的武器！

安妮和穆秀珍兩人的神色都變得十分緊張，穆秀珍吸了一口氣，道：「奇怪，我們的行動如此秘密，怎會有人跟蹤我們的？」

木蘭花皺起了眉，她也有點不明白何以會有人跟蹤自己的，照說，自己的行動十分秘密，幾乎沒有破綻，若是雲四風在製造那具個人飛行器之際，早已被人發現，那為什麼到了印度洋才出現敵人的潛艇呢？那實在是不合理的。

木蘭花注視著電視，道：「我們還不能決定這兩艘潛艇是屬於哪一國的，或者它們並不是在跟蹤我們，只是在作例行巡邏的潛艇。」

安妮和穆秀珍都用懷疑的目光望定了木蘭花。木蘭花當然知道，自己剛才所說的話，可能性是十分之小的，是以她又補充道：「當然更可能是某國的潛艇在跟蹤我們，安妮，從現在起，你一秒鐘也不可懈怠，注視那兩艘潛艇的動靜。」

穆秀珍道：「蘭花姐，如果它們發射魚雷？」

「我想不會的，它們一定已跟蹤我們很久，他們的目的，至少絕不是毀滅我們，他們可能會升上水面，或者派人來水面對付我們，而潛艇則一直在水底進行著監視的工作。」木蘭花說。

穆秀珍既緊張又興奮，道：「只怕他們不來，他們若是來了，『兄弟姐妹號』又可以大顯身手了，殺他個片甲不留，狼狽而逃！」

木蘭花瞪了穆秀珍一眼，道：「秀珍，你近來看武俠小說看得太多了，我們不能和某國特務正面為敵，所以我們不應該和他們對拼！」

穆秀珍不服氣道：「那他們上船來了，我們難道不抵抗麼？要是不抵抗，那麼他們豈不是會發現那具個人飛行器了？」

木蘭花沉聲道：「所以我們要做一些工作，將那具個人飛行器藏起來，不讓他們找到……」

木蘭花又來回地踱著，她顯然是在想，如何才能將那具個人飛行器藏好而不被人發現，但穆秀珍卻神色大不以為然地搖著頭。

安妮是一個最盡責的工作者，木蘭花吩咐她一秒鐘也不可懈怠地注意著電視，她就全神貫注地注意著，木蘭花和穆秀珍的話，她幾乎未曾聽到。

她只是自顧自地道：「近了，那兩艘潛艇加快了速度，離我們越來越近了，零點五……零點四……離我們零點三海浬！」

「蘭花姐！」穆秀珍大聲提醒著木蘭花，「我們的遊艇也有魚雷發射裝置，我們若是先下手，一定可以將那兩艘潛艇毀滅的。」

「唉，」木蘭花嘆了一聲，「你仍不明白，秀珍，我們的任務，是將那具個人飛行器送到韋克的手中，韋克要用這具飛行器來完成一項十分重大的事。」

「對的，但如果我們被毀滅了——」

「我已說過，敵人的目的，到目前為止，至少還不是想將我們毀滅，我們如果先發制人，自然可以先擊沉那兩艘潛艇，然而我們在印度洋上還有幾天航程，他們可以調集艦隊和空軍來對付我們，即使我們可以衝出重圍，那我們的行動也必然受某國分布在全世界的特務密切注意，我們根本無法將那具個人飛行器交到韋克的手中！現在我們要做的是，對一切毫不介意，表示我們對整件事絕無關連，我們只不過是在旅行，使得敵方對我們的懷疑全部取消，我們才能安然完成任務。」

穆秀珍明知木蘭花的話是有理的，但是那樣做法，卻是和她的性格格格不入的，是以她仍然咕噥著道：「如果我們被包圍了，那麼他們一定會在船上找到那具個人飛行器的。」

「所以我們得想個法子把它藏起來！」木蘭花的雙眉緊蹙著，要使那具個人飛行器不被發現，那是一件十分困難的事。但雖然困難，卻並不是做不到的事，木蘭花深深地吸了一口氣，緩步走出了駕駛艙。

穆秀珍連忙轉過頭去，那兩艘潛艇仍然在，不但那兩艘潛艇仍在，而且，在遠處，似乎又多了兩艘潛艇，已可以看到它們在向前高速地駛了過來。

在接下來的二十四小時中，她們一直輪流換班，在注意著電視，跟蹤她們的潛艇，已增加到八艘，前、後、左、右各有兩艘。但是那八艘潛艇卻只是跟著，並沒有其他的行動。

木蘭花知道，那八艘潛艇是在等待著什麼，然而，他們在等待什麼呢？遼闊的印度洋中，看不到別的船隻，如果他們要下手，正是好機會！

一直到了第三天的早上，木蘭花心中的懷疑才有了答案，在電視上，他們看到了一艘中型潛艇，加入了跟蹤的行列。

而在那艘中型潛艇加入之後不久，所有的潛艇更接近「兄弟姐妹號」，而且明顯地可以看出，它們一面駛近，一面在升上水面。

穆秀珍首先叫道：「它們要來對付我們了！」

她一面叫，一面望著木蘭花，多少有點責備她不早作應付的意思在內。

木蘭花則立時道：「秀珍，和我一齊將那具個人飛行器搬到甲板上去。」

穆秀珍幾乎疑心聽錯了，她大聲又問道：「蘭花姐，你說什麼？將……將那具個人飛行器搬到甲板上去？」

穆秀珍的奇怪是難免的，因為木蘭花曾一再強調過，她們要做的事，便是將那具個人飛行器藏起來，但現在木蘭花卻說要將之搬上甲板去！

然而木蘭花的回答，卻是肯定的。她道：「是的，搬上甲板去，放在甲板上人人可見的地方——」

穆秀珍道：「那豈不是——」

木蘭花道：「你聽我講下去，另外，我們再放一副潛水設備，和兩件橡皮潛水衣，以及兩柄魚槍，在個人飛行器的旁邊。」

穆秀珍明白了，她「啊」地一聲，問道：「你是——」

「是的，那個人飛行器的樣子和潛水裝備十分相似，如果特別和潛水設備放在一起，就會使人產生一種錯覺，以為那是普通的潛水裝備而已，而且，我們將之放在最顯眼的地方，也就是一切搜索者最不注意的所在。快來！」

穆秀珍沒有再說什麼，便和木蘭花一起忙碌了起來。

在她們準備好了一切之後，才十分鐘，便已看到前面的海面之上，有兩艘小型潛艇冒出了海面，「兄弟姐妹號」則不加理會，仍然向前疾駛著。

而那兩艘潛艇在冒出水面之後，艙蓋打開，兩個穿著海軍制服的人，到了甲板上，揮動著旗子，要「兄弟姐妹號」立時停航。

木蘭花在甲板上，她向安妮作了一個手勢，吩咐安妮停止引擎，安妮扳下了操縱桿，引擎的運行停止了，但是船仍在水面上滑行著。

「兄弟姐妹號」仍在前面，但是速度卻已慢了許多。

最遲冒上水面的，是那艘中型潛艇。

在那艘中型潛艇冒上水面之際，木蘭花等三人，已經一齊到了甲板上。

而為了佯作在事先全然不知道發生了什麼事，是以木蘭花已命穆秀珍一遍又一遍地打著旗語，詢問著為什麼攔阻她們。但是圍在她們四周圍的潛艇上的兵士，卻並不回答。

中型潛艇在冒出水面之後，仍然向「兄弟姐妹號」接近，一直來到十分接近，近到了因為它的駛近，「兄弟姐妹號」已左右搖擺的程度。

然後，艙蓋打開，幾個人從艙中走上了潛艇甲板，木蘭花一眼就看到了第一個人，正是「六親不認」！

原來那幾艘早已在跟蹤的潛艇遲遲不發難，是在等「六親不認」前來！

「六親不認」上了甲板時，木蘭花可以清楚地看清他的臉面，雙方相距只有十多碼而已。

只見一個軍官持著擴音器命令著：「『兄弟姐妹號』！駛近我們，緊靠我們的左舷，立即行動！立即行動！」

木蘭花轉過頭去，道：「秀珍，你去轉換方向，不必再發動引擎，就可以將『兄弟姐妹號』靠上去了，秀珍，記得要沉住氣！」

穆秀珍進了駕駛艙，「兄弟姐妹號」向潛艇的左舷靠去，漸漸接近，終於，和潛艇的左舷輕輕碰撞了一下，已經靠在一起了。

「六親不認」一招手，十幾個人擁著他，一齊上了「兄弟姐妹號」。

坐在輪椅上的安妮，面色蒼白，緊咬著下唇，顯得她心中極其憤怒。

穆秀珍也從駕駛艙中衝了出來，雖然，她記得木蘭花的吩咐，要小心，沉住了氣，但是她仍然按捺不住，大聲喝問道：「你們想幹什麼，你們簡直是——」

但是她並沒有罵完，木蘭花便已揚起了手，阻止她再講下去。

而就在那一剎間，登上「兄弟姐妹號」的人，除了「六親不認」和另外四個瘦高個子之外，也都散了開去，在「兄弟姐妹號」上，各自佔領了有利的位置。

8 仁者無敵

「六親不認」的臉上，掛著十分虛偽的笑容，道：「木蘭花小姐，想不到我們又見面了，海上航行的生活還愉快麼？」

木蘭花冷冷地回答道：「海上生活自然是使人心曠神怡的，但是最怕就是會遇上海盜。」

「六親不認」的神色略變了一變，但立即又笑了起來，道：「小姐，你怎能那樣說？我們是正式的國家海軍！他們全是在我們偉大的領袖的光輝照耀下的偉大的戰士！」

木蘭花忍不住笑了出來，道：「原來是那樣，但是我得提醒你一點，這裡是公海，而我們的遊艇，是在奉行著國際警方的一項命令在行事，是受簽署國際警察合作條約的六十餘國的保護的。」

「六親不認」又乾笑了起來，道：「小姐，可是你不妨想想，如果你的船被毀滅了，那六十餘國可有什麼證據呢？」

木蘭花早知道對方會那樣威脅自己的，是以她也立時道：「所以啊，我剛才的話並沒有講錯，海上旅行遇到了海盜，就不怎麼令人愉快了！」

「六親不認」的面色變得十分難看，他道：「小姐，你有很好的詞鋒，讓我們開門見山好了，那東西，你們藏在什麼地方？」

木蘭花「嘿」地一聲，道：「我不明白你在講什麼？」

「那東西！」「六親不認」提高了聲音：「雲四風為那個同盟製造的東西，就在這艘艇上，而你們正是在將它送到同盟的手中！」

木蘭花大聲斥道：「胡說！」

「六親不認」眼珠骨碌碌地轉動著，道：「小姐，與我們為敵，是沒有好處的，你是個聰明人，應該最明白這一點了！」

木蘭花一字一頓，道：「先生，不是我與你們為敵，而是你們與我為敵。老實說，你們如果一定要與我為敵的話，我也不會怕你們的！」

穆秀珍早已憋了一肚子氣，這時也大聲道：「我們從來也沒有怕過什麼人，也更不會怕你這個『六親不認』！」

「六親不認」陰森森笑著道：「小姐，如果你們堅持不是在運送一件十分重要的東西，那你們可敢讓我搜索全船麼？」

木蘭花冷笑了一聲，在甲板的座椅上坐了下來，穆秀珍也在她的身邊坐下，安妮控制著輪椅，也來到了木蘭花的身邊。

木蘭花冷笑著道：「請便，但是你們的搜索行動最好快些！一則，我們不想和你這種人相處太久，我們不想和你有任何方面的接觸；二則，在我們剛一被潛艇阻止航行之後，曾用無線電和印度洋上的一些艦隻聯絡過，詢問是不是他們的潛艇，他們或者會派出飛機來作空中視察的。」

「六親不認」冷笑著，也在另一張椅上坐了下來。

「六親不認」一坐了下來，便對他的手下一揮手，道：「進行搜索，但是別破壞船上的一切，木蘭花小姐可能是我們的好朋友！」

「六親不認」所坐的椅子，就在那具個人飛行器之旁，他的手垂下來，已可以碰到那具個人飛行器，而且，他的手指就在那具個人飛行器上輕輕地敲著！穆秀珍和安妮不由自主緊張起來。

但是緊張和憤怒的神色是很難分辨出來的，是以她們的神情也不特別引人注意，而木蘭花卻鎮定得像沒事人一樣。

在穆秀珍和安妮兩人之間，安妮更緊張得多，她甚至以為「六親不認」已可以看出她臉上神情大有蹊蹺，是以她連忙找些話來，以掩飾她緊張的神態，她問道：

「蘭花姐，在公海上，他們有什麼權力可以登上我們的船來進行搜查？」

木蘭花道：「他們自然沒有這個權力，但是他們有槍，你看到了沒有，而且他們的人多，所以，他們就可以為所欲為了。」

穆秀珍「哼」地一聲，罵道：「強盜！」

「六親不認」陰笑著，道：「小姐，等一會在你們的船上找出了我要找的東西，那時，看你是不是還敢那樣說！」

木蘭花道：「你如果告訴我，你要找的是什麼，或者我可以告訴你是放在什麼地方，也省得你的手下去到處亂翻了。」

木蘭花這一問，令得「六親不認」說不上話。「六親不認」只知道「死亡換取自由同盟」託雲四風製造了一件機械製品，那機械製品是「同盟」用來執行破壞任務的。但是那機械製品究竟是什麼，「六親不認」卻不知道，只是根據祁大鵬的報告，說那可能是一具噴射引擎，「六親不認」自然不能回答木蘭花的話。

是以他只是冷笑著，道：「那是……一項機械製品，是由雲四風兄弟製造的，我已全知道了！」

木蘭花像是突然一呆，但是她隨即笑了起來，道：「原來你是要找雲四風和他的弟弟才製成的玩意兒？那你何必叫人去搜索？」

「六親不認」一怔，道：「什麼意思？」

木蘭花向就在「六親不認」身邊的那具個人飛行器一指，道：「我相信你要找的，一定就是這個了，這是雲四風兄弟最近花了兩三個月製成的玩意，它根本就在你的身邊！」

「六親不認」轉頭看去，道：「那是什麼？」

穆秀珍和安妮在那一剎間，心頭怦怦亂跳，一顆心像是要從口中跳出來一樣，她們也實在無法不佩服木蘭花的鎮定功夫！因為木蘭花完全談笑自若！

「六親不認」盯著那具個人飛行器，再度厲聲問道：「那是什麼？」

「那是什麼？」木蘭花道：「那是秘密武器，會自動飛起來，飛到你們國家的首都下空，自行爆炸，將你們的政要全都殺死！」

「六親不認」的神色有點尷尬，他「哼」地一聲，道：「蘭花小姐，那是潛水用的玩意，我相信它可以在水中推進？」

「不錯，你認為這具由雲四風製造的潛水推進器，是不是對你們國家的安全構成威脅？如果是的話，那麼你們的國家也未免太脆弱了！」

「六親不認」的臉色陡地紅了起來，忍不住罵道：「祁大鵬這個混蛋！」

他一面罵，一面已站了起來。

就在這時。有兩個人奔到了他的身邊，一個大聲道：「報告首長！這艘遊艇，實際上是一艘萬能的戰艦，有著極強的攻擊力量和許多設備，還有些設備，我們還不能十分明白。」

「六親不認」立時又向木蘭花望來。

木蘭花淡然道：「不錯，你要吩咐你的手下，有不明白的地方。最好不要亂摸亂按，要不然，它可能飛上天空，也可能沉下水底。先生，若是你不知道『兄弟姐妹號』的性能，那麼，你主持海外情報工作的成績，顯然是差到了極點！」

「六親不認」被木蘭花的話講得臉上一陣紅，一陣白，他立時向那兩個人喝道：「這一些我早已知道了，何必大驚小怪？叫祁大鵬來！」

「六親不認」的命令立時被傳達了下去，只見一個禿頂的中年男子自潛艇中來到了「兄弟姐妹號」之上。當那禿頂男子來到近前之際，木蘭花覺得這男子十分臉熟，好像是在雲四風的工廠之中見過一兩次。

木蘭花的心中本來還著實疑惑，何以「六親不認」會在印度洋上追到了自己，但一看到了那禿頂中年人，她便明白了。

那禿頂中年男子自然是「六親不認」手下的特務，是一直潛伏在雲四風的工業系統之中的。雲四風自己以為行事十分秘密，那確然不錯，但是雲四風卻不知道，他過分的秘密行動，也引人起疑，人家雖然不知道他在製造什麼，總知道他是在從事十分重要的工作。那再和「同盟」的訪問一配合，「六親不認」究竟不是傻瓜，自然可以在這種線索之中找尋出一點蛛絲馬跡來的！

這時候，木蘭花的心中也不免緊張起來。她的手心之中在隱隱冒著汗，但是她的神色卻仍然沒有什麼異樣，她只是冷冷地打量著祁大鵬，反倒是祁大鵬看到了她，十分不自在。

「六親不認」向那具個人飛行器一指，道：「祁大鵬，這東西，可就是雲四風的製品麼？你是他廠中的工程師，應該可以辨認得出的。」

祁大鵬俯身向個人飛行器看去，又伸手撫摸著，然後，又用手指鬆開了一粒螺絲。在那時候，木蘭花幾乎有透不過氣來的感覺。

祁大鵬是工程師，他可能一看就看出那並不是一具潛水推進器，而認出那上面有著高速的噴射引擎和火箭發射器！但是，木蘭花卻沒有法子阻攔祁大鵬去審視那具個人飛行器，她只能一動不動，盡量裝出不在乎的樣子，站在一旁。

穆秀珍和安妮自然更是屏住了氣息，她們四道目光緊盯在祁大鵬的手上，當祁大鵬旋開那枚螺絲之際，她們兩人幾乎叫了起來。

只是祁大鵬重又將那枚螺絲旋上，站起了身來，道：「是的，首長，就是這個，這就是雲四風和雲五風最近製造的東西，這——」

祁大鵬只講到這裡，「六親不認」已陡地揚起手來，一掌向祁大鵬的臉上摑去，「叭」地一聲響，摑得祁大鵬向後退出了兩步。

祁大鵬掩住了臉，一時之間，一句話也說不出來。

「六親不認」已然惡狠狠地罵道：「你是個叛徒，你故意供給錯誤的情報，造成國家巨大的損失，你是叛徒！」

祁大鵬雙手亂搖，張大了口，發出緊急之極的吼聲來，在他的工作而言，叛徒是最嚴重的罪名，難怪他急得什麼也說不出來了。

作為特務而言，祁大鵬是第三流的，但是作為工程師而言，祁大鵬卻是第一流的，祁大鵬已經看出。那是一具性能非常特別的武器！

可是他根本還沒有機會將自己的發現說出來，「六親不認」的那一掌，已經打得他滿天星斗，接著，「六親不認」又宣稱他是叛徒！

祁大鵬越是急得要替自己分辯，就越是講不出話來，其實這時，他只要高叫一句「那東西能發射火箭」便已經足夠了。

可是他卻叫不出來，而且，他也再沒有這個機會將這句話叫出來了，因為他雙手搖著，只是發出一些模糊不清的聲音來之時，「六親不認」已經陡地拔出了手槍，向他連射了三槍，鮮血自他的胸口冒了出來，他長長地呼出了一口氣，倒在甲板之上不動了。

這一切，全是在剎那間接連發生的事，突然得使人根本覺得難以適應，但木蘭花卻是例外，木蘭花立即道：「你是那樣懲治手下的麼？」

「六親不認」手中的槍，槍口還在冒著煙，他冷冷地道：「正是，我是這樣處置不中用的手下的，將他的屍體拋下海去！」

立時有兩個人抬起了祁大鵬，將之拋到了海中。

「六親不認」向木蘭花望了一會，才道：「木蘭花小姐，你和雲四風能夠遵守說過的諾言，那是你們的聰明處，但如果你們再夠聰明的話，應該時時和我們合作！」

木蘭花道：「算了，我們還是笨一點好。」

「六親不認」點頭道：「那也好，我們至少可以保持互相不干涉的關係，對不？」

木蘭花卻絲毫也不肯放鬆，她立時道：「先生，道理全叫你一個人講完了，你可以隨時帶人來搜我的船，這就叫互相不干涉？」

「六親不認」無話可說，他只是奸詐地笑了起來。叫道：「收隊！收隊！」

他首先離開了「兄弟姐妹號」，接著，所有的人全都離開，然後，九艘潛艇在同一時間之內，一齊向海中沉了下去。

前後不過二十分鐘，海面又恢復平靜了，像是什麼事也未曾發生過，也直到此際，穆秀珍才張大了口，可是她張大口，還未曾叫出聲來，木蘭花立時一步跨過去，掩住了她的口。

穆秀珍現出愕然的神色來，木蘭花立即道：「我們也該開船了！」

木蘭花同時也向安妮做著手勢，示意她不可胡亂說話，三個人一齊回到了駕駛艙中。

木蘭花道：「安妮，快發動引擎，真好笑，將潛水用的玩意不知當著了什麼秘密武器，看來做特務的人全是那樣緊張，白給他們浪費了那麼多時間。」

木蘭花一面說著，一面在駕駛艙中四下尋找著，等到她話講完，她也找到了她要找的東西，那東西在一張椅子的底部，緊貼著木腳。

那是一個圓形的物體，看來不會比二角五分的硬幣更大，不過相當厚。木蘭花翻過了椅子，看到了那東西，便將椅子向穆秀珍和安妮兩人揚了一揚。

安妮和穆秀珍一眼便認出那是一具竊聽器！

那也就是說，她們在這裡講話，「六親不認」雖然已經離去，但是仍然可以在潛艇之中聽到她們之間所講的一切！

穆秀珍拍了拍她自己的心口，表示危險，木蘭花笑了一笑，輕輕將椅子放下，又道：「不過還好，我們知道『六親不認』的厲害，未曾和那個同盟做事，你看，他一下子就調集了九艘潛艇，我們是無論如何也敵不過他的。」

穆秀珍道：「蘭花姐，你也怕他？」

木蘭花道：「如果只是他一個人，我當然不怕，可是他卻有整個國家的力量做後盾！秀珍，你要記得，以後千萬不可和他們作對！」

安妮也道：「是啊，他們的確厲害，我們在印度洋中航行，他們居然可以找到我們，幸而我們未曾與他們為敵，不然也已經完了。」

穆秀珍忍住了笑，道：「那個什麼同盟的人倒也知趣，來麻煩過我們幾次之後，不敢再來了，我看他們也沒有什麼活動的可能，因為『六親不認』的特務系統是如此之周密，一有什麼風吹草動，他們立時就可以知道了！」

安妮笑道：「最可笑是那個祁大鵬，還以為自己立了一大功，卻不料反而送了性命，那是他自作聰明害了他了！」

木蘭花和穆秀珍一齊笑了起來。她們不斷說著這一類的「台詞」。她們三人全是十分機靈的人，「台詞」雖然全是臨時想出來的，但是卻一點破綻也沒有。

「六親不認」在離開了「兄弟姐妹號」之後，仍然是在海底跟蹤著的，但是在一小時之後，他便肯定，跟蹤「兄弟姐妹號」是項全然錯誤的行動，是以「六親不認」下令回航。

木蘭花她們是知道潛艇搜索隊已然離去的，因為雷達螢光幕顯示潛艇越離越遠，終於已出了雷達的探索範圍之外！雷達找不到潛艇，自然也超越了那具竊聽器的有效距離，但木蘭花還是將竊聽器取了下來，拋進了海中。

穆秀珍也一直忍到這時，才哈哈大笑道：「蘭花姐，真有趣啊。」

木蘭花笑道：「當祁大鵬檢查個人飛行器之際，你也覺得有趣麼？」

穆秀珍伸了伸舌頭，道：「我整個人都幾乎僵住了！」

安妮問道：「蘭花姐，何以『六親不認』竟一點也不疑心？」

木蘭花道：「我已說過了，凡是一心想發現什麼秘密的人，對於就在眼前的東西，是一定不加注意的，幾乎任何人都不例外！」

安妮猶有餘悸，道：「不過實在太危險了！」

木蘭花吁了一口氣，在椅上躺了下來，閉上了眼睛。

「兄弟姐妹號」在印度洋上，又航行了七天。

那七天之中，什麼意外也沒有發生，那證明「六親不認」對「兄弟姐妹號」的跟蹤已經完全放棄，她們也可以順利將那個人飛行器交給韋克了。

在她們和韋克約定之後的第十九天，她們到達了加爾各答。她們在星際酒店租下了一個豪華的套房，當日報紙的大消息是一個探險團，將由加爾各答出發，轉赴加德滿都，然後，到喜馬拉雅山地區，去尋找「雪人」的蹤跡。

報紙上還登載著那探險團四個團員的照片，他們是站在他們自備飛機之旁拍攝照片的，木蘭花一眼就認出那個「探險團」的團長，正是韋克。

她們住了下來之後，遊玩了一天，第二天，便是和韋克約定的日子。到了指定的時間，木蘭花在酒店的大堂中見到了韋克。

韋克正被一大群記者包圍著在拍照，木蘭花看到了那樣的情形，心中只覺得好笑，因為韋克顯然也明白自己的行動，越是公開便越是不被人注意的道理。

木蘭花在一張沙發上坐了下來，不一會，韋克打發走了記者，在木蘭花的身邊坐了下來，木蘭花立時道：「一切經過情形良好。」

韋克很興奮地說道：「一到手，我們明天就啟程。」

木蘭花望著韋克，嘆了一聲，忽然問道：「韋克先生，你今晚的心情怎樣？會不會覺得自己的生命太短促了一些？」

木蘭花的問題是如此突兀而直截，令得韋克陡地一怔，但是他的反應也來得如此之快，道：「我不明白你的意思。」

木蘭花再嘆了一聲，道：「我們之間的談話，其實可以不必隱瞞什麼，韋克先生，我深知不論任務是否可以完成，你是必然不能生還的了！」

韋克的面色變得很蒼白，但是卻無損於他面上那種嚴肅的神情，他突然改用極其準確的國語念道：「風蕭蕭兮易水寒，壯士一去兮不復還！」

木蘭花只覺得心頭一陣熱血沸騰，她絕不是一個易於動感情的人，但是在現今，居然還有人用古人視死如歸的情操來鼓勵著自己，那卻實在是件令人感動的事，木蘭花的眼眶中潤濕了起來，她徐徐地道：「你的想法或許是對的，人總是要死的。」

「對，人總是要死的，如果我不去做那件事，可能我還能活上四十年，五十年，但是我卻並不覺得那是有意義的事，而如今，我拋棄了那四十年或五十年沒有意義的生命，去從事一項工作，我的這項工作如果完成了——」

韋克講到這裡，略頓了一頓，木蘭花望定了他，接了上去，道：「我知道，你此行的任務如果完成了，千千萬萬的人可以得救，意義是難以估計的。」

韋克聽了，臉上現出了吃驚的神色來，但是他立即堆起了一個笑容，道：「蘭花小姐，我們的敵人不是你，那真是一件幸事！」

韋克的話，實在說得已很明白了！

他已在木蘭花的話中，聽出木蘭花已猜中了他們要去進行的任務是什麼，他自然吃了一驚，但是他立即想到木蘭花不是他們的敵人，是以又笑了起來。

木蘭花苦笑了一下，道：「我只能說我佩服你們，我是可以阻止你們的，而我也想過要阻止你們，但是我卻不知如何做才好！」

韋克站了起來。道：「我們該去取東西了！」

木蘭花點著頭，也站了起來。

他們兩人一起走出了酒店的大廳。

第二天上午，木蘭花、穆秀珍都出現在加爾各答的國際機場，她們在一架舊式的雙引擎飛機之旁，看著搬運工人將幾只木箱搬上了飛機，她們知道在這幾只木箱之中，有一只就是放那具個人飛行器的。

她們眼看著木箱搬上了飛機，也看到韋克從記者群眾中了出來，來到了她們的面前，和她們每一個緊緊地握著手。然後，韋克沒有再說什麼，就轉身走了開去。

木蘭花等三人，一直等到那架飛機起飛，才離開了機場，而她們在離開了機場之後，並沒有再回酒店，是直接到碼頭去的。

她們登上了「兄弟姐妹號」，到了中午時分，「兄弟姐妹號」已然進了印度洋，在回航途中了。

穆秀珍心急道：「蘭花姐，他們是想去幹什麼的，韋克總該和你說了？難道你還不能轉述給我們聽麼？」

木蘭花搖頭道：「不，他沒有講給我聽。」

安妮比較細心得多，她可以從木蘭花的神情上看出她心中蘊藏著秘密，所以她立時道：「蘭花姐，你也未曾料到他們是去幹什麼的？」

木蘭花卻沒有回答，只是呆了半晌，才道：「注意聽收音機的新聞報導吧，他們去做的事，一定是驚天動地的。如果他們成功了，就算某國最拿手的本領是封鎖新聞，也一定封不住那件大新聞的，如果他們不成功的話，那他們就……」

木蘭花講到這裡，又不禁一陣傷感。

安妮的聲音也為之黯然，道：「那他們就白白犧牲了，是不是？」

穆秀珍嘆了一聲，算是給安妮肯定的答覆。

海上航行的生活是十分平靜的，但是她們三人卻緊張地期待著，每逢收音機報告新聞的時間，她們都圍在收音機的前面。可是接連五天，她們每天都要聽上七八次新聞報告，卻一點也沒有聽到什麼重大的新聞。

一直到第六天，她們才聽到電台報告，各地的核子塵測量站都測到核子塵的數量突然增加，這種情形，表示某國又進行了一次新的核子爆炸。但新聞報告卻說，這次核子塵的增加數量並不是太多，是以推測那是一次小型的核子爆炸。

在聽到了這則新聞報告之後，穆秀珍和安妮一起向默然無語的木蘭花望來，穆秀珍立時道：「蘭花姐，他們不可能有小型原子彈的！」

「當然，他們沒有。」木蘭花簡單地回答著。

穆秀珍十分失望，道：「那樣說來，這件新聞仍然不是我們要等的新聞，唉，他們……莫非已失敗了？」

安妮忙道：「秀珍姐，這正是我們要等的新聞，我現在也知道他們的目標是什麼了，他們是在破壞某國的核武器製造基地！」

穆秀珍陡地一震，「啊」地一聲，道：「對了，那樣說來，他們一定成功了，啊，那真是太偉大了，破壞某國的核子基地，這等於從一個瘋子的手中奪下了一柄槍，這行動實在太偉大了，再見到韋克的時候，我一定要好好地對他說——」

穆秀珍講到這裡，突然停了下來。

並沒有什麼人打斷她的話頭，她突然住口，是因為她在興沖沖地講著，但是卻看到木蘭花和安妮眼中含滿了淚水！

穆秀珍在剛一停口之際，心中只是充滿了詫異，但是她究竟也是十分聰明的人，她突然間明白了過來，她自己的心中也是一陣心酸！

韋克他們雖然已經成功了，但是他們卻也犧牲了，永遠不能再見到他們了，他們不但聽不到世人對他們的頌揚，而且，在全世界數十億人中，知道他們為人類做了那麼偉大一件事的人，可能只有寥寥數十人，他們的事業雖然偉大，但他們的死卻默默無聞！

她們三人一起低下頭去，這時候，正是黃昏時分，暮色籠罩在海面上，只看到一片蒼茫，她們的心頭，也同樣一片茫然！

又過去了一個月，世人正對某國何以遲遲不正式宣布那一次「小型核爆」而感到奇怪之際，木蘭花的家中，突然來了一個客人。

那是一個中年人，頭髮已全花白了，但是在他的臉上，木蘭花她們卻可以找到韋克的影子。

那中年人進來第一句話就是自我介紹，他道：「我是韋克的父親。」

在這一個月中，木蘭花她們都未曾再提起過韋克的名字。那是因為她們一想到這個名字時，心頭便感到十分沉重，實在不想說出口來之故。現在，來訪者說他是韋克的父親，那令得木蘭花、穆秀珍和安妮都發出一種異樣的傷感來。

木蘭花緩緩地吸了一口氣，道：「令郎是一個了不起的人。」

那中年人伸手撫摸著他自己已然花白的頭髮，用很平靜的聲音說道：「我們其實是很普通的人而已。」

「我們？你的意思是——」木蘭花問。

「是的，事實上，『死亡換取自由同盟』是由我和幾個第二次世界大戰時，僥倖從戰火中逃生的人一起組成的，而我是這個同盟的最高負責人。」

木蘭花等三人「哦」地一聲，她們多少都有點意外。

那中年人又道：「發起組織同盟的，連我在內，一共是四個人，我們四個人本來是隸屬在同一師團的軍官，但是在一次和德國軍隊的作戰中，整個師團的官兵都犧牲了，只剩下了我們四個人僥倖得以保住了性命！」

木蘭花嘆了一聲，道：「戰爭！」

那中年人點頭道：「是的，戰爭實在太殘酷了，我們自然全知道，對德作戰，是為了抵抗納粹的侵略，是為了全人類的自由，但是，我們也感到，我們付出的代價實在太大了，為什麼我們不能採取更有效的方法，來防阻侵略者的魔爪伸向全世界，這便是同盟的宗旨，我們用最少的人力，去完成最偉大的事業。當然我們有犧牲，但我們只犧牲幾個人，就可以抑止戰爭的發生，就可以斬斷野心家和侵略者的魔爪。」

木蘭花站了起來，道：「你的宗旨很好。」

中年人嘆了一聲，道：「當我知道韋克已完成了任務之後，我的心中也很難辨出是悲是喜來，因為我失去了兒子。但是，人類浩劫的威脅卻也減輕了。或許我可以不必失去兒子，但是，醉生夢死是不對的，我們每一個人，只要是生活在地球上，就有責任將一切危害人類的野心家剷除！」

那中年人越說越是激動，花白頭髮在他頭上飛舞著。

而在他講完了那幾句話之後，他才停了下來，接著，又嘆了一聲道：「多謝你們幫助了同盟，沒有那具個人飛行器，同盟是完不成任務的。」

木蘭花問道：「詳細的過程你知道麼？」

「知道，他們飛進了某國的國境之後不久，他們的飛機就被擊落，他們一共是四個人去的，飛機被擊中之後，三個人跳傘，未落地時已被擊斃，但是韋克則利用個人飛行器停留在半空之中，繼續向目的地前進。等他到了目的地上空，他向某國核子基地的最重要部分發射了四枚火箭……」中年人講到這裡，停了下來。

木蘭花等人的心頭，更是沉重，她們誰也不出聲。不必那中年人再講下去，以後的情形如何，也是可想而知的了，核子基地被毀，發生了一場小型的核爆，韋克當然不能倖免。這也就是為什麼那一天，各地的核子塵測量站探測到核子塵突然增加，但卻又絕不是某國進行了新的核試的原因！

殺身成仁，仁者無敵，像韋克那樣的年輕人，某國的特務爪牙再多，也是敵不過他們的。

韋克的父親在各人的沉默中站了起來，向門外走去。

他在門口略站了一站，道：「還有一個消息，韋克成功之後，某國最高當局自然大為震怒，責備特務工作者工作不力，『六親不認』已被召回去，遭到嚴厲清算，只怕他過不了這一關了。」

穆秀珍大聲道：「那是他應有此報！」

韋克的父親又轉身向前走去。

木蘭花她們目送他上車離去，才回到了房中，木蘭花道：「秀珍，你應該將事情的經過告訴四風才是。」

穆秀珍點著頭，拿起了電話來。

木蘭花來到了唱片架前，選出了一張「悲愴交響樂」的唱片來，動人的音樂立時響滿了整個客廳，令得已拿起了電話來的穆秀珍，也忘記去撥電話了。

請續看《木蘭花傳奇》19 奇石

倪匡奇情作品集

木蘭花傳奇 18 局中局（含：美人魚、大殺手）

作　者：倪匡
發行人：陳曉林
出版所：風雲時代出版股份有限公司
地址：10576台北市民生東路五段178號7樓之3
電話：(02) 2756-0949
傳真：(02) 2765-3799
執行主編：朱墨菲
美術設計：許惠芳
業務總監：張瑋鳳
出版日期：2024年2月
版權授權：倪匡
ISBN：978-626-7369-12-8
風雲書網：http://www.eastbooks.com.tw
官方部落格：http://eastbooks.pixnet.net/blog
Facebook：http://www.facebook.com/h7560949
E-mail：h7560949@ms15.hinet.net
劃撥帳號：12043291
戶名：風雲時代出版股份有限公司

風雲發行所：33373桃園市龜山區公西村2鄰復興街304巷96號
電話：(03) 318-1378　　傳真：(03) 318-1378
法律顧問：永然法律事務所 李永然律師
　　　　　北辰著作權事務所 蕭雄淋律師

行政院新聞局局版台業字第3595號 營利事業統一編號22759935

國家圖書館出版品預行編目資料

局中局／倪匡 著. -- 臺北市：風雲時代出版股份有限公司,
2023.11　面；　公分.（木蘭花傳奇；18）

ISBN：978-626-7369-12-8（平裝）

857.7　　　　112015068